Manfred Bendner

Windsurfen

Leidenschaft und Erinnerungen

Manfred Bendner

Windsurfen

Leidenschaft und Erinnerungen

**Für Marion und Anja,
Vivien und Claire**

Bibliografische Information der Deutschen
Nationalbibliothek:
Die Deutsche Nationalbibliothek verzeichnet diese
Publikation in der Deutschen Nationalbibliografie;
detaillierte bibliografische Daten sind im Internet
über http://dnb.d-nb.de abrufbar.

Herstellung und Verlag:
BoD - Books on Demand, Norderstedt
ISBN 978-3-7347-5431-9

Wie es begann

Korsika, la Ciappa

Wir wollten Urlaub machen auf Korsika. Meine Frau Marion, unsere sechsjährige Tochter Anja und meine Wenigkeit. Dazu waren wir mit dem Auto unterwegs und wollten mit der Fähre von Livorno nach Bastia auf Korsika übersetzen.

Die Fahrt von Wasserburg am Inn, unserem Wohnort, durch Österreich und nach Italien war ereignislos. Als wir im Hafen von Livorno ankamen, sahen wir, dass ein schneidiger Sturm das Mittelmeer in eine tosende Wellenlandschaft verwandelt hatte. Lange mussten wir warten, bis die Autofähre auslief, da die Mannschaft die Autos und Wohnmobile besonders gut sichern musste. Das hätte uns zu denken geben müssen.

Im Nachhinein betrachtet bin ich mir sicher, dass der Kapitän damals mit dem Befehl zum Auslaufen eine Fehlentscheidung traf.

Kaum hatten wir den Hafen verlassen, fing das große Fährschiff an, in den Wellen zu stampfen. Ich hatte mir bisher nicht vorstellen können, dass das Mittelmeer solche Monsterwellen aufwerfen kann. Der Bug schob sich steil auf die hohen Wellenberge und schlug mit gewaltigem Wumms ins Wellental zurück, worauf in mächtigen Schwaden die Gischt übers Deck flog. Anfangs war das Auf und Ab noch leidlich erträglich, aber als das Schiff dann nach und nach anfing, unkontrolliert nach allen Seiten zu rollen, verloren die Gesichter der Mitreisenden den gesunden Teint und wechselten ins Blass-graue und dann ins Grünliche. Die ersten Passagiere verließen eilig das überdachte Deck und verschwanden in den Toiletten. Bald waren diese besetzt und da viele ihren Mageninhalt nicht mehr bei sich behalten konnten, übergaben sie sich wo sie gerade standen. Die Menschen saßen oder lagen lethargisch an Deck, jeder mit sich und seinem Unwohlsein beschäftigt. Die Seekrankheit hatte uns alle mehr oder weniger fest im Griff. Die Besatzung wurde immer wieder nach Tüten gefragt, zog sich bald aber in Anbetracht ihrer Hilflosigkeit zurück. Das Chaos auf dem Schiff wurde zur Normalität.

Unsere Tochter fand das anfangs noch recht lustig, denn als wir eine Treppe zum Oberdeck hinaufstiegen und das Schiff gerade wieder einen Wellenberg erklomm, schrie sie in dem uns umgebenden Lärm: "Schau Mami, die Treppe kommt mir sogar entgegen, das ist wie auf einer Achterbahn". Wir fanden eine noch freie Bank in Fahrtrichtung, setzten uns und hielten uns fest, um die Schwankungen des Schiffs ausgleichen zu können. Bald jedoch kam von unserer Tochter kleinlaut: "Mami, ich muss gleich spucken, was soll ich denn machen?" Meine Frau wandte sich an ihren Nachbarn und fragte, ob er eine Plastiktüte für sie hätte. Er sah sie gequält an bevor er sich selbst auf den Boden übergab.

Das hatte zur Folge, dass meiner Frau selbst so übel wurde, dass sie zu unserer Tochter sagte: "Schatz, deine Mami wird jetzt ohnmächtig werden, du musst aber keine Angst haben, ich wache bald wieder auf".

Ich hatte mal gelesen, dass es in so einer Situation am besten wäre, sich auf einen feststehenden Punkt außerhalb des Schiffes zu konzentrieren und darauf zu starren, damit das Gleichgewichtsorgan nicht irritiert wird. Also begab ich mich schwankend an die Reling und schaute unverwandt auf den Horizont; mir war zwar arg blümerant, aber ich musste mich zumindest nicht übergeben.

Lange war ich da nicht allein. Neben mir beugte sich ein Mann weit über die Reling, würgte einige Male und erbrach sich dann lauthals. Ich wollte da gar nicht so genau hinsehen, aber mich irritierte, dass der Rücken seines gelben Friesennerzes die Farbe veränderte. Ich wagte einen kurzen Blick zu ihm hinüber, das hätte mich bald meinen mühsam zurückgehaltenen Mageninhalt gekostet. Auf dem Deck über uns hatte sich ein Passagier über die Reling gebeugt und, obwohl er einige Meter weiter in Fahrtrichtung stand, hatte sich sein Erbrochenes mit dem Wind in Richtung auf den Rücken meines Nachbarn aufgemacht.

Die Überfahrt dauert im Normalfall etwas mehr als vier Stunden, wir kamen nach über neun Stunden im Hafen von Bastia an. Das Schiff war bis dahin, mit Verlaub gesagt, vollgekotzt, die Mitreisenden hatten sich apathisch ihrer Seekrankheit ergeben und saßen oder lagen mit blassen Gesichtern auf jedem noch nicht verschmutzten Platz oder standen wie ich an der Reling, bemüht, dem Unwohlsein nicht die Oberhand zu überlassen.

Nachdem wir endlich im geschützten Hafen angekommen waren und die Fähre an der Mole zur Ruhe gekommen war, hatte ich Bedenken, ob ich, sowie die anderen Mitreisenden, in dem maladen Zustand, in dem wir uns befanden, ohne größere Probleme vom Schiff fahren könnten. Aber ich musste erstaunt feststellen, das Unwohlsein verschwand innerhalb weniger Minuten. Auch den Mitreisenden erging es so, dazu kam wohl auch die Erleichterung, dass wir doch noch unser Ziel erreicht hatten, ohne Schiffbruch zu erleiden. Die Gesichter nahmen wieder ihre normale Farbe an und wir fuhren bald erleichtert und überraschenderweise hungrig von Bord.

Wir waren unter den Letzten, die in Livorno an Bord gefahren waren, also mussten wir länger warten, bis wir das Schiff verlassen konnten. Deshalb bekamen ich noch mit, wie die Besatzung das Schiff wieder in einen normalen, sauberen Zustand versetzte: Mit starkem Wasserstrahl wurden die besudelten Tische, Bänke und der Boden abgespritzt und das Wasser über die in der Reling befindlichen Abflüsse weggespült.

Froh darüber, dass wir diesen Albtraum hinter uns gebracht hatten, konnten wir die Fahrt in unser im südlichen Bereich der Insel gelegenes Feriendomizil "La Ciappa" fortsetzen. In einem der Ferienprospekte hatte ich gelesen, dass die Übersetzung dieses Namens aus dem Korsischen "Pobacke" lautet, was mir in Anbetracht der Tatsache, dass es sich um ein FKK-Camp handelte, passend erschien.

Nach einigen Tagen hatten wir uns gut eingelebt und dank der Geselligkeit meiner Frau und meiner sportlichen Leidenschaft für das Volleyballspiel, Bekanntschaft mit vielen Gästen geschlossen. Unter den Volleyballspielern war auch eine Gruppe junger Burschen aus München, die ihre Surfbretter dabei hatten. Ich habe ihnen ein wenig neidisch zugesehen und mir vorgestellt, wie das denn wäre, wenn ich auf so einem Brett mit Segel stehen würde.

Es war meine Frau, die es in die Wege leitete, dass ich mit einem der Bretter das Surfen versuchen durfte. Da ich seit Jahren segeln konnte, wir hatten sogar einige Jahre eine eigene Jolle am Chiemsee liegen, war ich mit der Segeltechnik gut vertraut. Also stellte ich mich nach einigen Anweisungen des Besitzers auf das Brett, den Mastfuß, da wo er im Brett gefestigt ist, zwischen den Füßen, und zog langsam das Segel hoch. Kaum hob ich das Gabelbaumende aus dem Wasser, wurde das Brett unter mir so kippelig, dass ich auch schon wieder im Wasser lag.

Sie, geneigter Leser, werden das sicherlich schon aus eigener Erfahrung oder durch bedauerndes Mitansehen erlebt haben, so dass ich mir eine längere Schilderung des nun folgenden Auf und Ab vom Wasser auf das Brett mit fast unverzüglichem Wiederabstürzen ins Wasser sparen kann.

Ich fahre also da fort, wo ich es endlich, mit dem Wind in den Händen und trotz des unvermeidlichen, schadenfrohen aber fröhlichen Gelächters der umstehenden Zuschauer, geschafft hatte, ein fragiles Gleichgewicht auf dem Brett zu halten. Auch hatte mir der hilfreiche Brettbesitzer beigebracht, wie ich das Segel am besten in den Wind stellen solle, damit sich das Brett mit mir vorwärts in Bewegung setzt.

Als mir das dann endlich gelungen war, fuhr ich voller Begeisterung eine Weile hinaus aufs offene Meer, froh darüber, dass ich das alles so lange ohne Sturz durchstehen konnte. Freilich muss man irgendwann auch zurück. Das wurde mir alsbald klar, nur wusste ich nicht wie. Eine kleine Änderung meiner krampfhaften Stellung auf dem Brett mit Segel führte prompt zum Absturz. Da lag ich nun im Wasser und wusste nicht, was ich unternehmen sollte, um wieder an Land zu kommen, das sich immer weiter von mir zu entfernen schien.

Draußen am Ufer hörte ich wieder dieses unvermeidliche, schadenfrohe aber fröhliche Gelächter der umstehenden Zuschauer, während ich verbissen versuchte, wieder aufs Brett zu steigen. In der einsetzenden leichten Panik war ich auch nicht in der Lage, zu überdenken, was ich denn machen müsste, damit ich die gleiche Strecke wieder zurücksurfen könnte. Stand ich schon mal auf dem Brett, hatte das Segel wieder aufgezogen und in Fahrtstellung ausgerichtet, ging die Reise wieder weiter hinaus aufs offene Meer.

Nach etlichen vergeblichen, aber auch geglückten Versuchen, allerdings in die falsche Richtung, sowie den unvermeidlichen Rückfällen ins Wasser, erbarmte sich ein auf mich zukommender und beneidenswert locker auf seinem Brett stehender älterer Surfer und fragte mich, wohin ich denn wolle. Ob zurück an den Strand oder in Richtung offenes Meer, da solle ich aber Geld und Pass nicht vergessen, denn da würde ich nach einigen Stunden und Seemeilen auf Sardinien landen.

Ich hatte damals schon das beste Burschenalter hinter mir, aber es war mir peinlich, dass mir ein "alter" Mann (er hatte die 40 wohl gerade mal überschritten) in einer so lächerlichen Situation helfen könne. Seine ironische Bemerkung machte es zudem nicht gerade erträglicher.

Aber was blieb mir übrig? Ich nahm also dankbar seinen Vorschlag an, das Brett doch erst mal dahin zu drehen, wo ich auch hin surfen wolle. Dann gab er mir noch einen Tipp, der für mich damals sehr hilfreich war, den ich aber leider bald wieder vergaß: Ich solle das Segel bis etwa die Hälfte über die Mitte des Bretts neigen und dann erst langsam in den Wind stellen. Gesagt - getan. Und es funktionierte! Zurück schipperte ich an den Strand, krampfhaft bemüht, jetzt keinen neuerlichen Sturz einzulegen.

Dort angekommen war mir die Belobigung der bis dahin schadenfroh, aber fröhlich lachenden, umstehenden Zuschauer gewiss, aber für mich war es dennoch eine unwürdige Vorstellung gewesen. Ich konnte das Gelächter nicht vergessen und beschloss noch am selben Abend, mir unverzüglich zuhause ein Surfbrett mit Segel zu kaufen, um das Surfen so gut zu erlernen, dass ich kein schadenfrohes, aber fröhliches Gelächter der umstehenden Zuschauer mehr ertragen müsste.

Viele werden nun vermuten, dass ich keine Niederlage wegstecken könne und deshalb mir selbst gegenüber beweisen musste, dass ich ja viel besser wäre als andere mich sehen.

Dieser Meinung muss ich vehement widersprechen! Denn Freudianer und gleichgesinnte tiefschürfende Seelenkundler werden meine Entscheidung, das Surfen zu erlernen, glaubhaft umdeuten: in dem ich mich künftig auf ein kleines Brett mit Segel stelle und mich damit den Naturgewalten aussetze, kompensiere ich die Angst, die ich auf der Überfahrt mit der Fähre erlitten hatte. Da war ich den tobenden Naturgewalten schutzlos, hilflos und gezwungenermaßen tatenlos ausgeliefert, aber beim Surfen würde ich den Umgang mit Naturgewalten auf ein menschlich beherrschbares Maß reduzieren!

Also handelte es sich bei meiner Entscheidung keineswegs um eine kleinliche Charakterschwäche, wie sich viele der geneigten Leser schon zu vermuten anschickten, sondern um elementare, fundamentale, autonome und unterbewusste Seelenheilkunde! Basta!

Zur Entspannung nach meinem ersten dilettantischen Surfversuch haben wir uns anderntags die Insel auf einer Rundfahrt angesehen. Das kann ich nur empfehlen, denn Korsika ist wunderschön.

Nach zwei Wochen war unser Urlaub zu Ende und wir wollten wieder auf das Festland zurückfahren. Da ereilte uns noch einmal Ungemach. Im Hafen bei der Fähre angekommen, erfuhren wir, dass unsere Buchung für den Vortag gegolten hätte und wir erst wieder in zwei Tagen mitgenommen werden könnten. Es waren ja die letzten Ferientage und die Fähre deshalb ausgebucht.

Was tun? Wir erkundigten uns und erfuhren, dass in drei Stunden noch eine Fähre nach Genua gehen würde, die koste allerdings wesentlich mehr. Was blieb uns übrig? Am Tag darauf begann die Schule! Also zahlten wir den Aufpreis und fuhren auf die Fähre nach Genua. Die Überfahrt dauerte zwar länger, aber das Meer blieb ruhig und wir erreichten nach einer anschließenden längeren Nachtfahrt im PKW wohlbehalten aber müde unser Zuhause.

Übungsrevier Baggersee

So wie ich es mir vorgenommen hatte, machte ich mich kundig, wo denn ein Surfbrett zu kaufen sei. Das war damals gar nicht so einfach, weil zu dieser Zeit, man schrieb das Jahr 1976, Surfen noch kein Trendsport war. Die ersten Anhänger wurden mitleidig belächelt, da sie ja fast nur im flachen Wasser in Ufernähe zu finden waren, wo sie das bereits bekannte Spiel vom Aufstieg und Runterfallen übten. Selten nur konnte man einen Könner sehen, der ruhig in einiger Entfernung vom Ufer mit dem Wind seine Bahnen zog.

Ich wurde fündig im kleinen Ort Chieming am Ostufer des Chiemsees. Dort hatte sich im rückwärtigen Teil und anschließenden Innenhof des väterlichen Schuhgeschäfts der noch schulpflichtige Sohn einen kleinen

Laden eingerichtet, in dem er, soweit es die Schularbeiten zuließen, am Nachmittag Surfbretter mit Zubehör verkaufte. Der Laden wurde dann im Laufe der Jahre und im Zuge der raschen Ausbreitung der faszinierenden Wassersportart Segelsurfen, so nannte man das damals, immer größer und führt bis heute ein reichhaltiges Sortiment der gängigsten Marken.

Der Inhaber, der Mayer Maxe, war lange Jahre mein Materialausrüster, denn der Surfsport entwickelte sich rasant und es war immer mal wieder neues Material nötig, um den selbstgestellten Anforderungen zu genügen. Damals gab es nur ein begrenztes Angebot weniger Hersteller von Surfbrettern, die bekannteste Marke, die mir auch selbst am vertrauensvollsten erschien, war "Mistral". Also kaufte ich mir einen "Mistral Alround". Es war ein wunderbares Brett. Dazu ein Segel mit einer Fläche von 6 qm, einen Mast und einen Gabelbaum. Der Gabelbaum war bereits aus Aluminium und der besseren Griffigkeit wegen mit Gummi ummantelt. Also bereits ein Fortschritt gegenüber den Gabelbäumen der ersten Stunde, die noch aus Holz gefertigt waren.

Da die Surfbretter, aber auch die Segel, im Laufe der Fortentwicklung wesentlich andere Formen annahmen, will ich hier kurz beschreiben, wie sie und das nötige Zubehör damals aussahen. So ein Brett war etwa zwischen 3,60 m und 3,90 m lang, bis zu 70 cm breit. Obwohl es nur aus kunststoffummanteltem Schaumstoff bestand, hatte es ein Gewicht so um die 23 kg. Das wurde einem jedes Mal beim Hochwuchten auf das Autodach bewusst. Im Surfbrett eingefügt waren noch ein Schwertkasten, ein Finnenkasten und das Einsteckloch für den Mastfuß. Diese Stellen waren empfindlich, denn wenn sie beschädigt wurden, nahm der Schaumstoff im Brett Wasser auf und es wurde nach und nach schwerer. Nicht lange war es üblich, dass Schwert und Finne starr in den dafür vorgesehenen Kästen im Brett steckten, was natürlich den Nachteil hatte, dass sie bei Grundberührung beschädigt werden konnten. Bald schon wurden Bretter angeboten, da konnten Schwert und Finne zurückgeklappt werden; später konnte das Schwert auch während der Fahrt vollständig im Brett versenkt werden. Mein Brett hatte zumindest schon den Vorteil, dass Schwert und Finne zurückgeklappt werden konnte. Das verringerte die Gefahr der Beschädigung erheblich.

Das Rigg, bestehend aus Mastfuß, Mast, Segel und Gabelbaum war noch einfach gestaltet. Das Segel war ein Kunststofftuch mit einer Masttasche, in welche der Mast gesteckt wurde. Am unteren Ende des Segels, dem Unterliek, war eine Öse eingearbeitet, an dem das Segel nach unten stramm gezogen wurde. Am äußeren Ende des Segels, dem Achterliek, befand sich ebenfalls eine Öse, da wurde das Segel nach außen, zum Gabelbaumende hin, gespannt. Anfänglich war es schwierig, den Gabelbaum mit dem Mast zu verbinden. Da es noch keine entsprechenden Beschläge gab, musste man den Gabelbaumkopf mit einem Tampen (kurzes Seilstück) und dem sogenannten "Stopperstek" befestigen. Der Stopperstek war ein spezieller Knoten, der sich selbst festzog, so konnte der Gabelbaum nicht am Mast verrutschen. Die Gabelbäume waren dazumal lang und unhandlich, später konnten sie kürzer bebaut werden, da bei den durchgelatteten Segeln mehr Segelfläche nach oben verteilt werden konnte.

Jetzt hätte ich fast ein wichtiges Teilstück am Rigg vergessen. Die Starschott. Das ist ein längerer, dickerer Tampen, der zum Hochziehen des Riggs aus dem Wasser dient und am Gabelbaumkopf befestigt ist. Hatte man die Startschot beim Aufriggen vergessen und war schon so fortgeschritten, mit einem "Beachstart" in See stechen zu können, bei dem man die Startschot nicht benutzen musste, und stellte man womöglich erst weit draußen auf See fest, dass diese wichtige Starthilfe an Land geblieben war, stand man vor einem Problem. Vor allem als Anfänger. In den späteren Jahren, wenn man schon ein Könner war und den Wasserstart beherrschte, erübrigte sich eine Startschot, sie wurde aber zur Sicherheit meist noch verwendet.

Mit dem neuen Material und viel Vertrauensvorschuss an mich selbst ausgerüstet, startete ich an den Soyensee, einem längst wieder renaturierten ehemaligen Baggersee in der Nähe meines Wohnortes. Der See wurde zu Anfang des vorigen Jahrhunderts beim Bau der B 15 geschaffen. Da neben dem Nasenbach auch noch einige kleinere Rinnsale eingeleitet wurden, musste ein Abfluss geschaffen werden. Das übernahm ein in nächster Nähe gelegenes Stromversorgungsunternehmen. Es baute einen unterirdischen, begehbaren Stollen zum etwa drei Kilometer entfernten Inn, um so das Gefälle zur Stromerzeugung zu nutzen.

Der See war im Sommer warm, der Seezugang lag in der Nähe eines Gasthofes und für die noch geringe Zahl an Surfern war die Liegewiese der Badeanstalt gut geeignet, um auf den Wind zu warten. Ja, leider hat das Warten auf geeigneten Wind in unseren Breiten die weit überwiegende Zeit beim Surfen beansprucht. Mit wachsendem Können auf dem Brett sollte dann der Wind immer stärker sein, was aber bei uns fast ausschließlich nur mit schlechtem Wetter einherging. Es ist deshalb nicht verwunderlich, dass die Könner bald in die Ferne schweiften, vorwiegend an den Lago di Garda. Davon aber später.

Das Auf und Ab der ersten Startbemühungen kennen Sie schon, es wurde bald abgelöst vom Gleiten über das Wasser mit dem Wind in den Händen. Eine Schwierigkeit trat aber doch bald zu Tage. Auch wenn es Sommer war, durch die immer noch häufig vorkommenden Stürze ins Wasser mit anschließendem Aufsteigen aufs Brett, kühlte der Körper empfindlich aus. Also schaffte ich mir einen Neoprenanzug an, damals noch "Long John" genannt, weil er lange Beine aber kurze Ärmel hatte.

Nachdem die Leidenschaft für das Surfen im zweiten und dritten Jahr schon ausufernd gediehen war, legte ich mir noch einen so genannten Trockenanzug zu. Eine hässliche weiße Gummihaut, die mit Manschetten an Beinen, Armen und Hals versehen war. Ein speziell gestalteter wasserdichter Reißverschluss quer über der Brust ermöglichte das Einsteigen in dieses Ungetüm. Darunter musste man, wollte man nicht frieren, einen Ganzkörperfrotteeanzug tragen. Sie denken, das wäre aufwändig? Ich stimme Ihnen zu, aber wenn sie ein "Ganzjahressurfer" sein wollten, musste das der Gesundheit wegen in Kauf genommen werden. Dazu durften Neoprenschuhe und Handschuhe nicht fehlen. Der Trockenanzug überlebte zwei Jahre, dann bekam er einen Riss und war damit außer Dienst gestellt. Diese Art von Trockenanzügen war nicht sehr funktionell und kam auch deshalb zu Recht schnell wieder aus der Mode.

Mit den Neoprenhandschuhen kam ich nicht zurecht. Ich bekam Krämpfe in den Unterarmen. Also musste es auch ohne Handschuhe gehen. Das war unter gewissen Umständen möglich.

Ich erinnere mich da an einen 24. Dezember. Sie liegen richtig, es war Heiliger Abend, am Vormittag. Ich war mit meiner Frau noch die letzten

Einkäufe erledigen, es waren nicht mehr viele, da meine Frau immer sehr penibel voraus denkt vor solchen Feiertagen und deshalb war das Meiste schon erledigt.

Aber es herrschte Föhnsturm! Bei uns im Alpenvorland ist das nicht gerade ungewöhnlich. Und Föhn bringt Wärme mit. Also fragte ich vorsichtig bei meiner Frau an, ob sie was dagegen hätte, wenn ich am Nachmittag noch für einige Stunden an den Soyensee fahren würde. Sie kannte ihren Pappenheimer ja schon länger und stimmte, wenn auch mit der Bemerkung, ob ich sie denn noch alle hätte, schließlich resigniert zu.

Schnell war alles auf und in das Auto gepackt und innerhalb einer Viertelstunde war ich am See und riggte auf. Sie werden sich wundern, ich war nicht allein! Also ab ins Wasser und aufs Brett. Das Wasser hatte so um die zehn Grad Celsius. Erst versuchte ich es mit Handschuhen. Die Folge waren beginnende Krämpfe in den Unterarmen. Raus ans Ufer, Handschuhe ausgezogen und wieder losgesurft. Die Hände wurden nass, das war nicht zu vermeiden. Der Wind trocknete sie, aber die Verdunstungskälte entzog den Händen die Wärme und machte sie alsbald zu Eisklumpen, sodass ich den Gabelbaum nur mehr mit Mühe halten konnte. Also wieder raus aus dem Wasser, mit der bedauerlichen Erkenntnis, dass es damit vorbei war mit der Surferei am Heiligen Abend.

Doch bald bemerkte ich, dass nach dem heftigen Schmerz, der mit dem Auftauen der eiskalten Hände einherging, diese zu glühen anfingen. Also zurück aufs Wasser! Das war die Lösung, die ich von dem Tag an immer praktiziert habe. Ich muss allerdings gestehen, in späteren Jahren kam ich vom Surfen bei kaltem Wetter wieder ab, der Spaß dabei war dann doch nicht so grandios.

Neben der Gefahr für die Gesundheit durch Surfen ohne Neoprenanzug lauerte noch eine andere, die zumindest in der Frühzeit dieser Wassersportart äußerst schmerzhaft auftreten konnte. Die Ursache dafür lag darin, dass der Mastfuß nicht fest mit dem Brett verankert war, was der bestehenden Sicherheitsvorschrift entsprach. Die Verordnung sollte verhindern, dass man sich die Zehen oder die Finger einklemmte, wenn der Mast, vom Winddruck beschleunigt, auf das Brett krachte. Also löste sich der Mastfuß mit Rigg vom Brett bei einer definierten Belastung. Diese Belastung trat manchmal schon auf, wenn man das Rigg aus dem

Wasser ziehen wollte. Es führte zwar in den meisten Fällen nur dazu, dass man rückwärts mit der Startschot in den Händen ins Wasser fiel. Manchmal aber stand man auf dem in den Wellen schwankenden Brett, startbereit zum Hochziehen des Riggs, den Mastfuß zwischen den Füßen, um das Gleichgewicht zu wahren und zog am nassen und damit schweren Rigg. Wenn dann der Mastfuß unverhofft aus seiner Verankerung im Brett sprang, geschah es, dass man nicht mehr rechtzeitig reagieren konnte und das Rigg schlug einem zwischen die Beine. Ein unvermeidlicher Abgang ins kühlende Nass mit anschließender längerer Erholung nahe der Bewusstlosigkeit mit Scherzen, die nur ein Mann nachempfinden kann, war die sehr unangenehme Folge.

Später änderte sich das, Gott sei es gedankt. Die Vorschrift wurde kassiert, als die Bretter durch den technischen Fortschritt zu "boards" wurden. Die waren um mehr als die Hälfte leichter, hatten damit nicht mehr die Massenträgheit und reagierten nachgiebiger auf entstehenden Druck bei untergelegten Zehen oder Fingern.

Eine rührende Geschichte möchte ich noch erwähnen, die ich in den vielen Jahren am Soyensee erlebt habe. Schon im zweiten Jahr meiner Surfversuche gesellte sich zu der nach und nach anwachsenden Szene von Surfern ein älteres Ehepaar. Beide waren sicher schon im Ruhestand, denn immer, wenn ich dort ankam, waren sie schon da. Er war ein leidenschaftlicher Surfer, trainierte bis zur Erschöpfung, dann stieg er zur Erholung vom Brett, legte es am Ufer ab und ging zu seiner Frau, die im Windschatten der Wasserwachtshütte auf ihn wartete. Dort hatten sie einen kleinen Tisch und zwei Stühle aufgestellt. Aus einem Picknickkorb zauberte sie eine Thermosflasche mit heißem Tee und zwei Tassen sowie eine kleine Brotzeit. Das alles wurde ihm liebevoll serviert. Nachdem er sich gestärkt und erholt hatte, verabschiedete er sich mit einem Bussi bei seiner Frau und stieg wieder auf sein Brett.

Ich bin gelegentlich mit ihm ins Gespräch gekommen, wenn wir wieder einmal auf Wind warteten. Er erzählte mir, er sei Monteur bei BMW gewesen und seit zwei Jahren im Ruhestand. Surfen hätte er im Fernsehen gesehen, es hätte ihn so fasziniert, dass er es unbedingt lernen wollte. Ich habe ihn und seine Frau lange Jahre dort angetroffen und bei mir gedacht, siehe da, diesen Sport kannst du lange ausüben.

Herrliche Jahre am Chiemsee

Jahre bevor ich anfing zu surfen, waren wir in einem Verein für Freikörperkultur am Chiemsee eingetragene Mitglieder. Zur damaligen Zeit, wir schrieben das Jahr 1965, war das nicht selbstverständlich, man konnten nicht jedem davon erzählen, denn das war noch ein wenig anrüchig im katholischen Bayern.

Diese Art Urlaub und Freizeit zu genießen lernte ich, als ich meine spätere Frau kennenlernte. Deren Eltern, also meine zukünftigen Schwiegereltern, waren mit Freunden aus Linz in Österreich jedes Jahr im Urlaub an den Keutschacher See gefahren, auf einen FKK-Platz.

Als meine Frau mir vorschlug, ihre Eltern dort zu besuchen, war ich einerseits neugierig, andererseits fragte ich mich und dann auch sie, ob ich denn dafür bereits die sittliche Reife hätte. Sie versicherte mir, dass daraus kein Problem entstünde. Wir fuhren also - ich mit gemischten Gefühlen belastet - los an den Keutschacher See.

Dort angekommen wurden wir freundlich empfangen, vorläufig noch im Vorfeld, in dem zum FKK-Platz gehörenden Café. Da saßen schon die ersten "Nackerten" auf ihren mitgebrachten Handtüchern, braun gebrannt am ganzen Körper und völlig ungezwungen, Männlein wie Weiblein. Von der natürlichen Ungezwungenheit angesteckt dauerte es nicht lange, bis auch ich den Schritt wagte, mein Outfit dem der Umgebung anzupassen. Ich habe es nie bereut. Bis auf wenige Ausnahmen habe ich nie erlebt, dass sich auf einem FKK-Platz jemand ungebührlich benommen hat.

Dort, in Keutschach am See, lernte ich dann Volleyballspielen. Ein weit verbreiteter Sport auf FKK-Plätzen. Was bot sich Besseres an, als dieser Freizeitgestaltung auch zu Hause zu frönen? Mit Gleichgesinnten gründeten wir innerhalb eines bestehenden Vereins eine Volleyballabteilung. Das war nicht sonderlich schwer, da uns meine Frau tatkräftig unterstützte. Sie war Sportlehrerin, die ihre Schüler für die Volleyballmeisterschaften der Schulen trainierte. Wie professionell diese Unterstützung war, kann man daran ermessen, dass sie mit ihren Schülern einige Male die bayerischen Endausscheidungskämpfe gewonnen hat.

Im Rahmen der abendlichen Sportstunden stellte sich heraus, dass zwei der mitspielenden Paare auch auf einem FKK-Freigelände am Chiemsee im Rahmen eines Vereins diesen Sport ausübten. Wir wurden uns schnell einig, sie machten für uns die Bürgen, die waren damals zum Vereinsbeitritt erforderlich, und wir spielten am Chiemsee Volleyball.

Schon im folgenden Jahr nach meinem ersten Surfversuch auf Korsika tauchten auf unserem Gelände am Chiemsee die ersten Surfbretter auf. Darunter auch meins. Das war ideal. War kein Wind, spielten wir Volleyball, kam Wind auf, gingen wir mit den Brettern aufs Wasser. Beim Konkurrenzkampf sowohl beim Ballspiel als auch auf den Surfbrettern hatten wir viel Spaß.

Verbissen lernten wir von einander, was der eine vormachte, versuchten die anderen mit mehr oder weniger Glück nachzumachen. Das begann mit einer schnellen Wende, bei der man vor dem Mast auf die andere Seite des Brettes gelangen, das Brett gleichzeitig mit den Füßen um 180 Grad drehen musste, um dann in die Gegenrichtung surfen zu können.

Später wurde die Wende von der Halse abgelöst, bei der man hinter dem Mast stehen blieb, dafür jedoch das Segel auf die andere Seite drehen musste, um zum gleichen Ergebnis zu kommen wie bei der Wende. Die Halse war schwieriger, da das Brett dabei instabiler wurde und man leichter vom selbigen fallen konnte.

Eine besondere Übung war das "Kantefahren". Man stellte mit den Füßen das Brett auf die Kante, mit einem Bein stützte man sich auf dem Schwert ab und nun musste man das Segel noch richtig in den Wind stellen, damit man einige Meter "umfallfrei" vorankam. Bei dieser Übung handelte ich mir so manch blauen Flecken auf meinen Schienbeinen ein. Eine beliebte Übung war zudem das Rückwärtsfahren. Wir stellten uns auf den Bug des Brettes, sodass sich das Heck mit der Finne aus dem Wasser hob und versuchten, mit dem Brett rückwärts zu fahren. Das war nicht einfach, da ja keine stabilisierende Finne mehr im Wasser die Richtung vorgab.

Kurze Theorie zur Technik mit Surfbrettern und Segel

Zu Anfang waren die Segel noch einfache Kunststofftücher, die frei zwischen den drei Festpunkten Masttasche, festgezurrtes Unterliek und Gabelbaumende flattern konnten. Das Material des Segeltuches war zwar weitgehend wasserabweisend, damit es nicht zu schwer wurde, aber nicht reckfrei; das heißt, es dehnte sich unter Zug aus.

War Wind im Segel, bildete es einen Bauch. Das hat sich im Laufe der Jahre geändert. Bald wurden die Segeltücher mit "Mylar" beschichtet, was sie weitgehend reckfrei machte; als dann später noch Latten in die Segel eingearbeitet wurden, flatterte das Segel nicht mehr. Bei einem modernen Segel ist heute der Segelbauch durch eine enorme Spannung von der Mastspitze zum Unterliek nahe an den Mast herangerückt und verändert seine Position auch bei starkem Wind nicht. Das setzte voraus, dass nahezu reckfreies Segeltuch entwickelt wurde.

Heute ähneln Surfsegel stark dem Profil eines Flugzeugflügels, was durchaus gewollt ist und ihre Eigenschaften für gutes Handling und schnelles Surfen erstaunlich verbessert hat. Es wird sicherlich nicht mehr lange dauern, dann wird der Geschwindigkeitsrekord für Surfboards die 100-km/h-Marke überschreiten.

Die innovative Entwicklung bei Surfsegel hat auch die Segelmacher der Rennjachten inspiriert. Um dort den Segelbauch definiert gestalten zu können, wird das reckfreie, sehr leichte, aber teure "Kevlar" verwendet, auch werden zwischenzeitlich durchgehende Segellatten eingezogen. Die Segel sind an ihrer braunen Farbe leicht zu erkennen.

Aber zurück zu den Anfängen der Surferei. Die Surfbretter waren noch schwer und lang, hatten ein Schwert in der Längsmitte und eine kleine Finne am Heck. Um eine solches Brett steuern zu können, musste man das Segel entsprechend bedienen.

Selbstverständlich war das Segel je nach Fahrtrichtung so zu stellen, wie man das auch bei einem normalen Segelboot machen sollte, will man damit effizient segeln. Kurs hart am Wind: Segel nahe an die Bootsmitte beiholen: Je weiter ab man vom Wind segeln will, desto mehr fiert man das Segel auf. Segelt man mit dem Wind, steht das Segel quer zum

Wind. Die Richtung wird durch das Steuerruder bestimmt. Soweit die Theorie beim Segeln.

Da das Surfsegel aber nicht starr mit dem Brett verbunden ist - es fällt ja um, wenn man es nicht hält - und am Brett kein Steuerruder angebracht ist, muss man sich anders behelfen. Ich will hier nicht auf die physikalischen Grundlagen von Abtrieb, Lateralfläche u. ä. eingehen, das würde zu weit führen, auch weil es eigentlich schon Schnee von gestern ist. Moderne Surfboards steuert man vor allem in der Gleitphase nur noch mit der Brettneigung per Knieschub. Klingt verwirrend, deshalb werde ich das später noch genauer erklären.

Also hier nur die Techniken der Surfbrettsteuerung per Segelstellung und das kurz und lapidar: Neige ich das Segel in Fahrtrichtung gesehen nach vorne, kommt mehr Winddruck vor den Mast und das Brett dreht weg vom Wind, es fällt ab. Neige ich das Segel weiter nach hinten, nimmt der Winddruck hinter dem Mast zu und das Brett dreht in den Wind. Der Drehpunkt des Bretts liegt dabei nahe dem Schwert, das den Abtrieb hemmt. Vergesse ich das Schwert ins Board zu stecken, treibe ich ungehemmt ab; die Finne war damals zu klein, um diesem Abtreiben merklichen Widerstand entgegen zu setzten.

Vorerst genug mit der Theorie zur Technik mit Surfbrettern und Segel. Kommen wir zurück zu den Erlebnissen und Geschichten der damaligen Zeit und den herrlichen Tagen am Chiemsee.

Es war ein wenig beschwerlich, die Bretter und Teile für das Rigg ans Ufer des Chiemsees zu tragen, da wir außerhalb des Geländes parken mussten. Da waren noch die Stühle oder Liegen und die Verpflegung zu tragen, da wir oft den ganzen Tag unserer Freizeit dort verbrachten. Wir lernten viele Freunde kennen, mit denen wir oft zusammen in Urlaub fuhren, fast immer zu Orten, an denen guter Wind herrschte.

Einer davon war Felix. Er heißt eigentlich nicht Felix, sondern Rudolf. Aber er hatte ein sehr sonniges Gemüt, war immer zu Späßen aufgelegt und strahlte mit seinen hellblauen Augen stets fröhlich in die Welt. Er war Zollbeamter und hatte den Außendienst gewählt. Also stromerte er zusammen mit einem jeweiligen Kollegen an der Grenze zu Österreich entlang, im Tag- als auch im Nachtdienst, um illegale Grenzüberschreitungen oder Schmuggler aufzudecken. Im Winter waren sie auf Tourenskiern unterwegs. Von ihm kenne ich einige der schönsten und einsamsten Skitouren in den bayerischen Bergen.

Auf einer dieser Touren waren wir gerade dabei, die grüne Grenze zu Österreich zu überschreiten, als wir von einem österreichischen Zollbeamten in Zivil aufgefordert wurden, unsere Ausweise vorzuzeigen. Felix kannte den Kollegen und meinte freundlich: "Du kennst mich doch, muss ich jetzt wirklich meinen Ausweis unter der Skikleidung hervorkramen?". Der Zollbeamte entgegnete, er könne da keine Ausnahme machen und verlangte den Ausweis. Felix kam dem zähneknirschend nach.

Einige Wochen später hat mir ein Kollege von Felix erzählt, dass der unnachgiebige österreichische Kollege an der Grenze bei Wildbichl von Felix aufgefordert wurde, seinen Kofferraum zu öffnen. Er kam gerade vom Einkaufen in Bayern zurück und wollte wieder nach Tirol. Felix ließ ihn den ganzen Kofferraum auspacken mit der Begründung, er müsse kontrollieren, ob zollpflichtige Ware darunter sei. Auf die Bemerkung des verärgerten Kollegen, das sei Schikane, antwortete Felix lapidar, er könne da keine Ausnahme machen.

Felix war auf einer privaten Skifortbildung mit befreundeten Skilehrern, als ihm die Freunde vorübergehend seine Geldbörse vom Tisch nahmen, auf dem er sie liegen gelassen hatte, während er auf die Toilette gegangen war. Sein Ärger war groß und er musste sich Geld leihen um zahlen zu können. Dann erst wurde ihm seine Geldbörse wieder ausgehändigt. Am anderen Morgen wunderte sich der Übeltäter, dass seine Skier nicht glitten. Felix hatte ihm nachts Steigwachs auf die Lauffläche aufgetragen.

Im Laufe weniger Jahre war Felix ein guter Surfer geworden. Aber bis es soweit war, musste auch er, wie wir alle, Lehrgeld bezahlen. Unser Gelände lag am südlichen Chiemseeufer, die Autobahn war nicht weit davon entfernt. Während der Lernphase unserer Surferei geschah es öfter, dass der Wind zu stark wurde und wir nicht mehr ans rettende Ufer kamen und abgetrieben wurden. Manch einer wurde dann mit dem Boot geholt.

So erging es auch Felix, nur hatte keiner mitbekommen, dass er Richtung Westen am Ufer entlang abgetrieben war. Er konnte sich erst einige Kilometer weit entfernt, schon in der Nähe des dort liegenden amerikanischen Erholungszentrums, an Land retten. Das Dumme dabei war, dass er, was ja auf einem FKK-Gelände nicht unüblich ist, im Adamskostüm aufs Brett gestiegen war. Zu dieser Zeit bestanden die Segel noch nicht aus Klarsichtfolien, sie waren bunt und hatten keine Latten. Er baute also das Segel ab, wickelte es sich um den Körper und lief anfangs auf dem Teilstück der Autobahn, das direkt am See entlang führte, zurück zum Gelände. Er war erleichtert, dass er durch sein originelles Outfit keinen Unfall verursacht hatte. Angehupt wurde er allerdings des Öfteren.

Da wir uns auf unseren Brettern immer sicherer fühlten, wollten wir natürlich auch bei mehr Wind aufs Wasser. Wie schon beschrieben, waren die Segel damals einfach eingespannte Tücher. Frischte der Wind auf, wurde der Bauch im Segel immer größer und wanderte in die Mitte zwischen Mast und Gabelbaumende. Das führte dazu, dass der Winddruck im Segel anstieg. Das Rigg konnte nicht mehr gehalten werden, wir gerieten deshalb so manches Mal in Seenot. Also schafften wir uns Sturmsegel und dazu passende Sturmschwerter an. Sowohl die Segel als auch die Schwerter hatten weniger Fläche, wir konnten uns damit auch bei starkem Wind aufs Wasser wagen.

Ein weiterer großer Nachteil dieser bauchigen Segel war, dass man leicht das Gleichgewicht mit dem Winddruck im Segel verlor und über das Brett gezogen wurde. Beim Katamaran Segeln nennt man das "über Stag gehen", beim Surfen durchaus berechtigt "Schleudersturz". Das war nicht ungefährlich. Es geschah fast immer vollkommen überraschend, man konnte nichts dagegen unternehmen, es zog einen nach vorne im Salto übers Brett, das Segel klatschte aufs Wasser und man selbst konnte froh sein, wenn dabei alles heil blieb.

Diese Gefahr wurde weitgehend entschärft mit den später üblichen Segeln, die vom Mast bis zum Achterliek mit mehreren Segellatten ausgestattet waren und durch die Spannung vom Mastfuß zur Mastspitze den Segelbauch nahe am Mast hielten. Auch die bald aufgekommenen Fußschlaufen auf den Boards trugen hilfreich dazu bei, den gefürchteten Schleudersturz zu verhindern. Wir waren uns dieser Gefahren bewusst, aber es konnte uns nicht davon abhalten, bei jeder Gelegenheit aufs Wasser zu gehen. Es galt der Spruch: "Nur die Zeit auf dem Wasser zählt."

Als wir dann nach und nach mehr Sicherheit auf dem Surfbrett erworben hatten, zogen wir uns die Badehose an, nahmen Geld in wasserdichten Kartuschen mit und surften auf die Fraueninsel zum Eis essen. Auch eine Inselumrundung war eine angesagte Mutprobe, denn schlief der Wind ein, mussten wir uns aufs Board legen und mit den Händen paddelnd wieder Land gewinnen.

Im Laufe der Jahre, in denen ich am Chiemsee surfte, veränderten sich neben den Segeln auch die Surfbretter ganz entscheidend. Es wurden neue Kunststoffe verwendet, sie waren leichter, aber nicht mehr so robust. Die bisher übliche Form des Unterwasserschiffs entwickelte sich in zwei gänzlich unterschiedliche Richtungen. Es bestand bisher aus einem runden Vorschiff bis etwa zur halben Länge und lief zum Schiffsende hin ein wenig flacher aus. Diese Form des Unterwasserschiffs war ein Kompromiss, es verdrängte das Wasser beim Surfen nicht optimal und kam das Brett schon mal ins Gleiten, so wurde es instabil und war schwer beherrschbar.

Also baute man reine "Verdränger". Dabei galt die alte Seglerweisheit: "Länge läuft". Je länger ein Segelschiff ist, umso schneller läuft es. Diese physikalische Gesetzmäßigkeit galt auch für Surfbretter, solange sie nicht in die Gleitphase übergingen. Die Verdränger waren infolgedessen lang, hatten ein angekieltes Vorschiff und die Rundung zog sich bis zum Schiffsende durch. Diese Dinger waren arg kippelig und damit schwer zu surfen, vor allem dann, wenn der Wind auffrischte. Da luften sie ungewollt an, das heißt, sie fuhren unkontrollierbar hart am Wind. Sie wurden mit großflächigen Segeln gefahren und eigneten sich gerade für unsere Breiten gut zum Tourensurfen, weil sie schon bei wenig Wind gut vorwärts kamen.

Da jeder Surfer mit seinem Brett der Schnellste auf dem Wasser sein wollte, versuchte man, immer die neuesten Entwicklungen zu fahren. Die Surfindustrie tat ein Übriges dazu, indem sie neue Kreationen anbot, die laut Werbeaussagen die besten und schnellsten Eigenschaften aufwiesen. Manch einer konnte es sich leisten, mit der Entwicklung Schritt zu halten. Da ich ja noch eine Familie hatte, war ich finanziell eingeschränkt und musste deshalb länger mit einem älteren Board vorlieb nehmen. Dabei entwickelte ich eine Idee, die mich jahrelang nicht los ließ. Ich hatte gelesen, dass bei Großschiffen neuerdings ein knollenartiger Wulst am Bug des Unterwasserschiffes zu einer signifikanten Treibstoffersparnis führen würde. Beim Surfboard, das als Verdränger konzipiert war, wollte ich deshalb auch einen sog. Bugwulst anbauen, denn, so meine Überlegung, wenn ein Schiff mit Bugwulst weniger Treibstoff braucht, würde mein Verdränger mit Bugwulst schneller laufen, da er den "Treibstoff" Wind effektiver nutzen könnte. Da ich selbst keine Möglichkeit hatte, Boards zu bauen, blieb diese Idee ein unerfüllter Traum. Ich hab auch nie davon gehört, dass es jemand versucht hätte.

Zeitgleich zur Änderung des Unterwasserschiffes wurde das Trapez auch beim Surfen eingeführt. Natürlich in der Hochburg der Surferei, in Hawaii. Man kannte das Trapez ja schon vom Segeln, also band man je einen Tampen mit zwei Knoten an jede Seite des Gabelbaumes, sodass sich eine hängende Schlaufe ergab.

Erst waren es Brusttrapeze, das heißt, man zog sich eine Art Weste an, an der auf Brusthöhe ein Haken nach unten gerichtet befestigt war. Mit diesem Haken versuchte man sich in die Schlaufe am Gabelbaum einzuhängen. Das glückte anfangs nicht immer, hing man aber mal drin, war es eine enorme Erleichterung beim Halten des Riggs während des Surfens. Später kamen Hüft- und Sitztrapeze auf, die waren komfortabler, da man somit den Winddruck im Segel mit dem Körpergewicht "aussitzen" konnte.

Musste man ohne Trapez je nach Kondition nach geraumer Zeit immer wieder einmal zur Erholung vom Brett, weil einem die Arme lang und länger wurden, war das Surfen mit dieser neuen Haltehilfe zeitlich nahezu unbeschränkt möglich.

Ein kurioser Vorläufer des Trapezes war eine Haltehilfe, die aus zwei Handschuhen bestand, die mit einem Seil verbunden waren, das mittels einer Weste über den Rücken geführt wurde, um so die Haltekräfte in den Armen zu minimieren. Nicht sehr effektiv, verschwand deshalb auch bald wieder vom Markt.

Ein weiterer Schritt zum wirklichen "Funboard" waren die Gleiter. Sie waren kürzer und somit auch leichter. Der Bug des runden Unterwasserschiffs ging nach etwa einem Drittel in eine Gleitfläche über. Ab etwa vier Beaufort Windstärke kam das Board ins Gleiten. Das war eine ganz andere Art von Surfen! Das Board verdrängt beim Gleiten nicht mehr mühsam das Wasser, es glitt an der Wasseroberfläche. Nun war nur noch die Reibung auf dem Wasser hinderlich an der Schnelligkeit, die das Board bei der jeweiligen Windstärke erreichen konnte.

Eine weitere Innovation schwappte von Hawaii nach Europa, die Fußschlaufen. Erfunden wurden sie zwangsläufig, da dort höhere Wellen vorherrschten und mit den neuen Gleitboards höhere Geschwindigkeiten möglich wurden. Dadurch hoben die Surfer oft ungewollt zum Sprung ab und verloren dabei das Board unter den Füßen. Zwei Schlaufen links und rechts von der Boardmitte kurz hinter dem Mastfuß, eine mittige Schlaufe auf dem Heck, kurz vor der Finnenbefestigung platziert, sorgten künftig dafür, dass man mit dem Board an den Füssen abhob und damit auch wieder landete. Für die Zukunft eröffnete das ungeahnte Möglichkeiten.

Das "Starkwindsurfen auf Funboards" war erfunden und damit ein Paradigmenwechsel eingeläutet. Wer weiterhin auf den alten Verdrängern unterwegs war, wurde bald als "Stehsegler" abqualifiziert. Das bedingte natürlich, dass die Avantgarde der Surfer umrüsten musste, wenn auch sie den faszinierenden Geschwindigkeitsrausch auf dem Wasser genießen wollte.

Damals waren die Zeitschriften "Surfen" oder "Surf" die angesagten Informationsmedien. Sie brachten Baupläne und Anweisungen, wie man ein "Speedmachine" genanntes Funboard selbst bauen konnte. Die industriellen Boardproduzenten konnten anfangs mit dem neuen Trend nicht mithalten, so entstand eine Welle von Heimwerkern, die in ihren Garagen die heißbegehrten neuen Boards aus Schaumblöcken shapten, Haltedübel für die Fußschlaufen einlaminierten, Finnboxen und Halteschienen für den Mastfuß einfügten und das alles mit Glasfasergewebe ummantelten, um es schließlich mit Kunstharz zu tränken. Nach dem Trocknen folgte die unangenehme Schleifarbeit, weil dabei feinster Staub ohne Ende entstand. Anschließend wurde dem neuen Board noch ein fetziges Design verpasst, das unter einer Schicht klarem Decklack geschützt wurde. Auf ein Schwert konnte verzichtet werden, da diese Bretter mit einer anderen Technik gesurft werden mussten. Allerdings konnten sie auch hart am Wind nicht die Höhe laufen, die man bei Brettern mit Schwert erreichte.

Das führte bei vielen Anfängern auf den neuen Funboards dazu, dass "Höhelaufen" unfreiwillig, aber buchstäblich genommen wurde. Sie mussten die vom Ausgang ihres Starts auf dem Wasser verlorene Höhe mit dem Surfmaterial in Händen zu Fuß am Ufer zurück gewinnen.

Ich hatte keine Gelegenheit, mir selbst ein solches Funboard zu bauen, aber ich hatte einen guten Bekannten, der bei der Firma Fritzmayer arbeitete. Das war eigentlich ein Skiproduzent, der aber zur Betriebsauslastung Surfbretter für Mistral baute.

Mein "Fuhrpark" war zwischenzeitlich auf zwei Bretter angewachsen, weil meine Frau auch zu Surfen angefangen hatte. Zum Mistral "Alround" war ein Mistral "Competition" gekommen. Dazu erwarb ich von meinem Bekannten bei Fritzmayer eine Speedmaschine. Die war ungewohnt leicht, gerade mal sechs Kilo ohne Finne! Sie bestand nicht wie die Modelle nach der Bauanleitung der "Surf" aus glasfaserverstärktem Kunststoff (GFK) sondern schon aus in Harz getränktem Carbongewebe (Kevlar). Eine Innovation der privat durchgeführten Versuche meines Bekannten bei Fritzmayer. Das war damals revolutionär und wurde erst Jahre später von den industriellen Anbietern übernommen. Auch die Finne war um die Hälfte länger als üblich und nahm damit ebenso die spätere Entwicklung vorweg.

Dieses Funboard hatte aber neben den oben erwähnten Schwierigkeiten beim Höhelaufen noch andere Eigenschaften, die es von den "Stehsegelbrettern" abhob. Es war sehr kurz. War ein Stehsegelbrett etwa 3,60 m lang, brachte es das Funboard nur auf 2,60 m! Das war nur möglich, indem man das Vorschiff, also den Bereich vor dem Mastfuß, drastisch kürzte. Ein Umsteigen vor dem Mast, wie es bei der Wende üblich ist, führte unweigerlich dazu, dass man auf Tauchstation ging, da das Vorschiff nicht das dazu nötige Volumen aufwies. Das meiste Volumen lag hinter dem Mastfuß. Damit war eine Halse erforderlich, um mit viel Geschick einen Richtungswechsel zurück an Land durchführen zu können.

Nach dem ersten Gleiten mit einem Funboard hatte man die Unschuld verloren, man wollte nur noch Starkwind, um dieses irre Gefühl immer wieder zu erleben. Wenn sich das Board aus der Verdrängerphase in die Gleitphase hob, war auf einmal der Winddruck nur noch halb so stark, man stellte sich in die Schlaufen und genoss die Geschwindigkeit. So war es im Idealfall! Aber den erlebte man nicht oft. Vor allem nicht bei meinem superleichten Carbonboard. Es hatte, wie alle Speedmaschinen noch einen wesentlichen Nachteil, der aber bald durch neue Entwicklungen behoben wurde.

In diesen Jahren war die Entwicklung beim Surfmaterial so rasant, dass wir nicht umhin kamen, unsere Bretter und auch die Segel im Jahr zwei- bis dreimal zu erneuern, wollten wir mit dem Fortschritt mithalten.

Aber zurück zu meinem Carbonboard. Es hatte ein sogenanntes Squaretail. Das hieß, das Heck lief nicht harmonisch nach hinten aus, sondern war quer abgeschnitten. Der Theorie nach sollte so die Wasserströmung abrupt abreißen, ohne für die Geschwindigkeit schädliche Wirbel zu bilden. Das hat wirklich gut funktioniert. Das Brett wurde so schnell, dass ich es mit der Angst zu tun bekam. Wer schon mal bei knappe 40 km/h aufs Wasser aufgeschlagen ist, weiß, von was ich rede. Das Wasser ist bei dieser Geschwindigkeit hart! Dazu kam noch eine weitere unangenehme Eigenschaft, das leichte Board tanzte und schlingerte schon bei kleinsten Wellen beängstigend, dabei war es schwer zu kontrollieren. Segelneigen zur Steuerung funktionierte mit diesem Brett und bei der Geschwindigkeit nicht mehr, denn legte man das Segel vor zum Abfallen, wurde man sofort per Schleudersturz über Segel und Brett gezogen. Neigte man das Segel nach hinten zum Anluven, schoss es unkontrolliert in den Wind. Es blieb mir also nur übrig, mit der Angst vor einem Sturz gerade aus zu fahren, vor dem Umkehren die Geschwindigkeit raus zu nehmen bis fast zum Stehen, auf dem Heck trippelnd und schwankend eine Halse durchzustehen und die gleiche Strecke zurückzufahren. Das war auf Dauer nicht sehr spaßig, auch wenn ich dabei immer der Schnellste auf dem Wasser war. Es war zu anstrengend und zu gefährlich.

Hatte ein normales Brett meist über 200 Liter Auftriebsvolumen, besaß diese Rennmaschine nur knapp 120 Liter. Man kann sich ausmalen, was das bedeutete: Ich hatte an Bord mit Surfanzug und Trapez knapp 85 kg, dazu kam das Rigg mit etwa 10 kg. Ich stand auf dem Board im Ruhezustand immer bis zu den Knöcheln im Wasser. Später fand man für solche Boards die Bezeichnung "Semisinker", in Anlehnung an den "Sinker", der meist nur 100 Liter oder weniger Auftriebsvolumen hatte.

Beim Starten vom Strand aus, dem zwischenzeitlich erlernten "Beachstart", kam eine weiteres Problem hinzu: die Finne an diesem Brett war zu lang dafür. Denn wollte ich nach alter Manier aufs Brett steigen und das Segel hochziehen, so war das ungemein schwierig, weil ich ja überwiegend bei viel Wind in kabbeligem oder stark welligem Wasser unterwegs war.

Bei hoher Geschwindigkeit stellte sich oft ein weiteres Handicap ein, der "Spinout". Es ist dies das plötzliche Abreißen der Wasserströmung an der Finne. Bei diesem Board mit der langen Finne geschah dies öfter als mir lieb war. Das Heck schmierte unerwartet unter den Füßen seitlich weg und ich hatte meine liebe Not, ohne Sturz wieder in Fahrt zu kommen.

Ich verkaufte diese schwierige Rennmaschine bald wieder, auch weil die Entwicklung der industriell angebotenen Boards wieder einen Schritt vorwärts geschafft hatte. Als neue Brettform erwies sich das "Pintail" als ideal. Es hatte ein harmonisch auslaufendes Heck. Das Besondere daran war, dass man das Brett mit Neigen über die Längsmitte steuern konnte. Wenn man eine der lang auslaufenden runden Kanten des Hecks belastete, nahm das Brett die Kurve an, die diese Kante vorgab. Man konnte ab sofort Slalom fahren, wenn man die Kanten abwechselnd belastete. Das funktionierte aber erst, wenn das Brett im Gleiten war. Welch ein Fortschritt gegenüber der zickigen und schwer kontrollierbaren Speedmaschine!

Um nun auch noch Surfen zu können ohne die ganze Energie für die oft notwendigen Neustarts zu vergeuden, also bei Welle aufs kippelige Brett steigen, das Segel hochziehen um Fahrt aufnehmen zu können, hatte ich Monate zuvor eine neue Möglichkeit entdeckt, um kräftesparend aufs Brett zu kommen: den Wasserstart.

Zum ersten Mal habe ich den Wasserstart in Ulika gesehen, unserem Feriendomizil auf Istrien. Der bei Fritzmayer beschäftigte gute Bekannte, von dem ich das oben beschriebene Carbonboard gekauft hatte, war ebenfalls ein guter Surfer. Da für einen Wasserstart der normale thermische Wind am Mittelmeer nicht ausreichte, trainierte er ihn während eines Sturmes. Wir konnten den dabei herrschenden Starkwind noch nicht bewältigen, standen deswegen am Ufer und sahen zu. Nach mehreren Versuchen stand er endlich auf dem Brett, um sofort auf der anderen Seite wieder hinunter gezogen zu werden. Aber er gab nicht auf und bald hatte er den Bogen raus und surfte los. Wir waren begeistert!

Da ich eher autodidaktisch veranlagt bin, kaufte ich mir, zuhause angekommen, sofort die entsprechende Literatur dazu und wollte unverzüglich beginnen zu üben. Aber wo war ausreichend starker Wind für dieses Unterfangen? Selten in heimischer Umgebung. Waren wir am Chiemsee und es sah nach Sturm aus, surften wir los mit unseren 6.0 qm Segeln, die wurden bei auffrischendem Wind schnell zu groß, bis wir aber auf ein kleineres Segel umgerigt hatten, war der Wind schon wieder abgeflaut, dafür aber regnete es oft in Strömen. Unter Starkwind versteht der Surfer Windstärken über vier Beaufort, und den gibt es bei uns meist nur in Zusammenhang mit schlechtem Wetter.

**Starkwindrevier Gardasee,
Malcesine**

Da es schon spät im Jahr war, als ich den Wasserstart erstmals sah, fieberte ich den ganzen Winter über auf das Frühjahr hin. Mit viel Arbeit und an den Wochenenden eingelegten Skitouren, war die kalte Zeit doch erträglich kurzweilig und ging endlich vorüber. Da stetig starker Wind bei uns nicht zu haben war, buchte ich früh im Jahr ein verlängertes Wochenende am Gardasee. Es hatte sich rumgesprochen, dass hier ideale Windverhältnisse herrschen würden. Am Vormittag sollte der "Vento" von Norden nach Süden wehen, am Nachmittag die "Ora" in umgekehrter Richtung von Süden nach Norden.

Ich war in einem Hotel in der Nähe von Malcesine untergebracht. Am anderen Morgen, noch im Bett liegend, hörte ich schon den Wind! Nichts wie runter zum Frühstücken. Kaffee mit zwei Brötchen, belegt mit Wurst und Käse, danach noch das obligatorische Müsli, weil das auch bei körperlicher Belastung den ganzen Vormittag anhält. Dann runter zum Auto und an den Parkplatz beim Hotel Europa gefahren. Da waren schon andere Surfer angekommen, bei denen ich schnell nachsah, welche Segelgröße die aufgezogen hatten. Also aufgeriggt, Neoprenanzug angezogen und rein ins Wasser. Da es sich beim Gardasee, zumindest im Norden, um einen Gebirgssee handelt, wird das Wasser dort selten mehr als 22 Grad warm. An diesem Frühlingstag hatte es eben mal 13 Grad. Es war unanständig kalt. Das ist an sich nicht so schlimm, wenn man einen isolierenden Neoprenanzug anzieht. Was ich nicht bedacht hatte, waren die fehlenden Neoprenschuhe. Nach drei Stunden Surfen, von denen ich sicherlich die Hälfte der Zeit mit Wasserstartversuchen verbrachte, waren meine Füße so kalt, dass ich aus dem Wasser musste. Ich trug Brett mit Segel raus auf den Parkplatz, wobei sich meine Füße so gebrechlich anfühlten als wären sie aus Glas.

Aber ich hatte begriffen, wie so ein Wasserstart funktioniert. Zukünftig war er nur noch bei zu wenig Wind problematisch, da musste man sich trickreich aufs Brett schummeln. Bei gutem Wind war er einfach und kraftsparend auszuführen und später konnte ich sogar bei einem Sturz während der Halse das Segel so aufs Wasser fallen lassen, dass sich das leidige Ausrichten des Segels im Wasser für den Neustart erübrigte.

Einige Wochen später war ich mit meinem Freund Heinz wieder am Gardasee. Da ich mitbekommen hatte, dass der Wind nur in bestimmten Bereichen am See die zum Gleiten notwendigen vier Beaufort erreicht, hatten wir uns dieses Mal in Torbole einquartiert. Wir waren am Freitag nach der Arbeit losgefahren, nach knapp vier Stunden Autofahrt angekommen, hatten uns im Hotel angemeldet und waren noch schnell nach Navene, einem Ort, der ein wenig südlicher am See liegt, zum Abendessen gefahren. Wir saßen in der Abenddämmerung im Freien und warteten auf unsere Spagetti. Da machte mich Heinz auf einen einsamen Surfer aufmerksam, der im schwindenden Licht über den See glitt. Er hatte das Segel weit nach hinten geneigt, fuhr nahe bis ans andere Ufer, glitt nach einer elegante Halse ohne Geschwindigkeitsverlust mit dem letzten Licht wieder zurück an das von uns aus nicht einsehbare Ufer bei Malcesine. Wir waren gefangen von dem mystischen Anblick. Es war für uns eine Offenbarung! So surfen zu können, war uns Wunsch und Antrieb zugleich.

Ich hatte zu dieser Zeit ein neues Funboard erworben, ein Hyfly 444, das mit zwei parallel angebrachten Finnen ausgestattet war, damit sollte das Höhelaufen effektiver sein. Die Finnen konnte man von hinten in zwei ins Board eingegossene Schienen schieben, wo sie mit einem Federmechanismus befestigt wurden. Nachdem wir am Vormittag bei Vento, dem Wind vom Norden, fleißig gesurft waren, blieb der Wind am Nachmittag, die Ora vom Süden her, aus. Dafür zog in den Bergen ein Gewitter auf, das bald mit brachialem Sturm niederging. Es tobte eine gute Stunde, und als es nachließ, der Wind weniger und damit surfbar wurde, ging ich mit dem Hyfly 444 aufs Wasser. Der Wind war immer noch sehr stark und ich wurde richtiggehend gefordert. Das Board schoss auf dem Wasser dahin und war nur schwer zu bändigen. Plötzlich tat es einen Schlag und ich flog übers Segel ins Wasser. Nachdem ich mich zusammengerappelt hatte, surfte ich vorsichtig zurück ans Ufer, um den Schaden, der entstanden war, zu begutachten.

Am Ufer angekommen sah ich, dass eine der Finnen aus der Schiene geschlagen worden war. Ich musste offensichtlich einen im Wasser schwimmenden Gegenstand gerammt haben. Die Finne konnte ich zuhause wieder ersetzen, Surfen am anderen Tag war allerdings nur eingeschränkt möglich.

Wenige Wochen später fuhren Heinz und ich wieder am Freitag nach der Arbeit an den Gardasee. Schon unterwegs im Auto waren wir bester Stimmung, eine Kassette mit Aufnahmen von Konstantin Wecker, bei der wir lauthals mitsangen, war mit Ursache unserer guten Laune. Mein Lieblingslied: "Du, ich lebe immer am Strand / unter dem Blütenfall des Meeres". Es gefällt mir unter all seinen Liedern noch heute am besten.

Wir waren wieder im gleichen Hotel wie beim ersten Mal untergekommen. Am Samstag war das Wetter schön, der Wind gut und wir gingen früh schon aufs Wasser, um den Wind ausnützen zu können.

Aus leidvoller Erfahrung hatten wir mitbekommen, dass der Vento, wenn es gegen Mittag zuging, überraschend abflaute. War man mit einem Sinker draußen, also einem Board, das zu wenig Volumen hatte, als dass man noch das Segel aufziehen konnte, um damit auch bei wenig Wind zurück ans Ufer zu surfen, und übersah man die Anzeichen dafür, dass der Wind bald einschlafen würde, gab es zwei Möglichkeiten. Zum einen konnte man auf dem Brett sitzen bleiben und abwarten, bis der Wind umschlug und die Ora anfing zu wehen. Wollte man das nicht, es konnte ja immerhin gut zwei Stunden dauern, musste man mit dem Brett und dem Segel zusammen an Land schwimmen. Das war mühselig, weil das Segel wie ein Treibanker wirkte und das Wasser im Norden des Gardasees meist kalt war. Die Surfer, die draußen geblieben waren, rotteten sich in kleinen Gruppen zusammen und vertrieben sich die Zeit mit Erfahrungsaustausch und Unterhaltung.

Ich muss gestehen, dass mich dieses Missgeschick am Gardasee anfangs oft heimgesucht hat, bis ich die Anzeichen deuten konnte, wann es so weit war, um frühzeitig vor dem endgültigen Einschlafen des Windes ans Ufer zu surfen. Die Anzeichen waren ein vorübergehendes kurzes Abflauen, das dann in Folge öfter und in immer kürzeren Abständen auftrat.

Es ist eine Eigenschaft des thermischen Windes am Gardasee, dass er plötzlich einsetzt, aber auch genauso wieder einschläft. Ich kann mich erinnern, als wir beim ersten Mal in Torbole am frühen Nachmittag in der Sonne lagen und warteten, dass die Ora endlich wieder anfing zu stürmen, als die um uns herum liegenden Surfer jäh aufsprangen, sich in ihre Neoprenanzüge zwängten, das Trapez umschnallten und das Surfmaterial ans Ufer trugen. Da noch kein Wind zu spüren war, wunderten wir uns, aber nur so lange, bis wir nach Süden blickten. Wir sahen die Schaumkronen als weißen Strich auf uns zu kommen, obwohl es bei uns noch windstill war. Dann überfiel uns der Wind. Wir lernten später, dass man den ersten Schwall abwarten sollte, da der meist ein wenig stärker war als der Wind, der dann beständig anhielt.

Am Vortag hatte mich Heinz gebeten, ob er denn mein Funboard testen könne. Ich erklärte ihm eindringlich, wie ein Board nur mit Finne gesurft werden musste, damit man Höhe laufen konnte. Er selbst fuhr noch ein Board mit Schwert. Dann surfte er los, stand auch ganz ordentlich auf dem Brett und wagte sich immer weiter hinaus. So sah ich es zumindest am Anfang. Als er sich dann aber immer weiter vom Ufer entfernte, folgerte ich daraus, dass er doch Probleme mit dem Höhelaufen hatte. Da der Wind ablandig wehte, kam er nicht mehr zurück. Bevor ich auf sein Brett steigen konnte um hinter ihm her zu surfen, sah ich, dass er bereits dabei war, an das östliche Ufer zu surfen. Ich wartete ab, was er nun tun würde. Er zog das Segel mit Brett ans Ufer, stieg auf die Straße hinauf und begann nach Torbole zurückzugehen. Es blieb mir nichts anderes übrig, als ihm entgegen zu gehen, laufen war im Neoprenanzug nicht lange durchzuhalten. Als wir uns begegneten, schimpfte er über so dämliche Bretter, die ohne Schwert einfach nicht in die Richtung surfen wollten, wo er hinsteuerte. Ich fand das Board bald und surfte mit einigen Schlägen zurück an unseren Strand. Trotz guten Zuredens konnte ich ihn nicht mehr dazu bewegen, an diesem Tag noch mal auf das Funboard zu steigen.

Am Abend gingen wir Interesse halber ins "Cutty Shark", das zu der Zeit die absolute In-Kneipe für Surfer in Torbole war, blieben aber nicht allzu lange, da es sehr laut war und so proppenvoll, dass wir schwerlich was zu trinken bekamen. Zurück gekommen im Hotel lag an der Rezeption eine Nachricht für uns vor, wir sollten zuhause anrufen. Pflichtbewusst rief ich unverzüglich meine Frau an und wurde sofort mit der Frage konfrontiert, was denn da bei uns vorginge! Aufgebracht erklärte sie mir, dass sie angerufen hätte und als sie nach uns gefragt hat, kam die Rückfrage, ob das die beiden Herren wären, die mit den Tänzerinnen im Hause wohnten. Völlig frustriert hat sie daraufhin die Nachricht um Rückruf hinterlassen. Ich konnte sie nur mit Mühe und dem Hinweis beschwichtigen, dass wir an solche Sachen überhaupt nicht denken würden, da wir ja nach den Anstrengungen beim Surfen froh wären, wenn wir abends unbehelligt ins Bett sinken könnten. Anmerkung meiner Frau dazu: "Ha Ha Ha".

Surfspot Innstaustufe Nussdorf

Nachdem wir weder aus zeitlichen noch finanziellen Gründen in der Lage waren, jedes Wochenende an den Gardasee zu fahren, mussten wir die in der Nähe liegenden Möglichkeiten nutzen; deshalb tauschten wir Surfer uns über die naheliegenden Reviere rege aus. Unter anderen war der Stausee in der Nähe von Nussdorf am Inn einer der abgefahrensten Spots. Aus dem Inntal strömte bei schönem Wetter der sogenannte Erler Wind, der in Spitzenböen gern mal vier Beaufort erreichen konnte. Mein Freund Felix hat mich oft aufgefordert, mit ihm dort zu surfen, er wohnte in Aschau im Chiemgau, da hatte er nicht weit nach Nussdorf. Wer allerdings den Inn kennt wie ich, wird verstehen, warum ich von diesem

Angebot nie Gebrauch machen wollte. Heute hat der Inn eine wesentlich besser Wasserqualität als noch in den achtziger Jahren.

Während der Anfangszeit der Surferei waren auch schräge Typen und richtige Freaks dabei. Manch einer war so fasziniert von diesem Trendsport, dass er seine Arbeit an den Nagel hängte und an den Gardasee oder zu einem anderen Surfspot auswanderte, um dort als Surflehrer oder auch nur als Hilfskraft zu arbeiten. Die Haare waren wenn möglich lang und blond ausgebleicht. Ich lernte am Gardasee einen Zahnarzt kennen, der nach Riva ausgewandert war und dort eine Praxis eröffnet hatte, nur um möglichst oft surfen zu können. In der Szene galt der Spruch: "Was schert mich Weib, was schert mich Kind, Hauptsache es ist Wind". Da waren wir dann doch pflichtbewusster, obwohl ich eingestehen muss, dass sich viele Freizeitaktivitäten und auch der Urlaub künftig stark am Surfen orientierten.

Das musste auch meinen Freunden aufgefallen sein, die nichts mit Surfen am Hut hatten, denn zu meinem fünfzigsten Geburtstag trugen sie mir ein Ständchen mit dem bezeichnenden Text vor: "Und es weht kein Wind übers weite Meer / und ohne Wind gibt's nichts zu surfen". Ich nahm es gelassen hin, musst aber auch bestätigen, dass es oft deprimierend war, vergeblich auf Wind zu warten; meine Frau behauptete sogar, da wo ich ankomme, bleibt der Wind weg. Das nahmen meine Surfkumpane sofort zum Anlass, immer mir die Schuld zu geben, wenn der Wind zu schwach war oder ganz ausblieb.

Surfrevier am Simssee

Eines der heimischen Reviere war der Simssee, nicht so weit entfernt wie der Chiemsee und um einiges kleiner. Die Surfszene traf sich am Badeplatz in Pietzing. Dort warteten wir auf Wind; oft aber fuhren wir dort auch hin, wenn bei uns zuhause der Wind schon stark genug war oder wenn der Wetterbericht Wind voraussagte.

Mein Freund Heinz bekam Besuch von seinen früheren Arbeitskollegen aus Böblingen. Ich kannte sie schon von einem gemeinsamen Skiurlaub. Da sie auch Surfer waren, brachten sie ihre Bretter mit, um bei der Gelegenheit mal bei uns auf einem See zu surfen. Ihr Können lag auf gleichem Niveau wie das von Heinz. Also war ein moderater dreier (3 Beaufort) Wind ausreichend, um uns vom späten Vormittag bis zum frühen Abend auf dem Wasser vergnügen zu können.

Auf der Rückfahrt nach Wasserburg gingen wir in der Nähe des Simssees in eine kleine Wirtschaft und setzten uns auf die Terrasse für ein Bier und eine Brotzeit. Ich kannte die netten und freundlichen Wirtsleute und wusste von deren Spezialitäten, die sie anboten: Speisen wie Essigknödel, Tomaten- oder Käsebrote, Radi oder Radieschen mit Bauernbrot und Butter und was es noch mehr an einfachen und rustikalen bayerischen Schmankerln gibt. Alles war liebevoll und appetitlich angerichtet. Unserer Gäste waren begeistert davon, dass es so etwas bei uns noch gibt. Das bestärkten sie noch, als es ans Zahlen ging.

Wir hatten uns angeregt über unsere Erlebnisse beim Surfen ausgetauscht, manch lustig Aufschneiderei war dabei. Erst lange nach Sonnenuntergang traten wir die Weiterfahrt nach Wasserburg an.

An besagtem Simsee war besonders gut zu surfen, wenn Föhnsturm war, da der Wind vom Süden nahezu ungehindert einfallen konnte. An einem dieser Tage war ich wieder am Simsee und die Windstärke war gerade ausreichend für ein größeres Funboard mit einem sechser Segel. Als der Wind am späten Nachmittag abgeflaut war, ging ich an Land mit der Absicht, mein Material einzupacken und nach Hause zu fahren.

Bevor ich das aber umsetzen konnte, traf ich einen guten Bekannten, Andy. Er hatte ursprünglich Architektur studiert, in diesem Beruf auch einige Jahre gearbeitet, bis er zu Surfen anfing. Er hängte bald seinen erlernten Beruf an den Nagel und eröffnete in Rosenheim einen Surfshop mit einschlägiger sportlicher Bekleidung. Ich kannte ihn gut von den vielen Einkäufen bei ihm, natürlich verbunden mit ausgiebiger Fachsimpelei. Er wollte es mir immer schmackhaft machen, mit ihm nach Hawaii zum Surfen zu fliegen. Mal davon abgesehen, dass ich mich nicht so gut fand, den Anforderungen der Surferei in Hawaii zu genügen, hielt mich davon der lange Flug ab sowie das notwendige dreimalige Umsteigen, verbunden mit langen Zwischenstopps. Er war schon einige Male auf Hawaii und hätte auch eine Bleibe bei einem Freund dort, die sehr günstig wäre. Ich konnte mich dennoch nicht dazu entschließen.

An den Simssee aber war er an diesem Tag mit einem Sinker gekommen, der zu wenig Volumen für den relativ schwachen Wind hatte. Aber er vertrieb sich die Zeit damit, spielerisch seinen Gleichgewichtssinn zu trainieren. Mit dem Board und dem Segel versuchte er sich an verschiedenen Manövern, sozusagen im Stehen. Er stand bis zu den Knien im Wasser auf dem Brett nahe am Ufer, Ziel der Übungen war, trotz der Kippeligkeit und dem wenigen Wind nicht ins Wasser zu fallen. Ich war von dieser Spielerei so angetan, dass ich auch wieder ins Wasser ging und es ihm gleich zu tun versuchte. Ich stand zwar nur bis zu den Knöcheln im Wasser, aber ich musste einsehen, dass ich seiner Geschicklichkeit nicht nahe kam.

Wieder einmal am Gardasee, Torbole

Der Surfshop des bereits erwähnten Mayer Maxe hatte sich gut entwickelt. Um seinen Kunden etwas zu bieten und natürlich um den Umsatz zu steigern, hatte er seinen guten Kunden angeboten, am Gardasee an einem Test verschiedener Boards und Segel teilzunehmen. Er sorgte auch für die Unterbringung in einem Hotel, es sollte ein richtiges Gruppenerlebnis werden. Ich sagte zu, weil das Angebot sehr reell gestaltet war und auch, weil ein paar Freunde mit dabei waren. Ende April, zu unchristlich früher Zeit - um vier Uhr morgens - bei Dunkelheit, ging es in Chieming los; ich stieg mit anderen zusammen in Rosenheim zu.

Wir waren alle noch müde und dösten vor uns hin, bis unser Bus auf der Brennerautobahn vor der Wipptalbrücke angehalten wurde. Vor uns eine Schlange von Autos. Wir konnten die Brücke und die dahinter ansteigende Autobahn gut einsehen, deshalb wurde uns auch der Grund für die Verzögerung bald klar. Brücke und Straße waren offensichtlich so vereist, dass Streufahrzeuge, von oben kommend, langsam die Straße auftauen mussten, damit sie auch für uns gefahrlos befahrbar wurde. Das hat uns eine Stunde an Fahrzeit gekostet.

Am Gardasee in Torbole angekommen, machten wir im vorbestellten Hotel Quartier und gingen sofort an den Strand. Dort waren die neuen Boards verschiedener Marken aufgereiht, ebenso die Segel dazu. Der

Wind war ausreichend stark und das Wetter schön, wenn auch noch nicht üppig warm. Wir probierten die Bretter ausgiebig, testeten die Segel und sprachen mit den Vertretern der Markenfirmen. Unser besonderes Interesse fand bald ein Board, wie wir es bisher noch nicht gesehen hatten. Es war ein Prototyp, handgefertigt, ein sogenanntes Customade-Board, eine Spezialanfertigung, Gun oder auch Needle genannt. So sah es auch aus: sehr schmal, ein wenig länger als die damaligen Funboards.

Es fand sich aber keiner, der das Board fahren wollte oder konnte. Es wurde deshalb ein Wettbewerb ausgerufen: wer das Board ohne Sturz ans andere Ufer und mit gestandener Halse wieder zurück fährt, sollte es als Siegespreis geschenkt bekommen. Die Liste der Probanden war lang, aber schon nach den ersten Versuchen dauerte es immer länger, bis der nächste dran kam, da kaum einer überhaupt zum Surfen aufs Brett kam. Denn diese Needle war dermaßen schwierig in Fahrt zu bekommen, dass es keiner weit schaffte. Die meisten gaben bald auf und schwammen mit dem Segel und der Needle im Schlepptau wieder ans Ufer. Zu unserer Ehrenrettung muss ich aber bemerken, dass der Wind offensichtlich nicht ausreichend stark war für so ein Gerät. Da ich mich als einer der Letzten angemeldet hatte, war der Wind, bis ich dran gewesen wäre, so schwach geworden, dass ich nicht mehr antreten musste. In Anbetracht der vergeblichen Bemühungen meiner Vorgänger war ich darum gar nicht böse.

Koversada auf Istrien, damals noch Jugoslawien

Wir waren noch nicht lange verheiratet und konnten uns keinen teuren Urlaub leisten, da andere Anschaffungen wichtiger waren. Also kam es uns entgegen, als wir von unseren FKK-Freunden, darunter Felix mit seiner Frau Hexi, eingeladen wurden, mit ihnen nach Istrien zu fahren. Da sei ein großes FKK-Gelände, genannt die Koversada, dem eine kleine Insel vorgelagert wäre, die man über einen Holzsteg erreichen könne und da würden wir dann mit den Zelten lagern. Volleyballplätze seien vorhanden und auch sonst sei alles ganz toll. Wir kauften uns also ein Zweimannzelt und das nötige Zubehör, soweit wir es nicht schon hatten oder ausleihen konnten. Dann fuhren wir los. Zur damaligen Zeit war das eine lange Fahrt, zum einen, weil wir aus Ersparnisgründen keine Übernachtung eingeplant hatten, zum anderen waren die Straßen noch nicht so gut ausgebaut, dass man entsprechend schnell voran gekommen wäre. Es gab weder Tauern-, Katschberg- noch Karawankentunel, wir mussten über die Pässe fahren und da Klimaanlagen noch in ferner Zukunft lagen, wurde es im Süden unangenehm heiß in den Autos. Wir brachen deshalb morgens um vier Uhr von zuhause auf und quälten uns bis zur Koversada, es war spät am Abend als wir ankamen und wir waren fertig. Noch schnell das Zelt provisorisch aufgebaut, nebenbei eines der mitgebrachten und deshalb warmen Biere getrunken, dann todmüde ab in die Schlafsäcke.

Anderntags war herrliches Wetter und wir hatten uns wieder ganz gut erholt. Jetzt wurden die mitgebrachten Surfbretter von den Autodächern geholt und die Riggs aufgebaut. Es hätte ja jederzeit sein können, dass Wind aufkommt. Darauf mussten wir aber doch einige Tage warten. Wir vertrieben uns die Zeit hauptsächlich mit Volleyballspielen.

Da es Frühjahr war, als wir auf der Insel vor der Koversada angekommen waren, blühte der Ginster und stand um unsere Zelte wie eine gelbe Mauer. Natürlich gingen wir durch die Ginsterbüsche zu den Zelten der Freunde, die Pfade waren ja vorhanden. Das sollten wir bald bereuen. Nach und nach klagte jeder über einen äußerst unangenehmen Juckreiz; und das am ganzen Körper, wir waren ja auf einem FKK-Platz. Nach Umfragen bei den anderen Gästen erfuhren wir, dass diese allergische Reaktion von der Berührung mit dem blühenden Ginster ausgelöst werde. Wir sollten uns fern halten, dann würde der damit verbundene Ausschlag in einigen Tagen abklingen. Da zwischenzeitlich aber Wind aufgekommen war, wenn auch nur mit moderaten drei Beaufort, gingen wir natürlich zum Surfen aufs und damit auch ins Wasser und wie alle anderen auch, im Adamskostüm. Das hatte den Vorteil, dass wir keinen Neoprenanzug über unsere juckende Haut ziehen mussten, aber es war wiederum abträglich für den Heilungsfortschritt. Die Ausschlagpusteln blühten im Salzwasser geradezu auf und der Juckreiz wurde immer stärker. Beim Abendessen saßen wir mit kalten Bierflaschen zwischen den Fußsohlen, weil die juckenden Pusteln auch darauf übergegriffen hatten. Freund Felix, der am stärksten vom Ausschlag betroffen war, hatte von einem der Volleyballer einen Tipp erhalten, den er anderntags in die Tat umsetzte. Er kaufte einige Packungen Quark und ließ sich von seiner Frau Hexi (sie hieß eigentlich Helga) die schlimmsten Stellen dick mit

Quark einschmieren. Natürlich waren wir dabei und hatten unseren Spaß bei der Aktion.

Da wir von nun an die Berührungen mit dem Ginster mieden, zwischenzeitlich auch mal ein Regenschauer diesen abgespült hatte, heilten die Pusteln nach und nach ab und wir waren vom Juckreiz bald erlöst.

Das Wetter war beständig geblieben, es war angenehm warm und der Wind kam jetzt regelmäßig gegen Mittag und hielt bis zum frühen Abend an, die typische See Brise, die bis drei Beaufort beständig wehte. Wir hatten zu der Zeit noch die schweren und voluminösen Surfbretter, mit denen wir aber gefahrlos auch bei ablandigem Wind auf dem Meer surfen konnten, da sie noch ein Schwert hatten, mit dem wir gut zurück in Richtung Ufer surfen konnten, wenn wir ein wenig weiter vom Land abgekommen waren. Die Segel waren noch bauchig, das Trapez noch nicht erfunden, deshalb waren wir gezwungen, bei mehr Wind ein Gegengewicht zum Segeldruck aufzubauen, was darin bestand, dass man sich außenbords in die Hockstellung begab. Damals wurde von uns dafür der Begriff "Kackstellung" eingeführt. Fragte zukünftig jemand, wie der Wind war, konnten wir antworten: "ich musste in Kackstellung surfen", was wiederum bedeutete, dass es ganz ordentlich geblasen hatte.

Die Steigerung der Kackstellung war dann der "Eierbaderwind". Sie wollen eine Erklärung dafür, wie es zu dieser eigentümlichen Wortschöpfung für eine höhere Windstärke kam? Wie schon erwähnt, wanderte der Segelbauch der damaligen Segel bei starkem Wind immer weiter nach hinten, der Winddruck konnte somit kaum mehr in Vortrieb umgesetzt werden, also musste man sich bei der ausgleichenden Kackstellung soweit über Bord lehnen, dass man mit dem Gesäß oft das Wasser berührte, vor allem dann, wenn da Wellen waren. Wenn Sie sich jetzt noch vor Augen führen, dass wir auf einem FKK-Platz waren, dürfte sich ihnen der Grund für die seltsame Wortschöpfung zweifellos erschließen.

Frankreich, Atlantikküste
Montalivet, FKK Großgelände

Im darauf folgenden Jahr hatten wir eine längere Reise geplant; aus Erzählungen unserer FKK-Freunde wussten wir, dass in Frankreich, an der Atlantikküste, nahe der Gironde-Mündung, ein ganz tolles FKK-Großgelände liegt. Frankreich war schon immer in unserem Reisefokus gelegen, wir fuhren zudem einen französischen PKW, den Citroen CX 2400 GTI. Im Jahr 1979 war das eine der schönsten Limousinen (zugegeben, eine stark subjektive Einschätzung!), technisch mit der exklusiven Luftfederung auf dem neuesten Stand, mit hervorragenden Winterfahreigenschaften, kurz gesagt: avantgardistisch. Schade nur, dass er nach fünf Jahren angefangen hat zu rosten und einen Wiederverkaufspreis brachte, der meine Frau und mich zu Tränen rührte. Das nur nebenbei.

Wir fuhren also nach Frankreich, an den Atlantik. Vollgepackt bis oben hin, Surfer und Maste sowie Segel auf dem Autodach, alles andere auf der Rücksitzbank, der Rest unseres Gepäcks im Kofferraum, der nicht gerade groß war, dazu auch nicht leicht zugänglich.

Auf dem Hinweg wollten wir uns noch über die deutsch-französische Geschichte informieren und sahen uns Verdun an. Vor allem hatte es uns die Festung angetan. Wir gingen durch die Reste der Anlagen von Infanteriebunkern, Artilleriestellungen, Maschinengewehr-Posten und Kasematten, lasen die Erläuterungen und erfuhren dabei, dass hier, im Dezember des Jahres 1916, die blutigste Schlacht zwischen Franzosen und Deutschen im Ersten Weltkrieg stattgefunden hat. Wir versuchten mit Unverständnis und traurigem Entsetzen über so viel nationalistischem Hass und menschlicher Unvernunft die unfassliche Anzahl der Menschen zu begreifen, die innerhalb eines knappen Jahres auf beiden Seiten als Kanonenfutter gefallen waren: 170.000 französische und 150.000 deutsche Soldaten. Ein Narr, der hier noch zu fragen wagt, wer denn nun verloren oder gewonnen hat: gewonnen hat keine Seite, verloren haben wir alle.

Wir verließen dieses Mahnmal der arroganten Unvernunft der Herrschenden und der Ohnmacht der Gefallenen und Verstümmelten.

Niedergeschlagen fuhren wir an diesem Nachmittag nicht mehr weit, wir hatten mehr Zeit in Verdun verbracht als wir ursprünglich geplant hatten. Da wir mit einem kleinen Zweimannzelt unterwegs waren - ich hatte meiner Frau versprechen müssen, dass wir in einem Hotel übernachten würden, wenn es regnet - und das Wetter gut war, suchten wir uns gleich in der Nähe eine ruhige Wiese und schlugen am Waldrand unser Zelt auf. Nach einer mitgebrachten Brotzeit mit Schlummertrunk legten wir uns beizeiten in die Schlafsäcke, um bei Sonnenaufgang unsere Reise fortsetzen zu können. Die Nacht verlief ruhig, bis wir am Morgen von unruhigem Gescharre und Schnaufen geweckt wurden. Wir sahen uns betroffen an, doch es blieb uns nichts anderes übrig, wir mussten den Reißverschluss unseres Zelteingangs hoch ziehen um zu sehen, was da draußen vor sich ging. Als wir zaghaft nach draußen blickten, sah ich direkt vor mir den riesigen Kopf einer Kuh! Und sie war nicht allein, wir waren von einer ganzen Herde umstellte, die uns neugierig anblickte. Behutsam krochen wir aus unserer Behausung, immer darauf bedacht, keine hastigen Bewegungen zu machen, packten vorsichtig, doch hastig, unsere Habseligkeiten und machten uns, froh wieder im geschützten Auto zu sitzen, eilig vom Acker.

Nach längerer Fahrt auf den geraden aber welligen Straßen Frankreichs waren wir in Bordeaux angekommen, wollten uns eine wenig die Beine vertreten und eine Kleinigkeit essen. Wir stellten unseren Wagen auf einem großen Parkplatz ab, hatten ihn auch schon abgeschlossen, als uns einer aus der Gruppe der herumstehenden Männer, die wie Penner aussahen, ansprach und uns zu verstehen gab, sie würden auf unser Auto aufpassen, solange wir weg wären. Natürlich wollten sie dafür Geld. Das kam für mich nicht in Frage. Auf dem Parkplatz war so viel los, da konnte kaum einer an mein Dachgepäck, ohne dass es auffallen würde und außerdem, wo wollten die mit dem ganzen Zeug schon hin und wie abtransportieren? Da war ich mir sicher. Sie, geneigter Leser, denken jetzt: ganz schön naiv! Sie haben Recht. Heute denke ich das auch.

Als wir nach einer guten Stunde zurückkamen, war die *Bagage* auf dem Dach noch vorhanden und unversehrt. Auch der Wagen war noch verschlossen und, soweit wir von außen sehen konnten, war noch alles vollzählig. Also alles ok? Mitnichten! Als ich aufschließen wollte, konnte ich den Schlüssel nicht in das Schlüsselloch stecken. Die hatten mir, aus

Rache wegen des nicht gewährten Obolus, mit einem spitzen Gegenstand das Schlüsselloch und das Schloss zerstört. Nichts ging mehr. Der Wagen hatte schon Zentralverriegelung und damit war leider nur mehr die Fahrertüre mit einem Schloss ausgestattet.

Es hat einige Zeit in Anspruch genommen, bis wir ein geeignetes Stück steifen Drahtes organisiert hatten, mit dem ich über den leicht heraus gebogenen Rahmen des Fensters der hinteren Türe die gegenüberliegende Türe von innen öffnen konnte. Damit waren alle anderen Türen auch entriegelt. Nur absperren konnten wir den Wagen während des ganzen Urlaubs nicht mehr.

Endlich angekommen in Montalivet stellten wir unser Zelt auf und erkundeten bald darauf das FKK-Gelände. Wir waren ein wenig enttäuscht. Da die Anlage so weiträumig und groß war, standen wir so weit vom Wasser entfernt, dass wir jedes Mal, wenn wir an den Strand wollten, entweder per Auto mit dem Surfmaterial auf dem Dach an die Parkplätze vor den Dünen fahren mussten, oder zumindest per Rad, wenn wir nur zum Baden dorthin wollten. Wir gewöhnten uns dennoch bald daran, denn die Vorzüge dieser Weitläufigkeit wurden uns bald bewusst.

Wir standen mit unserem Zelt im Schatten hoher Kiefern, weit genug entfernt von den nächsten Nachbarn und hatten viel Platz allein für uns. Einige kleine Bistros und Restaurants waren im lichten Kiefernwald verstreut, so konnten wir jeden Abend in eines dieser gut geführten Lokale gehen, oder auch ins Hauptrestaurant am "Marktplatz", einer Ansammlung von Läden und Boutiquen rund um die Rezeption.

Mit Surfen war dort allerdings nicht allzu viel möglich, entweder war zu wenig Wind oder der Wind war zu stark und die Wellen zu hoch. Es war auf Dauer nicht lustig, wenn man bei den hohen Altantikwogen und wenig Wind das Gleichgewicht auf dem Brett zu halten versuchte, wenig elegant ins Wasser plumpste, um dann wieder aufs kippelige Brett zu steigen, das Segel aufziehen musste, behindert wieder von dem Auf und Ab der Wogen. War der Wind zu stark, hisste die Wasserwacht die roten Fahnen, was bedeutete, dass niemand ins Wasser durfte.

Wir konnten die eingeschränkten Surfmöglichkeiten gut kompensieren, da wir ein befreundetes Paar vom Gelände am Chiemsee getroffen hatten, mit dem wir verrückte Dinge anstellten. Unser Freund hieß Ralph, den Namen seiner Freundin habe ich vergessen. Das soll kein Hinweis auf eine frauenfeindlich bedingte Vergesslichkeit sein! Mit Ralph stand ich jahrelang auf dem Volleyballplatz, deshalb kann ich mich gut an seinen Namen erinnern, seine Freundin hingegen habe ich nur in diesem Urlaub in Montalivet kennengelernt.

Auf unserem Campingplatz fiel das Gelände etwa fünf bis sechs Meter zum weiten Sandstrand ab. Etwas seitlich am Rande des eingezäunten FKK-Platzes ergoss sich ein kleiner Bach diesen Abhang zum Sandstrand hinunter. Das war unsere Spielwiese! Wie ein paar kleine Buben veränderten wir den Bachlauf im Hang, stauten auf, leiteten um und freuten uns diebisch, wenn unser Wasserbau so gelang, wie wir das geplant hatten. Wir konnten uns stundenlang mit kleiner Schaufel und Eimerchen vergnügen. Unten, am Beginn des Sandstrandes, bauten wir eine Wasserburg von erklecklichem Ausmaß und ließen sie mit Wasser umspülen. Je größer unser Wasserbau wurde, umso mehr Zuschauer standen um uns herum und gaben ihren Kommentar zu unseren Bemühungen ab. Bald hatten wir viele Helfer, die den gleichen kindlichen Spaß an unserer Bautätigkeit hatten. Wir hingegen verloren bald das Interesse daran, liefen über den Strand und sprangen ins Meer, um uns in den Wellen vom Sand zu befreien.

Es war an einem der Abende, als wir oberhalb des Sandstrandes in den Dünen saßen und den herrlichen Sonnenuntergang betrachteten. Wir blieben nicht lange allein, vor uns zelebrierten einige junge Mädchen in langen Gewändern einen Schleiertanz im Abendrot. Ich hatte meine Kamera mitgebracht, um den Sonnenuntergang zu fotografieren. Natürlich schoss ich auch Bilder von den Mädchen, die vor uns als Silhouetten tanzten. Da ich, um das beste Bild zu bekommen, dazu jeweils einen anderen Standort einnahm, bekamen die Mädchen das mit und hielten im Tanzen inne. Ralph aber erklärte ihnen, dass sie ja nur als Schattenrisse vor der untergehenden Sonne auf den Bildern erscheinen würden und ich ein professioneller Fotograf wäre, der sie ins beste Licht rücken würde. Sie sollten nur seinen Anweisungen folgen, den Rest würde meine Professionalität schon machen. Natürlich, so Ralph weiter, könnten sie Abzüge von den Fotos haben, wenn sie uns anderntags ihre Adressen zukommen lassen würden. Erst zögernd, aber dann mit viel Einsatz, folgten sie den Anweisungen von Ralph und poussierten mit viel Spaß vor meiner Kamera. Es dauerte nicht lange, da war mein Film zu Ende, ich hielt aber den Anschein aufrecht und fotografierte wild drauf los, während Ralph die Mädchen zu immer neuen Verrenkungen animierte. Wir hatte jede Menge Spaß daran, die Mädchen aber auch. Und im Nachhinein amüsierten wir uns köstlich darüber, dass wir "heute Abend die Puppen so richtig tanzen ließen".

Dort in Montalivet aß ich zum ersten Mal Austern. Ich bin, was exotisches Essen anbetrifft, recht offen, aber auf Austern ist mein Gaumen nicht geeicht. Ich aß sie zwar, sie waren ja auch nicht billig, aber ich wusste, ohne Not würde ich diese glibberigen Dinger nicht mehr essen. Im Nachhinein betrachtet gehe ich davon aus, dass mir nur der Champagner dazu gefehlt hat, dann hätte ich auch diese Delikatesse sicherlich schätzen gelernt.

Insel Elba

Meine Frau, ich und Heinz waren mit dem Wohnwagen unterwegs nach Elba, Heinz hatte sein Zelt dabei. Dort wollten wir noch ein befreundetes Ehepaar, Hartmut und Ilse treffen, die schon vorausgefahren waren. Zudem sollte die Freundin von Heinz mit dem Flieger nachkommen.

Natürlich hatten wir unsere Surfer dabei. Auch Hartmut surfte recht gut. Er war früher ein talentierter Turner gewesen und das sah man ihm auch an. Wir nannten ihn zuweilen Spargeltarzan, weil er so schlank und sehnig war, mit Muskeln an den richtigen Stellen. Seine Frau Ilse war die personifizierte Ordnung. Als sie vor einiger Zeit ihr neu gebautes Haus eingeweiht hatten und die Einbauschränke im Schlafzimmer fertig waren, hat sie uns diese voller Stolz präsentiert. Mich hat damals die darin vorgefundene Ordnung fasziniert. Alles, Taschentücher, Socken, Unterwäsche, Pullover, Hemden, war in Reih und Glied und der Farbe nach gestapelt, ein noch so penibler Unteroffizier hätte an der Ausrichtung weder Fehl und Tadel finden können. Auf meine verblüffte Frage hin, ob das nur die Anfangsordnung wäre, hat sie mich verwundert angesehen und geantwortet, das sei bei ihr immer so. Respekt! An dem Tag habe ich meiner Frau Abbitte leisten müssen, dachte ich doch immer, sie würde mich mit ihrer Ordnungsliebe schon genug nerven.

Als wir auf dem Campingplatz ankamen, den wir uns schon vorweg ausgesucht hatten und dort Hartmut und Ilse trafen, waren wir erst mal nicht von dem Platz begeistert, auch die beiden waren es nicht, sie hatten dort nur solange ausgeharrt, bis wir ankamen. Wir blieben eine Nacht, dann suchten wir uns einen anderen Platz. Den fanden wir bald, er hatte nur einen Nachteil, er lag zu tief in einer Bucht und wurde daher vom Wind nicht gut belüftet. Wir fanden eine andere Möglichkeit, weiter hinaus aus dieser Bucht zu kommen. Wir fuhren mit unseren Wohnwagen, auch Hartmuth und Ilse waren damit unterwegs, hinauf auf die Hochebene über der Bucht, Richtung offenes Meer. Dort standen wir frei, hatten eine traumhafte Aussicht und es waren wenig andere Camper hier oben.

Natürlich hatte auch dieser Standplatz seine Nachteile. Wir mussten etwa sechzig Meter einen steilen Hand hinunter wandern, um in eine wunderschöne Bucht zu kommen. Immer bevor wir nach unten gingen, überlegten wir genau, was wir alles mitnehmen mussten, denn das nochmalige Rauf- und Runtergehen war anstrengend, besonders tagsüber, wenn es heiß geworden war. In der Bucht waren wir bis auf wenige Badende allein und hatten genug Platz für unsere Segel und Bretter. Die ersten Tage trugen wir unser Material noch morgens runter und abends rauf, aber das wurde uns zu mühselig; deshalb ließen wir bald alles unten in der Bucht liegen, die Segel abgebaut und zusammen gerollt, ein wenig hinter den dortigen Felsen versteckt, sodass man sie nicht gleich vom Wasser aus sehen konnte. Die Bretter gruben wir ein und deckten den Rest mit Sand zu. So fielen auch sie nicht sofort ins Auge. Den Zugang von oben in die Bucht kontrollierten wir mit unseren Wohnwägen und dem Zelt von Heinz, da kam keiner ungesehen dran vorbei.

Nach einigen Tagen holten wir Annemarie, die Freundin von Heinz, auf dem *Aeroporte dell' Isola dell'Elba* ab. So imposant der Name des Flughafen klingt, er steht im umgekehrten Verhältnis zu seiner Größe. Es konnten nur kleine Propellermaschinen landen und starten. Annemarie war sichtlich gezeichnet von diesem wacklig-turbulenten Flug in dem kleinen Flugzeug, erholte sich aber bald, nachdem wir auf unserem luftig gelegenen Campingplatz angekommen waren.

Elba ist kein Surfrevier, in dem man täglich guten Surfwind für kleine Bretter erhoffen kann. Das bemerkten wir nach einigen Tagen vergeblichen Wartens auf starken Wind. Heinz kam dann jedes Mal zum gemeinsamen Frühstück aus dem Zelt gekrochen und statt eines "guten Morgen" hörten wir von ihm nur, dass es wieder keinen ausreichenden Wind hätte. Er sagte dies so, als würde er mich persönlich dafür verantwortlich machen. Aber es gab, wie in südlichen Breiten üblich, einen thermischen Wind bis zu maximal drei Beaufort, der gegen Mittag einsetzte und am Abend einschlief. Den nützten wir ausgiebig, um in der großen Bucht zu kreuzen und diese zu erkunden.

Wir hatten dann doch noch ein paar Tage, an denen der Wind stark genug zum Gleiten war. Hartmut konnte den Wasserstart noch nicht, sodass wir einige Zeit darauf verwandten, ihm dieses komplexe Manöver beizubringen. Das schaffte er auch in diesem Urlaub, dank gemeinschaftlicher Anstrengungen. Die Methode, die wir dabei anwandten, halte ich für die effektivste, vorausgesetzt, der Schüler kann schon gut surfen. Hartmut und ich fuhren mit zwei Boards raus in die Bucht, dahin, wo starker Wind war. Hartmut setzte sich auf mein Brett, während ich assistierend im Wasser nebenher schwamm. Er nahm die Spitze seines Segels in die Hand, hob das Segel langsam so hoch, dass der Wind es vom Mast her anströmen konnte, dann manövrierte er sein Brett unter Ausnutzen des Windes so in Position, dass dieses startklar mit dem Bug in die Richtung zeigt, in die er surfen wollte, am besten raumschots bis leicht abfallend ausgerichtet. Nun brachte er das Board langsam zu sich heran, indem er an der Masttasche entlang, Richtung Gabelbaum greifend, das Segel über sich zog. Dabei musste das Segel noch frei nach achtern auswehen können. Als er mit einer Hand den Gabelbaum greifen konnte, war es an der Zeit, dass er vom Brett, auf dem er saß, vollständig ins Wasser glitt und das Segel dabei so dicht hielt, dass es sich allein durch den Winddruck trug. Wenn er dann noch mit einem Bein auf das Heck seines Boards kam, das Segel noch höher in den Wind hielt, hob ihn der dadurch anwachsende Winddruck aufs Brett.

Das hört sich einfach an, allein dieses Manöver ist sehr komplex. Es ist schon schwierig, das Brett und das Segel im Wasser bei Wind und Wellen so auszurichten, dass der Start möglich wird. Dann noch den Winddruck im Segel so zu steuern, dass die Zugkräfte aufs Brett ausreichen für den Lift aufs Brett, ohne dass sie so stark werden, dass man wieder samt Segel auf der anderen Seite des Brettes im Wasser landet. Dann beginnt nämlich das Ganze von vorne.

Unbestritten kam Hartmut seine turnerische Vergangenheit zugute, er hatte den Dreh bald heraus und ließ sich von nun an nur mehr per Windlift aufs Brett hieven, vorausgesetzt, es blies ordentlich.

Nach einem sonnigen und harmonischen Urlaub brachen wir das Zelt von Heinz wieder ab, brachten Annemarie zu ihrer Propellermaschine, mit der sie zurück nach München flog. Wir nahmen unsere Wohnhäuser auf Rädern wieder an die Haken und fuhren zur Fähre, um aufs Festland überzusetzen. Wir fuhren am selben Tag noch nachhause, da wir den Urlaub auf Elba bis zum letzten Tag vor Arbeitsbeginn ausgereizt hatten.

Israel, Golf von Aqaba
Eilat

Israel wurde in einem Reiseprospekt überschwänglich als Surfrevier angeboten. Heinz und mich interessierte neben dem als gutes Starkwindrevier angebotenen Surfspot auch das Exotische an diesem Ziel. Also buchten wir ein Woche Israel zum Surfen im Golf von Aqaba in der Nähe der Stadt Eilat.

Schon der Start am Flughafen München war nicht einfach. Wir wurden einige Tage vor dem Abflug benachrichtigt, dass wir uns um sechs Uhr morgens am Flughafen einfinden sollten. Wir dachten blauäugig, da würde es innerhalb von zwei Stunden zum Abheben der Maschine Richtung gelobtes Land kommen. Nun, wir waren frühzeitig am Flughafen, gaben unser Gepäck auf, gingen durch den Zoll und die Sicherheitssperre in eine eigens für Israelreisende reservierte Lobby. Und da warteten wir und warteten und warteten. Einer der Mitreisenden gab uns auf Nachfrage Auskunft darüber, dass aus Sicherheitsgründen bei Flügen nach Israel diese Warterei immer so sei, die exakten Flugzeiten wären nicht vorhersehbar und würden vorab nie bekannt gegeben. Gestartet wird nach dem Zufallsprinzip. Na schön dachten wir, fängt ja schon mal gut an und ergaben uns den Zwängen.

Noch am späten Vormittag hoben wir ab, der war Flug ereignislos, die Landung auch. Im Flughafen fanden wir zwar einen Reiseführer unserer Reisegesellschaft, über die wir gebucht hatten, der wusste aber von uns nichts. Wir waren schlichtweg nicht angemeldet worden. Da er auf die Schnelle kein Hotelzimmer für uns in der Nähe der Surfstation finden konnte, vermittelte er uns an ein Pilgerhotel in Aqaba. Am anderen Tag wollte er sich dann um uns kümmern. Also fuhren wir ans andere Ende der Stadt in ein Hotel, in dem Pilger für jeweils nur eine Nacht untergebracht waren. Es musste eine Kläranlage oder eine riesige Abfalldeponie in der Nähe gewesen sein, denn es roch bestialisch, als wir in der herrschenden Hitze des späten Nachmittages in dieser Unterkunft ankamen. Wir nahmen es nur widerwillig hin, in der Hoffnung, am anderen Tag davon wieder erlöst zu werden. Da es schon gegen Abend war, gingen wir noch Essen und anschließend ins Bett, um am anderen Tag fürs Surfen gerüstet zu sein.

Da wir vom frühen Aufstehen vor dem Abflug müde waren, schliefen wir einige Stunden tief und ruhig, bis wir zwischen vier und fünf Uhr am Morgen durch lautes Sprechen im Nebenzimmer unsanft geweckt wurden. Wir nahmen das eine Weile hin und hofften, dass sich der Spuk bald wieder von selbst erledigen würde. Mein Freund Heinz, der in seiner Studentenzeit einige Wochen mit dem Auto in Afghanistan unterwegs gewesen war, erkannte bald, dass da im Nebenzimmer Suren aus dem Koran gebetet wurden. Wieder in der Hoffnung, das würde ja bald enden, warteten wir ab. Als es dann doch andauerte und wir unmöglich weiterschlafen konnten bei dem Lärm, packte mich die Wut und ich schrie auf gut bayerisch "Himmelherrschaftzeiten, is da jetzt bald a mal a Rua?". Es war offensichtlich laut und einschüchternd genug, das Beten wurde zu einem erträglichen Murmeln, sodass wir nach kurzer Zeit weiterschlafen konnten.

Am anderen Morgen verließen wir die nicht so tolle Unterkunft und fuhren mit dem Bus in die Stadt, um uns bei unserem Reiseleiter zu melden, in der Hoffnung, eine neue Unterkunft nahe am Surfspot beziehen zu können. Er musste uns enttäuschen, die Hotels dort waren alle ausgebucht. Er könne uns hier in Eilat in einem guten Hotel für die Zeit unseres Aufenthaltes unterbringen, wir würden die täglichen Fahrten mit dem Bus zur Surfstation vom Reisebüro ersetzt bekommen, außerdem sei es nicht weit, die Fahrt würde nur jeweils zwanzig Minuten dauern.

Was blieb uns anders übrig? Wir zogen in das vorgeschlagene Hotel und fuhren bald darauf, mit Neoprenanzug und Trapez unter dem Arm, per Bus zur Surfstation. Wir hatten Bretter und Segel im Voraus über das Reisebüro gebucht; die lagen vor Ort, so hofften wir, allerdings schon ein wenig skeptisch ob der bisher schief gelaufenen Vereinbarungen mit dem Reisebüro.

Das hört sich alles einfach an, wer aber schon mal in einer ähnlichen Situation war, weiß, was für eine Sucherei nach den wichtigen Informationen das ist, vor allem dann, wenn man der Landessprache nicht mächtig ist. Aber wir kamen mit Englisch weitgehend zurecht.

Endlich angekommen in der Surfstation, informierten wir uns über das Revier, wann kommt Wind, ist er beständig, wann lässt er nach, wie hoch werden die Wellen, besteht eine Strömung, wo sind Untiefen, auf was müssen wir achten. Nach dieser Einweisung und der Zuteilung unserer Bretter und Segel konnten wir lossurfen. Das Material war nicht das modernste, aber es war, soweit wir das beurteilen konnten, in Ordnung. Bevor wir aber aufs Wasser gingen, wollten wir noch eine Kleinigkeit essen, es war zwischenzeitlich Mittag geworden. Also gingen wir an die Theke eines kleinen Restaurants mit Selbstbedienung und bestellten uns ein Baguette, gefüllt mit reichlich Schinken und Salat. Es war gut und wurde deshalb in den kommenden sieben Tagen zusammen mit frisch gepresstem Orangensaft unser Lieblingssnack. Wir setzten uns an einen der kleinen Tische, um unsere Brotzeit zu verspeisen, als mich jemand von hinten antippte und fragte, ob ich es sei oder eher nicht. Ich war es. Er war Rolli, ein exzellenter Surfer und noch besserer Volleyballer, der damals in der bayerischen Landesliga spielte, ein Freund vom Chiemseegelände. Er war ebenfalls in Eilat zum Surfen. Wir begrüßten uns überschwänglich, wohl weil wir froh waren, nicht alleine fern der Heimat zu sein. Rolli hatte allerdings das Glück, im Hotel untergekommen zu sein, das gleich hinter der Surfstation lag. Dem Rolli werden wir später noch einmal auf der griechischen Insel Rhodos begegnen, wo wir gemeinsam Surfurlaub machten.

Wir surften den Tag über zusammen und fuhren gegen Abend in unser Hotel in Eilat. Dort erlebten wir beim Essen für uns Verwunderliches. Wir wurden erstmals darüber aufgeklärt, dass wir in keinem Fall das Geschirr und Besteck, mit dem wir Milchiges gegessen hatten, auch für

Fleischiges nehme dürften. Die Ober würden zwar grundsätzlich dafür sorgen und benutztes Geschirr und Besteck abtragen und neues auftragen, aber auch wir sollten darauf achten und davon absehen, eigenes Essen in den Speisesaal mitzubringen. Ebenso klärten sie uns auf, dass sie nur Koscheres zum Essen verwenden würden. Wir ließen es vorerst darauf bewenden, merkten aber bald, dass die Ober das sehr ernst nahmen, was dazu führte, dass ein emsiges Nehmen und Geben von Geschirr und Besteck während des Essens stattfand. Sogar beim Frühstück war das Essen eines Müslis mit Besteckwechsel verbunden.

Wir waren auch verwundert, dass der Wechsel der uns bedienenden Ober nahezu täglich stattfand. Als uns nach einigen Tagen doch mal wieder ein uns schon bekannter Ober bediente, hinterfragten wir den Wechsel. Er klärte uns auf, dass er keinen Urlaub gehabt hätte, sondern seinen wöchentlichen Militärdienst bei der Armee abgeleistet habe. Dazu sei jeder Armeeangehörige verpflichtet.

Am Abend gingen wir in die Stadt, wollten sehen wie das Leben in Israel so ist. Wir wurden Schritt für Schritt darauf aufmerksam gemacht, dass sich dieses Land in einem permanenten Alarmzustand befand. Starke Militärpräsenz an den Knotenpunkten der Straßen und viele junge Soldatinnen und Soldaten, aber auch Zivilisten, die, eine Maschinenpistole um die Schulter gehängt, mit ihren Mädchen oder Freunden durch die Straßen flanierten. Was mich dabei erstaunte, war die Gelassenheit, mit der sich das alles abspielte. Hier trug keiner seine Waffe zur Schau, nirgends wurde Vorrang eingeforderte, nur weil man eine Uniform oder Waffe trug. Erstrebenswerte Coolness, dachten wir damals.

Am darauffolgenden Morgen fuhren wir wieder mit dem Bus zur Surfstation; es war zur erträglichen Routine geworden, hatten wir uns doch gerne damit arrangiert, dass wir in der Stadt wohnten, denn das war wesentlich aufregender, als in einem Hotel abgeschieden zu sein vom interessanten Leben in der Stadt. Deswegen beneideten wir Rolli nicht länger um sein Hotel an der Surfstation.

Es war an einem der nächsten Tage, der Wind war wieder sehr gut und wir konnten nach Herzenslust auf unseren Boards gleiten und Manöver fahren. Rolli war am Nachmittag mit einer Reisegruppe unterwegs in die Wüste und nach Aqaba, Heinz am Nachmittag schon müde und lag am

Strand in der Sonne. Ich war mit dem Brett noch unterwegs und weil ich auch ein wenig müde war von den vielen Halsen, was ja gelegentlich auch mit Stürzen und neuen Wasserstarts verbunden ist, fuhr ich zur Entspannung ein gutes Stück weiter hinaus ins Rote Meer, Richtung Jordanien, das war ja nur etwa sechs Kilometer entfernt. Mit einem schnellen Board ist das nicht allzu weit, in einer knappen Viertelstunde schafft man die Strecke. Zudem war es nicht besonders anstrengend, da ich ja im Trapez hing und kaum Haltekraft benötigte.

Unsere Surfstation befand sich ungefähr drei Kilometer südlich der Stadt Aqaba, die am nördlichen Ende des gleichnamigen Golfes liegt. Der Wind kam aus der Wüste und wehte an unserem Strand sideshore vorbei. Die See war zwar unruhig, die Wellen aber nur knapp einen Meter hoch, was bei einer Windstärke von ca. fünf Beaufort nicht übermäßig war. Der Wind konnte auf die kurze Entfernung bis zu unserer Station keine allzu hohen Wellen aufbauen. Dennoch schlug der Bug des Boards von Welle zu Welle heftig auf und manches Mal hob ich samt Brett für einen ungewollten Sprung ab. Es war wieder einer dieser Sprünge, bei dem ich mich aus dem Trapez lösen musste, um nicht über das Brett gezogen zu werden, als ich nach einem lauten "Ratsch" mit dem Gabelbaum in der Hand im Meer lag.

Nachdem ich wieder aufgetaucht war, schon ahnend, dass da mehr zu Bruch gegangen war, sah ich mir den Schaden an. Die Öse im Achterliek des Segels, mit der es normal am Ende des Gabelbaums befestigt ist, war ausgerissen. Damit war ich, ohne den Wind in den Händen, in den Bach gefallen. Das Segel steckte nur noch in der Masttasche und spielte wie zum Hohn mit dem freien Ende im Wasser mit den Wellen. Ich setzt mich vorerst mal aufs Brett und überlegte, was da zu tun sei.

Natürlich hatte ich kein Reparaturset bei mir, obwohl ich in der alles wissenden Surfzeitschrift eifrig die Notfallsimulationen studiert hatte und daher wusste, dass man bei einer gebrochenen Finne das Trapez am Heck des Brettes befestigen konnte und so die Abtrift soweit hemmte, dass man noch ans Ufer kam. Aber die Finne war nicht gebrochen! Es war die Öse ausgerissen und ich wusste nicht, wie ich mit einem frei in der Masttasche flatterndem Segel an das drei Kilometer entfernte Land kommen sollte. Ich musste mir wiederholt ernsthaft einreden, dass ich jetzt nicht in Panik fallen dürfe, da ich dann das Problem gar nicht mehr lösen könnte. Vom Strand her war an Hilfe nicht zu denken, bei so hohen Wellen ist ein im Wasser Schwimmender kaum zu sehen, es sei denn, man sucht bewusst nach ihm. Und wer sollte schon suchen? Heinz? Der schlief sicherlich im Schatten, ermüdet von den vormittäglichen Anstrengungen.

Also nachgedacht. Ich hatte zwei Tampen am Rigg, einer hielt das Segel am Mastfuß fest und zog es nach unten, der andere sollte das Segel am Gabelbaumende festhalten, der hing nun mit der ausgerissenen Öse lose in seiner Klemme. Die zwei Tampen könnten zusammen ein längeres Seil ergeben, mit dem ich was anfangen konnte. Ich löste also den Tampen am unteren Ende des Segels und schob das Segel hoch, sodass es von unten her noch ein wenig freier in der Masttasche hing, umschnürte mit dem frei gewordenen Tampen das hintere Ende des Segels, das so genannte Schothorn, von dem die Öse ausgerissen war. Das ging leichter als ich es mir vorgestellt hatte, denn das Schothorn war verstärkt, um die Kräfte auszuhalten, die bei einem gut getrimmten Segel auftreten. Diese Verstärkung verhinderte, dass das Schothorn aus dem Knoten, mit dem ich es festzurrte, herausschlüpfte. Das freie Ende des Tampens verband ich nun mit dem Tampen am Gabelbaumende und spannte das Segel damit so fest es ging, ohne mein Konstrukt zu gefährden. Ich hatte damit zumindest einen Bauch im Segel gewonnen, der mich auf dem Brett in einigermaßen stabiler Lage das Gleichgewicht halten ließ. So hievte ich mich aufs Brett und tatsächlich, es funktionierte!

Nun klingt diese Erzählung ja so, als wäre das alles gar nicht so schlimm gewesen. Wenn man sich aber vergegenwärtigt, dass da starker Wind war, dass ich zwischen Israel und Jordanien im aufgewühlten Meer schwamm, dessen Wellen jede Maßnahme, mit der ich mich retten wollte, noch mal erschwerte, dann werden Sie, geneigter Leser, sicherlich verstehen, wenn ich mich im Ausnahmezustand befand!

Langsam und vorsichtig schipperte ich mit einem mächtigen Bauch im Segel Richtung Land. Natürlich konnte ich damit kaum Höhe laufen. War ich schon während der Werkelei da draußen von Wind und Wellen abgetrieben worden, so wurde ich jetzt noch weiter abgetrieben, aber ich kam dem Land näher und näher, bis ich im flachen Wasser nahe dem Ufer endlich absteigen konnte. Dort fiel ich übergangslos aus dem adrenalingesteuerten Überlebensmodus lauthals in ein zorniges aber befreiendes Lamentieren eines stark Verärgerten, der mit dem ihm übergebenen Surfmaterial denkbar unzufrieden war. So negativ geladen kam ich nach geraumer Zeit des "Höhelaufens", mit dem defekten Segel und dem Board in Händen, an der Surfstation an. Ich warf dem Surflehrer, der dort auch das Material ausgab, das Segel hin und klärte ihn in Englisch, gewürzt mit Bayerisch, darüber auf, in welch eine Verlegenheit ich wegen des schlechten Materials gekommen war. Er entschuldigte sich mehrmals, bis ich mich wieder beruhigt hatte und von ihm abließ, um mich mit Heinz in den Schatten zu legen und den erlebten Schrecken abklingen zu lassen.

Ich lag nicht lange, da kam der Surflehrer auf mich zu und bot mir an, dass ich sein Segel haben könne, wenn ich wieder hinaus fahren wolle. Er hatte offensichtlich ein schlechtes Gewissen, das er mit diesem Angebot wieder zu beruhigen dachte. Ich entgegnete ihm, dass ich mich noch ein wenig ausruhen wolle, dann eventuell auf sein Angebot zurückkommen würde.

Lange hielt es mich nicht an Land, dann zog ich wieder meinen Neoprenanzug an, schnallte das Trapez um und meldete mich beim freizügigen Surflehrer. Als ich das Segel sah, war ich begeistert. Es war ein 5,4 qm North Sail neuester Machart, das noch wenig benutzt aussah. Dazu hatte ich Vertrauen. Ich stellte den Gabelbaum auf meine Größe ein, holte mir das Board, mit dem ich vorher schon unterwegs gewesen war und stach in See. Vorsichtig geworden von der überstandenen Malaise mit der ausgerissenen Öse, surfte ich die ersten Male nicht weit hinaus, machte bald meine Halsen und fuhr wieder aufs Ufer zu. Als nach mehrmaligem Halsen noch alles in Ordnung und das Segel wirklich gut zu führen war, getraute ich mich wieder weiter hinaus aufs offene Meer, da auf Langschlägen mit den kleinen Boards besser Höhe zu gewinnen ist. Man konnte nach der Kehrtwende raumschots mit viel Speed aufs Ufer zufahren um dort zum eigenen Vergnügen und zur Freude der Zuschauer eine perfekte Halse zu zelebrieren.

Es lief wunderbar und ich fasste immer mehr Zutrauen zu Board und Segel, fuhr mit langen Schlägen weiter hinaus, auch um den Rausch der Geschwindigkeit zu genießen. Nach etwa der Hälfte der Strecke zwischen Israel und Jordanien kehrte ich um, da ich gewarnt worden war, dass jordanische Schnellboote manchmal Surfer aufgebracht hätten, welche die Grenze zu ihrem Hoheitsgebiet verletzt hatten. Was daran Wahrheit war, wollte ich nicht testen.

Ich hatte gerade mal die Hälfte der Strecke hinter mich gebracht und wollte umkehren; also leitete ich eine Halse ein, um auf dem anderen Bug zurück zu surfen. Plötzlich flutschte das Board unter meinen Füßen weg und abermals lag ich mit dem Gabelbaum in den Händen im Wasser. Als ich wieder auftauchte, suchte ich nach der Ursache dafür, warum dieses Malheur passiert war. Ich musste nicht lange suchen, dann sah ich das Board in Lee, es wurde langsam von Wind und Wellen von mir und dem Rigg weggetrieben. Ich kraulte sofort los, gab was ich konnte, um das Board einzuholen. Das gelang mir auch, heftig japsend der Anstrengung wegen, lag ich halb auf dem Board und war mir sehr wohl bewusst, dass ich mir gerade meine persönliche Rettungsinsel eingefangen hatte.

Als ich wieder zu Atem gekommen war, fragte ich mich, was schuld daran war, dass ich heute zum zweiten Mal unverschuldet in den Bach gefallen war. Ich sah es sofort: der Powerjoint war gebrochen. Powerjoint nennt man in der Surfsprache das flexible Gummigelenk als Teil des Mastfußes, das Board und Rigg beweglich verbindet. Während ich zurück schwamm zu meinem Rigg, wusste ich auch schon, wie ich dieses Mal wieder an Land kommen würde, denn dieses Szenarium war in der allwissenden Surfzeitschrift beschrieben worden, einschließlich der Selbsthilfemaßnahme. Das beruhigte mich ein wenig. Als ich am Rigg ankam, setzte ich mich aufs Board, das mich einigermaßen trug und wickelte den Tampen ab, der das Segel am Mastfuß stramm hielt. Ich machte vor der Klemme, die den Tampen fixierte, einen Knoten, damit er nicht aus der Klemme rutschen konnte, wenn Zug auf ihn kam. Anschließend schraubte ich den Mastfuß aus dem Brett, darauf bedacht, dass die Schraube, die in der Nut im Board lag, nicht heraus fiel. Bei dem Wellengang keine einfache Übung. Nun führte ich den Tampen unter dieser Schraube durch und zog den verbliebenen Mastfuß samt Rigg so fest an das Board, wie es mir unter den gegebenen Bedingungen möglich war. Anschließend drehte ich Brett und Segel so, dass ich Richtung Land surfen konnte und versuchte, mit einem Wasserstart aufs Brett zu gelangen. Es funktionierte! Ich kam nicht mehr ins Gleiten, aber ich näherte mich dem Ufer. Seltsam war, dass ich sehr stark Höhe laufen konnte. Ich musste sogar immer wieder abfallen, weil das Board zu sehr anluvte. Also stellte ich mich mit viel Vorlage aufs Brett, um dieses Anluven auszugleichen. Des Rätsels Lösung fand ich bald. Der defekte Mastfuß stand nicht in der Boardmitte, er war durch den nicht genug festgezogenen Tampen von der Schiffsmitte einige Zentimeter nach Lee versetzt. Mir war das ganz recht, so konnte ich die verlorene Höhe wieder gut machen.

Als ich endlich ankam im Surfcamp, wurde ich neben dem Surflehrer von Heinz und einigen anderen Surfern empfangen, die wissen wollten, was denn nun schon wieder dazu geführt hatte, dass ich so lange im Meer geschwommen sei und warum ich wie ein Fragezeichen auf dem Brett gestanden hatte. Als ich den gebrochenen Mastfuß vorzeigte, meinten sie, ich sei wohl der *Crasher* vom Dienst. So mächtig fühlte ich mich allerdings nicht mehr. Ich war froh, dass ich dieses Debakel wieder gut überstanden hatte. Am Abend feierten wir in Aqaba einen kleinen Geburtstag.

**Ulika,
Istrien**

Weil abzusehen war, dass meine Surfleidenschaft nicht so schnell erkalten würde, hatten wir uns entschlossen, einen Wohnwagen anzuschaffen. Es war ein tolles Gerät mit eigener Nasszelle. Ein Nachteil waren sein Gewicht und die Doppelachse, was wir immer beim Rangieren per Körperkraft an die richtige Stelle auf dem Campingplatz zu spüren bekamen. Und meine Frau war eigen, was die Platzwahl anbetrifft. Aber sonst war es ein wesentlicher Fortschritt im Gegensatz zu unserem Urlaub mit Zelt. Die Zeit war nun endgültig vorbei, wo wir bei Sturm mitten in der Nacht am Zeltgestänge hingen, um unsere Behausung vor dem Wegfliegen zu bewahren. Jetzt musste meine Frau auch nicht mehr mit einer Flache Proschek (ein kroatischer Likörwein) unter dem Arm und dem Vorwand, es sei "Proschek-time" an die Türen der Wohnwagen unserer Freunde klopfen, um sich bei nasskalter Witterung für einige Zeit aufwärmen zu können. Jetzt konnten auch wir einladen.

Eine unserer ersten Fahrten führte nach Ulika, das ist Ihnen ja schon bekannt, da sah ich meinen ersten Wasserstart. Ulika ist ein herrlicher FKK-Campingplatz, er ist weitgehend naturbelassen, die alten Eichen spenden Schatten und die Stellplätze sind nicht parzelliert, man konnte sich hinstellen, wo man wollte, vorausgesetzt der Platz war einigermaßen eben, denn das Gelände war ein wenig wellig, was aber dazu führte, dass man zwangsläufig Abstand zu den Nachbarn wahren konnte.

Wir waren wieder eine ganze Clique von Surfern und Kajakfahrern; einer unserer Freunde hatte seine Segeljolle mit in den Urlaub geschleppt. Schon bei der Anfahrt hatten wir natürlich mit sicherem Blick erkannt, dass guter Surfwind herrschte. Also Wohnwagen abgestellt, mit Hilfe der Freunde dahin geschoben, wo ihn meine Frau haben wollte, Stützen aufgedreht und Strom angeschlossen. Dann aber unverzüglich die zwei Surfbretter vom Autodach gehoben, Segel aufgeriggt und ab ins Wasser. Es lief einfach toll, die Anstrengungen der Fahrt waren wie von Zauberhand weggewischt.

Nachdem ich so eine gute Stunde hin und her geschossen bin, Halse um Halse gezirkelt hatte, meldete sich ein archaisches Bedürfnis. Ich raus ans Ufer, Brett und Segel abgelegt und hoch zu den Toiletten. Nachdem ich mich eiligst der dringenden Notwendigkeit entledigt hatte, wollte ich das WC wieder verlassen. Doch die Türe klemmte. Ich versuchte es mit mehr Kraft, vergeblich, hielt kurz inne und überlegte, ob ich aus der Kabine klettern sollte. Aber ich sah mich schon in meiner Fantasie auf der Türe sitzen, schmerzempfindliche Körperteile geschunden und dann die anderen Toilettenbesucher! Was würden die wohl sagen, wenn da einer nackt aus der Kabine kletterte? Also stellte ich mich breitbeinig hin, riss mit aller mir zur Verfügung stehenden Kraft an der Tür, die tatsächlich nachgab und aufsprang. Beim breitbeinigen Hinstellen hatte ich freilich übersehen, dass ich mit einem Fuß genau in dem Bogen der aufschwingenden Türe stand. Ich hatte Sandalen an, die Türe hatte unten einen Spalt zum Boden, in den mein großer Zeh jedoch nicht ganz hineinpasste. Der Zehennagel war im Weg und gab nach. Er stand nach dieser Aktion im rechten Winkel nach oben weg, weit aus dem Nagelbett gerissen. Der Schmerz war groß, Blut floss aus dem offenen Nagelbett. Zurück am Wohnwagen verband meine Frau den Zeh, die Freunde konnten sich das Lachen kaum verkneifen, als sie erfuhren, wie ich mir die Verletzung zugezogen hatte.

Bis nach dem Abendessen hielt ich es aus, dann war mir klar geworden, ich musste zum Arzt, der Zeh tobte pulsierend und unerträglich. Die einzige Möglichkeit war, in das Krankenhaus in Porec zu fahren. Da ich mit diesem Fuß kaum mehr auftreten konnte, begleitete meine Frau und mich noch ein Freund, Harald. Er hatte zum Abendessen von dem Rotwein gekostet, den er von einem Weinbauern in der Nähe erworben hatte. Er war leicht beschwipst und da er eine Frohnatur war, machte er so seine Späßchen über mein Ungeschick.

Im Krankenhaus angekommen erklärten wir einer Schwester, was geschehen war, natürlich nicht die "nackte" Wahrheit. Sie hieß uns warten, es würde bald ein Arzt kommen um mich zu behandeln. Harald war Fußballexperte und unkte, dass ja gerade ein Länderspiel zwischen Kroaten und Serben im Fernsehen übertragen würde und sich deshalb erst zur Halbzeit ein Arzt um mich kümmern würde, die säßen doch alle vor dem Fernseher. Er sollte damit Recht behalten.

Ich lag zwischenzeitlich auf einer Krankenliege im Operationssaal, aber es dauerte, bis endlich ein Arzt kam. Erst bat er meine Frau und Harald, draußen zu warten. Dann stellte er sich kurz vor, er hatte es offensichtlich eilig, sah sich den Zeh an, holte eine Zange und wollte damit an den Nagel, so nahm ich an. Reflexartig zog ich mein Bein an den Körper, um das zu verhindern. Er sagte daraufhin beschwichtigend: "Nur gucken!". Ich streckte daraufhin mein Bein widerwillig, er nahm vorsichtig den Zehennagel mit der Zange und riss ihn mit einem Ruck vom Zeh. Ich brüllte wie am Spieß, es tat ja auch ordentlich weh. Als ich mich einigermaßen von dem Schmerz erholt hatte und während die Krankenschwester den Verband anlegte, sagte er noch, bevor er ging: "Jugoslawische Mäthode".

Im Nachhinein muss ich gestehen, dass dies die richtige "Mäthode" war. Eine betäubende Spritze in den Zeh hätte ja auch Schmerzen bereitet und er hätte warten müssen, bis die Betäubung einsetzt, da hätte er ja das Fußballspiel nicht mehr vollständig ansehen können. Zu dieser Erkenntnis konnte ich mich aber erst durchringen, nachdem der pulsierende Schmerz auf ein erträgliches Maß abgenommen hatte. So konnte ich zumindest die Nacht einigermaßen schlafen.

Mein Frau erzählte mir auf der Rückfahrt vom Krankenhaus, dass Harald auf meinen Schrei hin bemerkt hätte: "Jetzt haben sie ihn abgemurkst, gleich werden sie den Kadaver herausbringen". Wie schon erwähnt, er war eine Frohnatur.

Damit war für mich Surfen in diesem Urlaub nicht mehr möglich. Natürlich versuchte ich es noch mal, mit einem Gummistiefel an dem lädierten Fu. Nachdem ich aber trotz großer Vorsicht dennoch ins Wasser fiel, wollte ich nicht weiter mit unvernünftigen Aktionen den Heilerfolg in Frage stellen. Da für mich auch Volleyballspielen nicht möglich war, humpelte ich mit Freund Harald jeden Morgen zum Frühschoppen, um den Frust über diesen eingeschränkten Urlaub ein wenig zu mildern. Erholt habe ich mich trotzdem gut.

Im darauffolgenden Jahr, die Blessur am großen Zeh war längst vergessen, waren wir wieder mit der gleichen Mannschaft, Surfer, Kajakfahrer und Segler, in Ulika. Für mich war wieder alles möglich, Surfen, Volleyball und all die anderen Aktivitäten. Freund Harald war ebenfalls wieder dabei. Er war ein exzellenter Freizeitkoch und es war nicht ungewöhnlich, dass wir alle zusammen an einem Tisch saßen und die Ergebnisse seiner Kochkünste verspeisten. Die Frauen halfen bei den Vorbereitungen, putzten Salat und kochten die Beilagen, wir Männer deckten den Tisch und sorgten für die Getränke.

Eines Tages paddelte Harald hinaus in die Plava Laguna, so heißt die Bucht bei Ulika, und stieg nahe dem vorgelagerten Riff aus dem Boot um dort zu schnorcheln. Er blieb nicht lange und als er wieder zurück war, berichtete er ganz aufgeregt, dass dort draußen beim Riff unzählige Muscheln zur Ernte einluden. Also organisierten wir uns, Kajakfahrer und Surfer, fuhren mit Eimern, Schraubenziehern, Schnorcheln und Taucherbrillen bewaffnet ans Riff und brachen die für eine Mahlzeit ausreichende Menge an Muscheln vom Riff.

Wieder an Land putzten wir die Muscheln so gut es ging, dann überließen wir sie unserem Starkoch Freund Harald. Der zauberte eine köstliche Muschelmalzeit daraus, mit Weißweinsauce und viel Knoblauch. Natürlich mussten wir vorweg den Weißwein ausgiebig testen, ob er sich auch für eine leckere Sauce eignete; das sorgte für beste Stimmung bis es Zeit war, in die Betten zu kriechen.

Waren wir in den großen Ferien in Ulika, also Ende August - Anfang September, zogen wir am Vormittag, wenn kein Wind war, oft los in die umliegenden Eichenwälder zum Pilze suchen. Wir fanden hauptsächlich Maronenröhrlinge, aber auch den einen oder anderen Steinpilz. Freund Harald kreierte daraus zusammen mit Semmelknödeln eine bayerische Spezialität. Teilweise fanden wir so viele Pilze, in Bayern heißen sie Schwammerl, dass wir sie trocknen und mit nach Hause nehmen konnten.

An einem der Tage mit gutem Wind bat mich Hartmut, der Freund, der seine Segeljolle mitgebracht hatte, ob ich mit ihm als Vorschoter segeln würde, da der Wind doch relativ stark wäre und seine Frau Ilse Angst hätte, sich ins Trapez zu hängen. Wie schon weiter oben erwähnt, benützte man das Trapez beim Jollensegeln schon lange. Segeln konnte ich, da wir früher am Chiemsee eine eigene Jolle hatten.

Also ließen wir das Boot zu Wasser und segelten los. Es herrschte ablandiger Wind. Segler und Surfer wissen, dass der in Ufernähe böig ist und erst weiter draußen beständig wird, aber auch an Stärke zunimmt. Natürlich wagten wir uns weit hinaus, was sollte denn auch passieren. Der Wind war wie geschaffen für einen waghalsigen Ritt über die nicht allzu hohen Wellen. Unser Bestreben war es, die Jolle ins Gleiten zu bringen, was uns auch gelegentlich gelang. Ich hängte mich immer wieder ins Trapez, wobei ich mit den Füßen auf dem Bootsrand stand. Die Jolle stand auf diese Weise aufrechter im Wind und konnte diesen maximal nutzen. Plötzlich tat es einen Knall, ich flog in weitem Bogen über das Schiff und klatsche ins Wasser. Wieder aufgetaucht war ich ein wenig benommen und wusste nicht gleich, was für meinen unfreiwilligen Flug ursächlich war. Ich rief nach Hartmut, den ich kurz darauf auch im Wasser schwimmen sah. Die Jolle schwamm noch, aber Rigg mit Segel lag seitlich im Wasser. Ich schwamm zurück zum Boot und sah mir die Bescherung an. Eine der Wanten war gerissen und hatte uns beide über Bord befördert.

Ich stieg ins Boot und fing sofort an zu schreien und zu winken - Hartmut erzählte mir später, er dachte, ich hätte sie nicht mehr alle - da ich eine Jacht in einiger Entfernung vorbei fahren sah. Der Bootsführer sah uns erst nach geraumer Zeit, das Boot hatte sich schon wieder weiter von uns entfernt, kam jedoch zurück. Wir wussten beide, dass wir damit großes Glück hatten, denn ohne Segel und ablandigem Wind hätten wir über die Adria bis nach Venedig abtreiben können. Von Ulika waren wir schon zu weit weg, die hätten uns nicht mehr gesehen. Die Yacht, sie lief unter italienischer Flagge, schleppte und zurück nach Ulika. Da selten ein so großes Boot in den kleinen Hafen des FKK-Platzes eingelaufen war, wollten viele der wachsamen FKK-ler sehen, was denn da los sei. So wurden wir mit viel Anteilnahme bedacht, nachdem sie mitbekommen hatten, dass wir Havaristen waren.

Wir waren mit den Surfbrettern ja recht mobil, also surften wir auch manchmal nach Porec, nur um im Hafen ein Eis zu essen. Das waren etwa fünf Kilometer auf dem Wasser. Natürlich vergaßen wir dabei die Badehosen nicht. Nicht so weit weg lag das FKK-Gelände *Solaris*. Wir surften auch dort hin und es entstand ein regelrechter Interessenaustausch. So vereinbarten wir eines Tages, dass wir am nächsten Tag wieder kommen wollten, um gegen eine Auswahlmannschaft von Solaris ein Volleyballturnier auszutragen. Auch sie wollten dann im Gegenzug zu uns surfen, auch zu einem Volleyballturnier.

Am anderen Tag surften wir frühzeitig los. Außer Geld für eine Brotzeit mussten wir nichts mitnehmen, wir spielten ja auf Sandplätzen, so erübrigten sich Turnschuhe. In Solaris angekommen, wurden wir herzlich empfangen und bald begann das Turnier. Da wir es ernst nahmen, bestellten wir sogar einen eigenen Schiedsrichter.

Die Verabschiedung nach den drei Spielen war dann nicht mehr so herzlich. Wir hatten alle drei Spiele hoch gewonnen. Wir gingen nach dem Spiel noch zum Essen, doch bald zerstreuten sich die gegnerischen Spieler und wir saßen alleine am Tisch. Zur Ehrenrettung der Solarier muss ich erklären, dass die meisten von uns, neben dem Freizeitvolleyball im Urlaub, auch noch mindestens einmal in der Woche in einem Verein spielten. Der Verein, in dem ich spielte, war kurz vorher in die Bezirksliga aufgestiegen und konnte sich dort gut behaupten.

Die Rückfahrt nach Ulika auf unseren Brettern war nicht lustig. Es war spät geworden und der Wind fast eingeschlafen. Wir standen deshalb über eine Stunde auf einem Bug und pumpten mit den Segeln, damit wir überhaupt vorwärts kamen. Kurz vor dem Dunkelwerden erreichten wir unseren Heimathafen.

Die Solarier kamen wegen des vereinbarten Rückspiels nicht zu uns, zumindest nicht während unseres Urlaubs. Sie hatten offensichtlich erfahren, dass unsere Rückfahrt ein kleines Desaster war; zudem, wer fährt schon gerne zu einem Turnier, wenn er vorher weiß, dass keine Lorbeeren zu ernten sind.

Aber unser Sieg in Solaris hatte sich auf unserem Gelände rumgesprochen, deshalb wurden wir kurz darauf von der Mannschaft der Ulikaner herausgefordert. Das waren die bei der Verwaltung des FKK-Camps angestellten Mitarbeiter. Sie spielten in ihrer Freizeit oft Volleyball und hatten schon einige Jahre kein Turnier mehr verloren, das sie gegen Gästemannschaften ausgetragen hatten. Wir nahmen die Herausforderung gerne an. Das Spiel war anfangs ausgeglichen, um jeden Punkt wurde hart gekämpft. Doch wir übernahmen allmählich die Oberhand, was beim Gegner zum Streit unter den eigenen Spielern führte. Nach fünf einsatzfreudigen Spielen hatten wir endlich 3:2 gewonnen.

Da wir vor dem Spiel vereinbart hatten, dass die Mannschaft des Verlierers die Gewinner zum Abendessen einlädt, die Getränke waren davon ausgenommen, trafen wir uns in einem urigen Restaurant, in dem rostige Ketten und anderes altes Zubehör aus der Seefahrt als Dekoration von der Decke hing. Anfangs war alles ein wenig steif, wir waren nicht sicher, ob es angemessen war, den Gewinn wirklich einzufordern, war doch der Verdienst der Clubbeschäftigten sicherlich nicht gerade üppig. Der geschlagene Gegner wiederum war noch nicht über seine Niederlage hinweg gekommen, auch der Streit auf dem Platz wirkte offensichtlich noch nach.

Das alles löste sich bald in Wohlgefallen auf, als wir im Gegenzug zum Essen einige Flaschen Wein spendierten. Die Stimmung wurde immer gelöster und es dauerte nur wenige Stunden, da tanzten die Kroaten zu einheimischer Musik, die sie lauthals mitsangen, auf den Tischen. Wir spendeten ordentlich Beifall, was sie zu noch mehr Aktivitäten anregte. Was soll ich noch sagen? Es wurde ein wunderschöner Abend! Vom Morgen danach berichte ich nur so viel: unser Kater war ausgewachsen und kein Kuscheltier.

Wir hatten noch einige Tage in Ulika, an denen wir viel Freude beim Surfen und Volleyballspielen hatten, meine Frau verbesserte ihr Surfen, hatte aber noch so ihre Probleme, gerade bei mehr Wind, mit dem Höhelaufen. War dem wieder mal so, legte sie den Surfer frustriert irgendwo in der Bucht ab, kam zu Fuß zurück und bat mich, das Brett zurück zu surfen.

Da das Wetter beständig schön war, bauten wir die Riggs am Abend nicht mehr ab, sondern legten sie in der Nähe unseres Wohnwagens einfach auf den Boden. Das sollte sich eines Nachts rächen. Wir bekamen nicht mit, dass ein Gewitter aufzog, erst als die ersten Sturmböen am Wohnwagen rüttelten, wurde ich wach. Da war es auch schon zu spät. Ich hörte noch, dass draußen etwas krachend gegen unsere Behausung flog, dann war ich schon draußen. Die Segel hatten sich selbstständig gemacht und flogen im Sturm gegen Bäume, Zelte und Wohnwagen. Das halbe Camp war wach geworden und fing die Segel ein. Meine Frau hat einen gesegneten Schlaf, aber da wir nicht gerade leise bei unseren Aktionen waren, wachte sie auf, sah uns mit den Segeln im Wind kämpfen und fragte schlaftrunken, in der Türe des Wohnwagens stehend: "Seid ihr jetzt ganz verrückt! Wollt ihr jetzt auch in der Nacht surfen, nur weil ein bisschen mehr Wind ist?" Wir klärten sie lachend auf, riggten die Segel sofort ab und verstauten das Material unter dem Wohnwagen. Es war uns eine Lehre, fortan banden wir die Riggs über Nacht fest oder wir bauten sie ab.

In Ulika fuhren wir noch Verdränger, aber auch schon Boards, die sich von der Konzeption her in der Übergangsphase zum Gleiter befanden. Um aber ins Gleiten zu kommen, war der normale thermische Wind in diesem Gebiet mit einer Stärke von gerade mal drei Beaufort zu schwach. So schön Ulika war, ein Starkwindrevier war es nicht. Also suchten wir bald nach neuen Revieren mit stärkerem Wind.

Wieder am Gardasee,
Campingplatz in Limone sul Garda

Bei früheren Aufenthalten am Gardasee hatten wir festgestellt, dass Torbole, im äußersten Norden des Gardasees gelegen, nicht so ideal zum Surfen war. Vormittags bei Vento war ablandiger Wind, deshalb musste man weit hinaus surfen, um wirklich guten und beständigen Wind zu haben, doch das Zurücksurfen hart am Wind war mit den Funboards, die wir zwischenzeitlich fuhren, problematisch, da sie gerade bei nachlassendem Wind schlecht Höhe liefen.

Wir wussten bereits, dass d e r angesagte Platz am Gardasee in der "Schweinebucht" lag, direkt in der "Düse". Kurz eine Erklärung zur "Düse". Starkwind herrscht bei normalen Wetterverhältnissen am Gardasee nur in der Nähe der Düse. Das ist die Verengung, die von den im Norden zu beiden Seiten des Sees steil aufragenden Bergen gebildet wird. Dort presst sich der thermische Wind durch diesen Flaschenhals und beschleunigt auf mindestens vier Beaufort. Das funktioniert allerdings nur bei schönem Wetter, wenn am Morgen in der Poebene die sich erwärmende Luft aufsteigt und die kalte Luft aus den Bergen angesogen wird. Am Nachmittag läuft es umgekehrt ab, die Luft in den Bergen im Norden erwärmt sich, steigt dabei auf und zieht die Luft aus dem Süden durch die Düse an. So war es nicht ungewöhnlich, dass im Süden des Gardasees nur ein laues Lüftchen wehte, während im engen Norden des Sees Starkwind herrschte.

Da aber direkt im Bereich der Düse nur steile Berghänge zum See abfallen, ist es nahezu unmöglich, dort einen geeigneten Platz zum Einstieg zu finden. Also mussten wir Kompromisse eingehen. Damals kannten wir den Lago di Garda, oder "Lago", wie er vereinfacht unter Surfern genannt wird, noch nicht so gut. Wir wussten lange Zeit nicht, wo denn überhaupt die legendäre "Schweinebucht" liegt. Wir, das waren meine Frau Marion, meine Wenigkeit und unser Freund Heinz, damals noch Junggeselle, entschieden uns also für einen Campingplatz in Limone sul Garda, an dem wir in unserem Wohnwagen und Heinz in einem Zelt, in den Pfingstferien einen zweiwöchigen Urlaub verbringen wollten. Der Platz lag ein wenig nördlich des Stadtzentrums von Limone direkt am See, war terrassenförmig angelegt und für unsere Zwecke gut geeignet, so dachten wir. Der Wind konnte kommen.

Am anderen Morgen standen wir am Ufer, es war Wind, aber der kam von Süden und war nicht ausreichend stark. Zumindest nicht in der Bucht von Limone. Am gegenüberliegenden Ufer sahen wir die Surfer bei bestem Vento - dem Wind vom Norden - dahingleiten und ihre Halsen fahren. In unserer Bucht wehte ein sogenannter Kehrwind. Wir nahmen trotzdem unsere Bretter und fuhren auf den See hinaus, in der Hoffnung, die Schnittstelle zwischen Nord- und Südwind überwinden zu können und ebenfalls in den Genuss des Vento zu kommen. Aber das war nahezu unmöglich. Auf dem Brett stehend wurden wir immer wieder von dem wechselnden Wind überrascht, der plötzlich umschlug, von der anderen Seite kam und uns ins Wasser klatschen ließ. In Bayern, oder zumindest am Chiemsee, nennt man das bei den Seglern eine "Leewatschn". Deshalb versuchten wir es mir Schwimmen, das Board mit Segel hinter uns herziehend. Doch die Zone des stetig wechselnden Windes war zu breit und das Wasser zu kalt, also gaben wir bald auf, schwammen zurück bis der Wind wieder konstant war und surften dann mit dem Kehrwind ans Ufer. Wir trugen unsere Bretter arg ernüchtert auf das Ufer.

Die anderen Surfer am Platz hatten es erst gar nicht versucht, sie standen grinsend am Ufer, als wir zurückkamen. Sie klärten uns dann auf, dass das jeden Morgen so sei und dass sie auch schon die Wechselwindzone schwimmend überquert hätten, am anderen Ufer einige Zeit gesurft seien, dann aber die gleiche Tortur zurück noch mal durchstehen mussten. Waren sie zu spät dran, verblieben sie am anderen Ufer bis die Ora kam, dann erst konnten sie zurücksurfen. Kam die Ora nicht, ja, was dann? Und im Übrigen sei die Ora am Nachmittag in der Bucht von Limone selten so stark, dass gutes Gleiten mit kleinen Boards möglich wird. Das waren keine guten Nachrichten.

Aber, so erzählten sie weiter, es gäbe eine Möglichkeit, zu gutem Wind zu kommen. Man müsse nur mit Auto und Material Richtung Norden die "Gardesana occidentale" (sie sehen schon, es waren Lago-Spezialisten!) bis zum Hotel Pier fahren, dort wenden, da es ja vorher nicht möglich sei, um dann zurück bis zum "Monument" zu fahren. Dort könnten wir das Auto zwischen Straße und Felswand parken, wenn wir noch Platz finden würden, denn dieser wäre arg beschränkt. Ich möchte hier noch einfügen, dass dieses Parken in den folgenden Jahren verboten wurde. Besser wäre es allerdings, so informierten sie uns weiter, wir würden uns zum Monument fahren lassen, alles Material abladen und eine Zeit vereinbaren, zu der wir wieder abgeholt werden wollten. Das Monument könnten wir nicht verfehlen, das sei ein Steindenkmal an der Straße.

Am Nachmittag war es so weit, wir hatten abgewartet, bis sich die Ora auch bei uns am Campingplatz bemerkbar gemacht hatte, dann fuhren wir los. Da meine Frau das Surfen aus guten Gründen wieder aufgegeben hatte, die ewig nassen Haare waren ihr ein Gräuel - was im Übrigen auch der Grund dafür ist, dass es so wenig Starkwindsurferinnen gibt - fuhr sie uns zum Monument. Das Material war schnell abgeladen, über die Straße und hinunter ans Ufer getragen. Die Surfanzüge hatten wir der Einfachheit halber schon angezogen bevor wir losgefahren waren, denn, so unsere Überlegung, wer sollte unsere Kleidung bewachen, wenn wir auf dem Wasser waren? Da die Uferböschung einige Meter zum See hinunterführte, der Steig schotterig und steil war, wurde es uns in unseren Anzügen ganz schön warm. Vor uns waren schon andere Surfer da, der Platz war beengt, der Uferbereich sehr schmal. Aus der Unterhaltung der anderen Surfer schlossen wir, dass fast ausschließlich Norddeutsche um uns herum waren. Halb im Wasser stehend riggten wir unsere Segel auf und bevor ich lossurfte, rief mir Heinz noch halblaut zu: "Manfred, zeig's den Preußen!". Der Wind war traumhaft! Die Welle nicht hoch, weil sich der starke Wind ja erst einige hundert Meter vor der Düse entwickelt und somit keine großen Wellen aufbauen kann.

Wer den Moment schon einmal erlebt hat, wenn das Board ins Gleiten kommt, der Winddruck im Segel stark nachlässt, da er in Geschwindigkeit umgesetzt wird, wenn man sich ins Trapez hängt, die Füße in die Schlaufen schlüpfen lässt und dann das herrlich laute und aggressive Klatschen beim Aufschlagen des leichten Boards auf den vorbeischießenden Wellen hört, der wird dieses berauschende Gefühl immer wieder herbeiführen und erleben wollen. Starkwindsurfen hat absolut Suchtpotential!

Erklärtes Ziel für jeden Surfer war es, die Powerhalse zu können. Man musste sich dabei mit viel Speed in die Kurve legen, damit das Brett vom Wind abfällt, dann schnell das Segel vor sich über den Bug schwingen lassen, mit der Beinstellung ebenfalls auf die andere Seite wechseln, sodass man nach einer 180-Grad Drehung wieder zurück surfen konnte, wo man her kam. Da es ein komplexer Bewegungsablauf war, blieb man als Anfänger meist mitten in der Drehung stecken. Dann hatte man das Problem, bei Welle auf dem kleinen Brett das Gleichgewicht zu halten und neu in Fahrt zu kommen.

Heinz war bei diesem Manöver noch nicht so perfekt, wie er dies gerne gewollt hätte. Er übte zwar fleißig an diesem Nachmittag, aber als es immer noch nicht so richtig klappen wollte, war er es leid, immer wieder das Segel aus dem Wasser zu ziehen und so manches Mal wieder ins Wasser zu fallen, nur um das gleiche Spiel zu wiederholen. Das ermüdet auch ungemein. Deshalb verlegte er sich nur mehr aufs Surfen ohne Manöver. Er fuhr in einem Strich über den See bis er am anderen Ufer stehen konnte, drehte dort das Board um, ruhte sich ein wenig aus und surfte nach einem einfachen Beachstart wieder zurück. Das waren zusammen acht Kilometer, da der Gardasee an dieser Stelle nur vier Kilometer breit ist.

Als wir wieder einmal zum Ausruhen am Ufer saßen und zusahen, wie die anderen Surfer über den See heizten, fiel uns ein wahrer Hüne auf, der auf kleinem Board und großem Segel souverän seine Manöver fuhr. Auch er fuhr bald ans Ufer und wir kamen ins Gespräch. Er hieß Tobias und erzählte uns, dass er nicht weit von hier in der Nebenbucht eine kleine Halbinsel von nur ein paar Quadratmetern gefunden hätte, auf die er sein Zelt gestellt hat. Da übernachte er auch. Wir wateten das Ufer entlang zu dieser kleinen Halbinsel und stellten fest, dass es ein wirklich lauschiges Plätzchen war, mit einer kleinen Birke darauf, also Schatten für sein Zelt, doch davor hatte er gerade mal so viel Platz, dass er einen Stuhl aufstellen konnte. Auf unsere Frage, wie er denn mit all dem Material hergekommen sei und wo er sein Auto geparkt hätte, antwortete er, dass seine ältere Schwester mit Freunden beim Mountainbiken am Gardasee wäre und jeden Tag bei ihm vorbeikommen und Proviant bringen würde. Er wolle die 14 Tage im Zelt und beim Surfen aushalten. So trafen wir ihn immer, wenn wir wieder zum Surfen am Monument waren. Tobias war ein ganz lieber und sanfter Typ, der nur seiner athletischen Gestalt wegen furchteinflößend wirkte. Bald lernten wir auch seine Schwester kennen, die nur zwei Jahre älter war als er und sich als ausgesprochen sympathisch erwies. Wir luden die beiden zu uns zum Essen auf den Campingplatz ein, da meine Frau "den armen Jungen bedauerte, der nichts Richtiges zu essen bekommen würde". Meine Frau stand dem Freund und Hobbykoch Harald in nichts nach, was die Zubereitung einer köstlichen Mahlzeit anbelangt, und so speisten wir vorzüglich und ausgiebig, unterhielten uns bis spät in die Nacht, bis Tobias von seiner Schwester zu seinem Platz am Ufer des Gardasees zurück gefahren wurde. Wir hielten lange Jahre Kontakt mit ihnen, er sandte mir später eine Karte aus Hawaii, da war er zusammen mit seiner Schwester beim Biken und Surfen.

Für uns wurde der Campingplatz in Limone einige Jahre zum gut besuchten Surfplatz. Von unseren Erzählungen zuhause angeregt, fragte unsere Tochter, ob wir was dagegen hätten, wenn sie mit ihrem Freund mitfahren würde, sie hätten ja ein Zelt und er wolle unbedingt auch mal das Surfen probieren. Natürlich hatten wir nichts dagegen. Also fuhren wir zu viert im Auto mit Wohnwagen und zwei Surfbrettern am Dach los. Auch Heinz war wieder mit Zelt dabei.

Schon bei der Fahrt an den Gardasee erklärte ich Arno, so hieß der Freund meiner Tochter Anja, wie das so am Lago beim Surfen abläuft und wo die Gefahren liegen. Er müsse aufpassen, dass er beim Üben nicht abgetrieben werde, er solle sich immer in Ufernähe aufhalten weil der Wind zur Seemitte hin meist zunehme und vor allem solle er darauf achten, dass er nicht unterkühlt werde, der See hätte ja jetzt im Frühjahr kaum 16 Grad. Ich erzählte ihm noch eindringlich von dem Surfer, der auf dem Gelände am Chiemsee beim Surfen von uns unbemerkt abgetrieben war. Von seiner Frau aufmerksam gemacht, dass er schon eine Weile abgängig sei, fingen wir an, ihn zu suchen. Wir fanden ihn einige hundert Meter entfernt auf seinem Brett sitzend, völlig apathisch und kaum ansprechbar. Wir brachten ihn in einem Boot zurück und fuhren ihn ins Krankenhaus, er war stark unterkühlt gewesen, konnte aber nach einer Nacht wieder die Klinik verlassen.

Aber wie das immer so ist, wenn die "Altvorderen" was sagen, so hört die Jugend zwar höflicherweise zu - man könnte ja in Ungnade beim Schwiegervater in spe fallen - aber so richtig annehmen und umsetzen kann sie das nur selten.

Am anderen Vormittag begann ich, ihm die Grundbegriffe des Surfens nahe zu bringen. Nach einer Stunde etwa war er so weit, dass er das altbekannte Spiel eines jeden Anfängers, das Aufsteigen auf das Brett und wieder Runterfallen, schon ganz gut beherrschte, manches Mal konnte er schon das Segel in Stellung bringen und einige Meter surfen. Ich schrie im immer zu, er solle umkehren, wenn er Gefahr lief, zu weit in den See hinaus zu treiben. Nach einer weiteren halben Stunde hatte er auch das verinnerlicht und ich konnte ihn allein üben lassen. Vorher ermahnte ich ihn noch, er solle jetzt mal wieder aus dem Wasser gehen und sich aufwärmen, dann könne er weiter üben.

Ich war schon auf dem Sprung aufs eigene Brett, da der Wind stark genug zum Gleiten war. Heinz war schon länger unterwegs, ich surfte zu ihm hin und wir fuhren wieder unsere Privatrennen, wer der Schnellere auf dem Board war. Gegen Mittag schlief dann der Wind allmählich ein und wir kehrten müde aber zufrieden ans Ufer zurück. Dort erwartete uns Tochter Anja, kaum dass wir das Surfmaterial abgelegt hatten. Sie erzählte uns, dass Arno noch einige Zeit verbissen geübt hätte, dann reingekommen wäre und bald darauf im Zelt verschwunden sei mit der Bemerkung, er wäre ganz schön fertig. Das sei jetzt eine gute Stunde her und als sie nachsah, hatte er auf ihre Frage nicht geantwortet und sei kaum ansprechbar gewesen. Heinz als praktizierender Internist kroch zu ihm ins Zelt und untersuchte ihn. Als er wieder aufrecht vor uns stand, sagte er sorgenvoll: "Er ist stark unterkühlt und wenn wir ihn nicht innerhalb einer halben Stunde dazu bringen, wieder normal zu reagieren, müssen wir ihn unverzüglich ins Krankenhaus bringen".

Was sollten wir tun? Tochter Anja zu ihm in den Schlafsack zu stecken erwies sich als nicht praktikabel, da der Schlafsack zu eng war. Meine Frau Marion, praktisch und zugreifend veranlagt, schlug vor, ihm einen Föhn in den Schlafsack zu stecken. Gesagt, getan. Es dauerte dann auch nicht lange, da gab Arno wieder an und eine halbe Stunde später gesellter er sich kleinlaut zu uns. Ich vermute, das war's für ihn mit Surfen. Da wir ihn bald aus den Augen verloren, die Freundschaft mit meiner Tochter hielt nicht mehr allzu lange, kann ich über seinen surferischen Werdegang nichts weiter berichten.

**Türkei,
Cesme**

Meine erste Surfreise mit dem Flugzeug führte mich im Frühjahr 1987 in die Türkei nach Cesme. Das ist ein kleiner Ort an der Küste der Ägäis in der Nähe von Izmir. Den Ort selbst lernte ich nicht kennen, wir waren ja ohne fahrbaren Untersatz da und ohnehin nur mit Surfen beschäftigt.

In all den Jahren, die ich nun schon surfte, hatte sich das Material rasant entwickelt. Wir fuhren ausschließlich die kurzen Funboards mit knapp über einhundert Liter Volumen und Segel, die durchgelattet waren. Es wurden von den Reisebüros spezielle Hotels angeboten, in denen Surfmaterial in allen Variationen vorhanden war. Man buchte einen sog. Surfpool und konnte je nach Wind und Können sowohl Brett als auch Segel nützen, aber auch jederzeit wechseln, wenn man mit dem oder jenem nicht zufrieden oder überfordert war. Das war ideal, ich konnte andere Boards ausprobieren und auch neue Segel testen. Bei den Segeln war der Unterschied zum eigenen Material nicht gravierend, bei den Boards schon. Es brauchte geraume Zeit, bis ich mit einem neuen Board so vertraut war wie mit meinem eigenen. Aber auch das gelang mir bald.

Das Surfhotel in Cesme war nicht groß, die Gäste untereinander kannten sich bald, da ja auch gleiche Interessen vorherrschten. Der Strand war wie ein großer Sandkasten, um den Hotel, Restaurant und die Schuppen für das Surfmaterial im Geviert herum gebaut waren, nur zum Meer hin war er frei und offen. Auch ein von Zuschauerbänken umgebener Beachvolleyballplatz war integriert.

Der Wind war an den meisten Tagen sehr gut und da auch das neueste Material ausreichend vorhanden war, konnten wir nach Herzenslust surfen. Gegenüber unserem Strand lag eine kleine Insel, sie wurde Eselinsel genannt, weil dort wilde Esel lebten, so wurde uns zumindest erzählt. Für uns Surfer war diese Insel vertrauensbildend, da wir zum Einen immer einen Bezugspunkt beim Surfen hatten, zum Anderen gab sie uns Sicherheit, da sie ein wenig ablandig zum sideshore (parallel zum Strand) wehenden Wind lag. Wurde man abgetrieben, war sie die rettende Anlaufstelle vor dem offenen Meer.

Sobald der thermische Wind einsetzte, das war so um die Mittagszeit, gingen wir aufs Wasser. Die Welle war ein wenig kurz und kabbelig, mit etwa einem halben Meter Höhe aber moderat, deshalb musste man die Halsen mit tief gebeugten Knien fahren, um die Wellen auszugleichen. Nach geraumer Zeit hatte ich den Bogen raus und es lief einfach fantastisch. Zwischendurch fuhr ich wieder ans Ufer, ruhte mich ein wenig aus und wagte dann wieder den Kampf mit Wind und Welle. Es waren etwa vier Stunden vergangen, da bemerkte ich, dass die Surfer um mich herum immer weniger wurden. Das war gar nicht schlecht, ich musste weniger auf Zusammenstöße mit anderen Surfern achten, zudem war die Welle nicht mehr so zerfahren. Das kam mir beim Halsen zugute. Ich zog also Runde um Runde, versuchte auch ein wenig zu springen, wenn eine entgegenkommende Welle dies zuließ. Als es dann immer einsamer um mich wurde, surfte ich doch zurück, auch weil ich, das gestehe ich ein, Bedenken bekam. Sollte etwas schief gehen, würde ich alleine im Bach liegen.

Als ich mein Board aus dem Wasser an den Strand trug, begrüßten mich einige Zuschauer. Die meisten kannte ich schon ganz gut von den Fachsimpeleien und den gemeinsamen Mahlzeiten. Darunter war ein Österreicher mit Doktortitel, auf den er großen Wert legte, aber ansonsten ein netter Kerl. Er begrüßte mich mit dem Ausruf: "Mensch Mane, hoast du a Konde". Ich wusste im ersten Augenblick nicht, was er damit meinte, erst ein wenig später kam mir die Erklärung: Mit "Konde" meinte er die Kondition. Und er hatte nicht Unrecht, war ich doch im verflossenen Winter mit dem Alpenverein fast jedes zweite Wochenende anstrengende Skitouren gegangen, bei denen ich mir diese Ausdauer geholt hatte.

An einem frühen Morgen, ich konnte nicht mehr schlafen und es gab noch kein Frühstück, ging ich aus dem Hotelgelände hinaus und wanderte an den Hängen des ausgetrockneten Flussbettes entlang, das sich vom Hotel aus in die dahinter liegenden Hügel hinauf schwang. Ich hatte zur Unterhaltung meinen Walkman dabei, ein damals übliches Abspielgerät, auf dem man seine Lieblingsmusik laden konnte. Begleitet von Songs wie "morning has brocken" von Chris de Burgh und "Nikita" von Elton John, stieg ich den schalen Steig hinauf, entlang aufgelassener Weinberge, die offensichtlich niemand mehr bewirtschaftete, unter Olivenbäumen vorbei an Blumen und Gräsern, von denen mir die meisten unbekannt waren. Es war ein warmer, wunderbar stiller Morgen. Ich wäre gerne noch einige Zeit weiter gewandert, aber mein Magen knurrte hörbar, so dass ich mich bald entschied, die Wanderung abzubrechen. Es blieb ein schönes Erlebnis, an das ich mich gerne erinnere.

In ebenso guter Erinnerung aus Cesme habe ich eine türkische Spezialität. Ich hatte nur Halbpension gebucht, für das Mittagessen ging ich mit anderen zusammen in das angegliederte Restaurant. Auf meine Frage an die Bedienung, was sie denn empfehlen könne an türkischem Essen, antwortete sie spontan, das "Menemen" sei hier besonders gut. Ohne zu wissen, um was es sich dabei handelte, habe ich es bestellt. Ich war überrascht, was mir dann gebracht wurde. Es war eine Kasserolle, in der Tomaten, Lauch und Eier zusammen im Rohr gebacken worden waren. Das Gericht war goldgelb überzogen, an den Rändern dunkelbraun und schmeckte wirklich vorzüglich. Bald waren auch die anderen überzeugt und wir aßen fast täglich zu Mittag das herrlich einfache, aber sehr schmackhafte Gericht. Ich hab mir bei meinen Reisen in die Türkei diese Spezialität noch oft bestellt, sie war aber nie mehr so lecker wie in Cesme.

**Gardasee,
wieder Campingplatz in Limone**

Wir waren wieder einmal mit unserem Wohnwagen unterwegs nach Limone, dieses Mal hatten wir neben dem Surfmaterial auch unsere Mountainbikes dabei, die wir an der Hinterseite des Wohnwagens auf einem Radträger befestigt hatten.

Als wir am Campingplatz ankamen, sahen wir auf den oberen schmalen Terrassen eine große Anzahl kleiner Zelte stehen. Wir kannten das von früher, an den Tagen um Pfingsten fand auf diesem Campingplatz jedes Jahr ein Treffen von Motorradbikern statt. Ich bin in den Vorjahren oft von der untersten Terrasse, wo wir der Surferei wegen mit unserem Wohnwagen standen, hinauf gegangen und hab mir die, für einen Technikfreak, wunderschönen Motorräder angesehen und manch Interessantes im Gespräch mit deren Eigentümer erfahren.

Wir fuhren mit unserem Gespann zwar vorsichtig, wie sich jedoch später herausstellen sollte, doch ein wenig zu forsch, die Serpentinen hinunter zu unserem reservierten Stellplatz. Von oben hatte ich bereits die Schaumkronen auf dem Wasser gesehen, es herrschte Surfwind! Schnell den Wohnwagen abgekoppelt, auf die Stützen gestellt, den Strom angeschlossen, Trinkwasser in den Tank gefüllt, Tisch und Stühle aus dem Kofferraum geholt und aufgestellt, die Surfer vom Dach geholt und das Segel aufgeriggt. Bis mich meine Frau unterbrach mit der Frage: "Wo sind unsere Räder?". Meine genervte Antwort: "Na, hinten am Wohnwagen". "Da sind sie nicht!". "Das kann nicht sein!". "Dann schau selbst nach!" Das tat ich dann auch. Die Räder waren weg, mitsamt dem Radträger, der erst kürzlich vom Wohnwagenhersteller an der Rückseite befestigt worden war.

Vorbei war's mit den Surfvorbereitungen. Wir setzten uns erst mal und malten uns schuldbewusst aus, was alles passiert sein konnte: Auf der Autobahn in dichtem Freitagnachmittagsverkehr die Räder verloren, Unfall hinter uns von ungeahntem Ausmaß! Wir waren ganz schön geschockt. Wir saßen noch nicht lange, da kamen drei, in schwarze Lederkombis gekleidete, mit ihren Bärten martialisch aussehende Biker auf uns zu. Uns beschlich sofort ein schlechtes Gewissen, waren die vielleicht Zeugen gewesen bei dem von uns verursachten Unfall? Sie fragten auch sofort, ob wir Räder verloren hätten und wir mussten das kleinlaut zugeben. Daraufhin erklärten sie uns, dass wir die oben abholen könnten, denn da lägen sie neben der Straße. Es stellte sich zu unserer Erleichterung heraus, dass die Räder auf dem Gelände des Campingplatzes, während der Fahrt die Serpentinen herunter, verloren gingen. Da waren nämlich tiefe Querrinnen in der Straße eingebaut, damit bei Regen das Wasser abgeleitet wurde. Bei meiner rasanten Fahrt die Straße runter war der Wohnwagen über die Querrinnen gehörig gesprungen und hatte dabei die Räder samt Träger abgeworfen.

Wir bedankten uns überschwänglich, erleichtert darüber, dass nichts Schlimmeres geschehen war, holten unsere Räder und brachten den Bikern drei von den Weißbieren mit, die wir immer bei uns im Kühlschrank gebunkert haben.

Ich besorgte mir einige Tage später in Limone lange Schrauben und breite Beilagscheiben, durchbohrte die Rückwand und befestigte diesmal den Radträger so, dass er nicht mehr abfallen konnte, ohne die halbe Rückwand mitzunehmen.

An den Feiertagen um Pfingsten wurde der Gardasee von den Deutschen heimgesucht, aber auch wir mussten während der Ferien in Urlaub fahren, da meine Frau Lehrerin war. So kam jedes Jahr eine Gruppe junger Burschen auf unseren Campingplatz, sie waren aktive Mitglieder der Freiwilligen Feuerwehr in Fürstenfeldbruck und feierten auf dem Campingplatz den Vatertag. Wir hatten einen guten Kontakt zu ihnen, weil meine Frau, die sich bei Krankheitsfällen gerne engagiert und wir immer einen gut sortierten Medikamentenkoffer mitführen, einem der Burschen, der krank im Zelt lag, neben dem richtigen Medikament auch vorschrieb, wie er sich zu verhalten habe, wenn er schnell wieder auf die Beine kommen wolle. Er tat ihr den Gefallen und wurde wirklich innerhalb eines Tages gesund.

Sie erzählten uns, dass ihr Nummernschild "FFB" nicht nur für die Stadt Fürstenfeldbruck stehe sondern auch für "Fünf Fass Bier". Damit das auch Sinn macht, hatten sie zwar nicht fünf, aber ein großes Fass Bier mitgebracht; ich schätzte, es hatte 50 Liter. Damit das Bier im Fass auch kühl bleibt bis zur kommenden Feier, wollten sie es an einem Seil befestigten, um es anschließend im kalten Wasser des Sees zu versenken. Nun hat ja so ein Fass keine Öse, weshalb sich das Befestigen des Seils schwierig gestaltete. Sie brachten all ihre Kenntnisse ein, die sie bei der Feuerwehr erworben hatten, umschlangen das Fass als würden sie es fesseln und ließen es vorsichtig ins Wasser. Am Gardasee, zumindest im Norden, fällt das Ufer steil ab. Das Fass verschwand langsam in der Tiefe, dann banden sie das Seil am Ufer fest.

Am anderen Tag, als sie morgens nachsahen, hing das Seil locker im See. Das Fass hatte sich befreit. Sie versuchten es mit Taucherbrille und Flossen, aber sie fanden es nicht in sichtbarer Tiefe und weiter als sechs bis sieben Meter wollten sie nicht tauchen. Es wurde auch vermutet, dass einer der Gäste auf dem Platz das Fass versenkt hat, um das lautstarke Feiern der Burschen zu sabotieren. Ich will diese Vermutung nicht als völlig abwegig bezeichnen. Sie beratschlagten, was da nun zu tun wäre. Es blieb ihnen nichts anderes übrig, als nach Limone zu gehen und dort zu feiern. Gesagt, getan. Sie warfen sich in Schale, das hieß, sie hatten alle ihre Tracht dabei und die zogen sie an. Kurze Lederhosen, fesche Hemden dazu, Loferl (Wadenstrümpfe) und Haferlschuhe. Es waren mit wenigen Ausnahmen wirklich ansehnliche Burschen.

Sie müssen erst spät in der Nacht zurückgekommen sein, wir haben sie nicht gehört, aber am anderen Tag schliefen sie bis Mittag. Da wurden sie dann auf das allerliebste geweckt. Offensichtlich von den italienischen Mädchen, mit denen sie am Abend vorher zugange waren. Sie hatten ihnen verraten, wo sie nächtigen und die haben sie eben da besucht. Wir dachten bei uns, die Burschen müssen sehr überzeugend gewesen sein.

Gardasee, Campione und al Pra

Von unserem Campingplatz in Limone ließen wir uns am Nachmittag oft ans Monument fahren, um dort in der Düse zu surfen. Dabei erfuhren wir von anderen Surfern, dass es weiter im Süden den Surfspot Campione geben soll; natürlich fuhren wir anderntags dort hin.

Campione hat eine einmalige Lage. Die kleine Ortschaft liegt am Fuße steiler Felswände und ist nur per Schiff oder auf der Straße durch einen langen Tunnel zu erreichen. Man fährt die Gardesana Richtung Süden von Riva kommend, bereits da fährt man durch viele Tunnel oder Galerien, durch Limone und weiter Richtung Süden. Dann, wieder mitten in einem langen Tunnel, zweigt die Straße ab nach Campione. Erst kurz vor der Ortschaft verlässt man den Tunnel, nachdem man die Gardesana im Tunnel unterquert hat. Die Zu- und Abfahrten in den Tunnel sind kreuzungsfrei und immer wenn ich die Strecke fahre, bin ich wieder beeindruckt von der Ingenieurleistung früherer Jahre.

Der Ort selbst liegt auf einer schmalen Landzunge direkt am See. Früher gab es da eine große Baumwollfabrik, die Gebäude standen noch, heute sind sie weitgehend Hotelneubauten gewichen. Der kleine Segelhafen ist im Laufe der letzten Jahre gehörig gewachsen und frei Parken kann man in ganz Campione nicht mehr. Als wir erstmals dort ankamen, war das alles kein Problem. Wir parkten an der Straße direkt am See und lagerten mit unserem Surfmaterial in der Wiese am Ufer. Ich muss aber zugeben, guten Wind, also über 4,5 Beaufort, habe ich in Campione nur einmal erlebt, ansonsten war ich immer mit einem größeren Board surfen, bei dem man zur Not auch noch das Segel aufziehen konnte, wenn zu wenig Wind für den Wasserstart war.

Ähnlich war es am Surfspot "al Pra", eine kleine, kiesbedeckte Landzunge, die noch einige Kilometer weiter im Süden lag. Da konnte man gut mit dem Board springen, wenn der Vento stark war, da die Wellen ein wenig im Winkel zur Windrichtung liefen und damit ideale Absprungrampen bildeten. Al Pra war lange Jahre ein Geheimtipp, da dort auch nur bei starkem Vento gut zu surfen war.

Kroatien
Hvar

Wieder waren es unsere Freunde vom FKK-Gelände, die uns ein neues Surfrevier nannten, das anzufahren sich lohnen sollte. Sie schilderten uns die Insel *Hvar* im damaligen Jugoslawien in den schönsten Farben. Sie sollte nicht so karstig sein wie manche der Inseln in der jugoslawischen Adria. Sie wird auch als die "Gewürzinsel" bezeichnet, was ich nur bestätigen kann, denn es riecht einfach gut und frisch auf der grünen Insel, vorwiegend nach Lavendel.

Zum ersten Mal waren wir zusammen mit Felix und Hexi auf Hvar. Der Campingplatz war in großen Terrassen angelegt, die bis hinunter ans felsige Ufer reichten. Der Einstieg ins Wasser war nicht bequem, wir mussten uns über scharfkantige Felsen vorsichtig ins Wasser tasten, deshalb sprangen wir oft von den Felsen aus direkt ins Wasser.

Der Campingplatz liegt an einer mittelgroßen Bucht von knapp einem Kilometer Durchmesser, inmitten dieser Bucht befindet sich eine Insel, die gerade beim Surfen den Eindruck vermittelte, dass man sicher sein konnte, da es ja noch eine Möglichkeit zum Anlanden gab, bevor man aufs offene Meer abgetrieben wurde. So offen war das Meer allerdings nicht, neun Kilometer gegenüber lag die Insel *Brac,* also auch da noch ein zumindest optisch sicheres Ufer.

Über die Windausbeute auf Hvar kann ich nicht klagen, gut war er vor allem außerhalb der vorgelagerten kleinen Insel. Da blies der normale thermische Wind, der zwischen den Inseln Hvar und Brac, die mit ihren Bergen als Düse dienten, auf gut vier Beaufort beschleunigte. So wagten wir uns auch in einem Langschlag hinüber zur Insel Brac, da dort nahe der Stadt Bol eine sandige Landzunge lag, die uns als guter Surfspot bekannt war.

Wenn wir in der Bucht nahe unseres Campingplatzes surften, kam es nicht selten vor, dass von uns aufgescheuchte fliegende Fische neben oder vor uns einige Meter mit flogen.

Auf dem Platz zelteten auch zwei junge Tschechen, die hier her in den Urlaub fahren konnten. Sie hatten selbstgebautes Material dabei, sogar die Segel hatten sie sich selbst geschneidert, Boards und Finnen sowieso. Da zur damaligen Zeit noch die Sowjetunion bestand, konnten sie in ihrem Land nicht von den westlichen Innovationen in Sachen Surfen profitieren. So hatten sie, soweit es ihnen möglich war, ihr Surfmaterial nach den Angaben der Surfzeitschriften gebaut, die sie von westlichen Freunden zugesandt bekamen. Wir bewunderten ihre handwerklichen Fähigkeiten, auch ihre Provisorien, die sie mangels besseren Materials eingehen mussten. So kam es wie es kommen musste, wir waren immer wieder gefordert, sie aus Seenot zu retten. Ich fand mal Beide im Meer schwimmend vor, fragte was denn geschehen sei, da zeigten sie mir nur die abgebrochene Finne. Ich bedeutete ihnen, dass ich mit einer Austauschfinne und Schraubenzieher zurückkommen würde. Bis ich wieder bei ihnen ankam, waren sie zu der kleinen Insel geschwommen, dort wechselten wir die Finne und sie konnten wieder surfen.

Mit dem bisschen Deutsch, das sie beherrschten, haben wir uns einigermaßen austauschen können. Besonders meine Frau Marion war Meister in solchen Unterhaltungen. Sie erfuhr, dass die beiden Tschechen nur äußerst beschränkt Devisen hatten eintauschen dürfen, sodass sie von dem bisschen Geld kaum leben konnten, Milch und Brot war ihr bevorzugtes Essen. Deshalb luden wir sie eines Abends zum Grillen ein. Als Vorspeise buk meine Frau Pfannkuchen mit Marmelade, damit sie auch mal richtig satt werden sollten. Bei dem Appetit, den sie vorlegten, ging uns das Mehl aus. Ich lief noch schnell in den Laden am Platz und wollte neues Mehl holen. Die hatten nur 5 kg Pakete vorrätig, was meine Frau mit "Da kann ich ihnen jeden Tag Pfannkuchen backen" kommentierte.

Wir waren mit den Pfannkuchen eben fertig geworden und ich hatte im Grill eine ausreichende Glut angefacht, da zeigte einer der Tschechen aufs Meer Richtung Insel Brac. Es war seltsam! Wir sahen in etwa fünf Kilometer Entfernung einen weißen Strich auf dem Wasser, der schnell näher kam. Da wir das Phänomen von früheren ähnlichen Erlebnissen kannten, schrien wir laut: "Die Bora kommt!". Sofort machten sich alle daran, die Vorzelte abzubauen, sicherten die Zeltverspannungen, schlossen die Fenster bei den Wohnwägen, verzurrten, was nicht niet- und nagelfest war. Wir selbst löschten den Grill, spannten unsere Sturmleine über das Vorzelt, schlossen es und hofften, dass die Bora nicht zu heftig sein würde. Ich blickte immer wieder aufs Meer hinunter, da wir auf einer der höheren Terrassen standen, hatten wir einen ungehinderten Blick in Richtung heranstürmende Bora, und war verwundert darüber, dass bei uns noch kaum Wind war. Die Wellenkämme ritten immer näher auf unseren Strand zu, bis uns die ersten heftigen Böen trafen.

Die Bora, in Kroatien *Bura* genannt, ist ein kalter und böiger Fallwind, der nahezu ausschließlich an der kroatischen Nordwest-Küste vorkommt. Im Winter tritt er stärker und häufiger auf als im Sommer, da hält er auch nur höchstens drei Tage an, während er im Winter bis zu vierzehn Tage andauern kann. Mit Spitzengeschwindigkeiten einzelner Böen bis zu 250 km/h gehört die Bora zu den weltweit stärksten Winden und sie kommt meist unverhofft. Ich kaufte mir damals eigens ein meteorologisches Buch, um mir das Phänomen Bora erklären zu können, heute kann ich mir dieses Wissen bequem und komprimiert aus dem Internet holen.

Ersatzweise zum Grillen brieten wir unser Fleisch in der Pfanne, ließen uns den Appetit selbst durch die laut in den Bäumen und Sträuchern heulende Bora nicht verderben. Dazu tranken wir in Maßen den auf der Insel heimischen *Plavac*, einen Rotwein, der zwar kräftig im Geschmack war, sich aber mit gerade mal 12% Alkoholgehalt nicht allzu berauschend auswirkte. Das war uns recht, wollten wir doch am anderen Tag die Bora surfen.

Es blieb allerdings nur beim Versuch. Die Bora war so böig, dass sie nicht vernünftig surfbar war. Sie brach zwischenzeitlich fast bis zur Windstille ein, um dann plötzlich mit Böen von neun bis zehn Windstärken in unsere Segel zu fallen. Das wirkte sich für uns so aus: Bei wenig Wind fielen wir ins Wasser, weil unsere kleinen Bretter uns nicht trugen. Beim Wasserstart wurden wir von den einfallenden starken Böen übers Brett gezogen. Standen wir mal zufällig auf dem Brett, wenn eine der starken Böen einfiel, riss sie uns mit einer Vehemenz vorwärts, dass wir zu kämpfen hatten, die paar Meter auf der Finne surfend zu überstehen, bis wir kurz darauf wieder ohne Wind ins Wasser sanken. Es war sehr anstrengend, da wir uns nicht ins Trapez hängen konnten; es war zu gefährlich, ein Schleudersturz wäre unvermeidlich gewesen. Bald gaben wir es wieder auf, uns mit der Naturgewalt *Bura* zu messen.

Wir waren so manches Mal noch auf Hvar, auch mit Freunden vom Stammtisch. Stammtisch, das klingt nach wöchentlichen Zusammenkünften im Wirtshaus, doch in unserem Fall verhält sich das ein wenig anders. Der harte Kern, das sind vier Paare, die sich aus Studienzeiten oder gar noch früher, aus Schulzeiten, kennen. Wir, Marion und ich, sind erst später dazu gestoßen. Dann gibt es noch einige Stammtischler, die sich wie Satelliten verhalten, sie tauchen sporadisch bei den Zusammenkünften auf, kommen für einige Zeit, bleiben wieder weg, manchmal kommen sie später wieder. Wir treffen uns etwa alle zwei Monate. Da wir uns alle von München, dem Gründungsort, im Laufe der Jahre entfernt haben, sind kürzere Intervalle nicht mehr so angesagt. Landsberg, Gauting, Landshut, Fuchstal und Wasserburg am Inn sind die Orte, an denen die Stammtisch-Brüder und -Schwestern nun leben. Die Einladungen erfolgen reihum, die Einladenden bieten jeweils ein kulturelles oder sportliches Event an, so dass für Unterhaltung gesorgt ist. Manchmal dauern diese Stammtische auch zwei Tage, für Übernachtungen ist immer gesorgt.

Mit einem dieser Paare, Ludwig und Eva, waren wir nur wenige Jahre später wieder auf Hvar. Ich darf die Beiden kurz vorstellen: Eva war damals noch in Amt und Würden als Gymnasiallehrerin in Mathe. So gerade ausgerichtet ist auch ihre Art, Ludwig zu führen. Der ist ein wenig chaotisch, vergisst mal schnell was und lebt frei von allzu viel Konventionen; er hat ja seine Eva, die ihn immer wieder in den Senkel stellt, sollte er zu weit von ihrer Norm abweichen. Aber Beide sind sportlich sehr aktiv, Eva spielte Basketball und Tennis, ist eine gute Skifahrerin, Radfahren sowieso, in den letzten Jahren kam Golf hinzu. Ludwig war Hauptschullehrer, früher Fußballspieler, Skilehrer, heute noch Tennisspieler der Extraklasse, wurde sogar einmal als Sieger eines schulinternen Turniers verschiedener Sportarten zum "Meister des Sports" gekürt. In den letzten Jahren kam zu seinen vielen Sportarten auch Golfen dazu. Was er allerdings am liebsten spielt, ist Schafkopf. Darin ist er ebenfalls Meister und gewann so manches Schafkopfrennen.

Auch Hartmut und Ilse waren mit dabei sowie Michael, der Sohn eines ihrer Freunde, der sich ihnen angeschlossen hatte. Wir hatten Eva und Ludwig glaubhaft versprochen, dass es auf Hvar nie regnen würde; das war wichtig für sie, weil sie im Gegensatz zu uns nur mit einem Zelt unterwegs waren. "Was man nicht selbst beeinflussen kann, sollte man nicht versprechen", diese Weisheit bewahrheitete sich wieder einmal. Als sie einige Tage nach uns auf Hvar eintrafen und gerade dabei waren, mit unserer Hilfe das Zelt aufzubauen, fing es an, heftig zu regnen. Es regnete nur einige Stunden, am anderen Morgen schien die Sonne wieder und sie konnten alles, was nass und feucht geworden war, in die Sonne zum Trocknen hängen.

Eva und Ludwig spielten noch leidenschaftlich Tennis, das konnten sie auf den Tennisplätzen eines benachbarten Hotels, das zu Fuß in kurzer Zeit gut erreichbar war. Da trafen sie auf einen Tennisfreund aus ihrem Verein, somit war für den Rest ihres Urlaubs dieser Zeitvertreib bereits gesichert.

Natürlich wollte Ludwig auch das Surfen ausprobieren, es war warm, auch das Wasser und es störte ihn keine nasskalte Badehose, wenn er immer wieder, wie jeder Anfänger, aus dem Wasser wieder aufs Brett steigen musste. Seine Sportlichkeit kam ihm zugute, denn er stand nach kurzer Zeit relativ sicher auf dem Brett und fuhr in der für Anfänger bewährten Kackstellung dahin. Nur mit dem Umkehren hatte er die gleichen Probleme wie ich sie als Anfänger hatte. Da er das Segel und sich selbst nicht ins Wasser fallen lassen wollte, näherte er sich immer mehr der rechten Seite der Bucht, die nicht mehr zum FKK-Gelände gehörte. Dort lagen die Sonnenanbeter in Badekleidung auf den abgeschliffenen Felsen und sahen ihm mit gemischten Gefühlen entgegen. Wir bemerkten das natürlich und unsere Frauen machten kichernd ihre Bemerkungen dazu, bis Felix sagte: "Sama Freind oder sama koa?" Also waren wir Freunde, stiegen eilig auf unsere Bretter, Felix mit seinem Sohn Tomas hinten auf seinem Brett, surften so schnell es der schwache Wind zuließ, zu Ludwig. Der hatte dann doch eingesehen, dass er mit all seiner Schönheit besser ins Wasser abtauchte, schwamm samt Brett von den Textil-Badenden weg in unsere Richtung. Bei ihm angekommen bestieg Tomas Ludwigs verlassenes Brett und surfte es zurück, Ludwig hing sich an das Brett von Felix und wir zogen von dannen, hin zu unseren Stränden.

Ich bin eigentlich kein Typ, der andere hereinlegt oder sich über jemanden lustig macht, da ich nichts daran finde, mich auf Kosten anderer zu amüsieren. Die Sendung "Verstehen sie Spaß" finde ich deshalb keineswegs spaßig, da dies ja immer nur zu Lasten der Gefoppten stattfindet.

Aber eine kleine Episode möchte ich ausnahmsweise erzählen, aber nur, weil die Pointe weder gewollt noch geplant war, sie ergab sich einfach so. Vorweg muss ich erklären, dass ich ein Radio mit einem kleinen Bildschirm im Wohnwagen mitführte. Wir nahmen unsere Surferei und einiges andere im Urlaub mit einer Videokamera auf und spielten es zur Begutachtung gelegentlich ab. Auf der dazu verwendeten Kassette befand sich noch ein Film, den ich vor längerer Zeit von unserem damaligen Surf-Idol Robby Naish vom Fernseher aufgenommen hatte. Da ich den oft genug angesehen hatte, überspielte ich ihn jetzt mit den aktuellen Aufnahmen auf Hvar.

Als Ludwig und Eva angekommen waren, wollten wir ihnen die auf Hvar gemachten Aufnahmen von unseren Manövern zeigen. Wir zogen uns in den Wohnwagen zurück und sahen auf dem kleinen Bildschirm unsere Surferei an. Ich war gerade am Gleiten, als ich plötzlich zu einem gewaltigen Sprung abhob, einen Looping vollführte, daraufhin wieder sicher landete und aufrecht weitersurfte. Ludwigs überraschten Aufschrei: "Mensch Mane, du spinnst!" konnte ich verstehen. Die Videoaufnahme vom gewagten Sprung des Robby Naish schloss übergangslos an die Aufnahme von meinem Surfen an, der Bildschirm war schwarzweiß und so klein, dass man den Unterschied schlecht erkennen konnte. Ich hatte das selbst auch noch nicht gesehen und berichtigte lachend die nicht gewollte Scharade.

Nur vier Kilometer von unserem Camp entfernt liegt die kleine Stadt *Vrboska* in einer langen schmalen Bucht. Inzwischen ist das ein beliebter Segelhafen, da er sehr windgeschützt liegt. Der Fußweg nach Vrboska führt direkt am Ufer der schmalen Bucht entlang, er liegt romantisch und still im kühlen Schatten der überhängenden, harzig duftenden Pinien, dann wieder sonnendurchflutet und warm nahe der leise plätschernden Wellen am karstigen Ufer. Wir wanderten oft zu Fuß oder fuhren mit dem Fahrrad nach Vrboska, immer wieder beeindruckt von der einzigartigen Schönheit dieses Weges. In Vrboska kauften wir ein, tranken im Schatten an der Promenade einen Cappuccino und machten uns wieder auf den Rückweg.

Jahre später auf der Fahrt nach Hvar

Ein weniger schönes Erlebnis hatte ich Jahre später, als wir 2012 wieder einmal nach Hvar aufgebrochen waren. Dieses Mal wollten wir nicht von Split aus mit der Autofähre nach Starigrad, dem Hafen im Westen der Insel Hvar, schippern. Die Fährgebühren waren stark angestiegen, deshalb wählten wir den weiteren Landweg entlang der kroatischen Küste Richtung Südosten bis *Drvenik*, einem kleinen Hafen, von dem man auch auf die Insel Hvar in nur einer knappen halben Stunde mit der Autofähre übersetzen konnte, der Zielhafen auf Hvar heißt *Suceraj*. Da waren die Fährkosten wesentlich billiger, der Nachteil besteht allerdings neben der weiteren Anfahrt am Festland darin, dass wir auf der Insel selbst noch etwa fünfzig Kilometer nach Nordwesten auf einer sehr schmalen Straße zurückfahren mussten.

Der unangenehme Vorfall ereignete sich auf der Fähre. Wir waren vor einigen Jahren vom Wohnwagen auf ein Wohnmobil umgestiegen und fuhren damit auf die wartende Fähre. Ich folgte dabei dem Einweiser und fuhr entsprechend seinen Anweisungen, parkte neben einem alten VW-Bus ein. Dabei kam ich mit meinem Spiegel dem Spiegel des VW-Busses zu nahe, ich verkratzte minimal die lackierte Rückseite des Spiegels. Nun muss ich sagen, ich fand das nicht weiter schlimm, da der Bus alt und sicher schon einige Male lackiert worden war, der kleine Kratzer fügte sich unauffällig ein zu den am übrigen Wagen verteilten Kratzern. So dachte ich! Der Wagenbesitzer dachte offensichtlich anders. Er beschwerte sich lauthals in einer Sprache, die ich als polnisch identifizieren konnte, da wir erst im vergangenen Jahr durch Polen gereist waren. Ich entgegnete nicht viel, deutet aber an, dass ich den Schaden angesichts der übrigen Beulen und Kratzer am alten Wagen nicht als erheblich ansah und es deshalb auch nicht für nötig fand, sich darüber groß aufzuregen. Wir entfernten uns und gingen aufs Oberdeck.

An den Kratzer dachte ich nicht mehr, als plötzlich eine Gruppe von Männern auf uns zukam. Es waren die Polen mit dem VW-Bus. Einer von ihnen sprach gebrochen Deutsch und verlangte von mir, ich müsse für den Kratzer am Spiegel Schadenersatz in Höhe von 100 Euro leisten. Die anderen standen mit finsteren Gesichtern um uns herum. Meine Erwiderung, das sei wohl nicht sein Ernst, der Wagen sei alt und verbeult, nicht mal richtig lackiert und die Forderung sei vollkommen überhöht.

Ich hielt ihm vor, sie wollten nur ihre Urlaubskasse aufbessern. Das wies er entrüstet von sich, führte im Gegenzug Gründe an, die ich nicht ernst nehmen konnte, so wie die Behauptung von hohen Stundenlöhnen der Kfz-Mechaniker und Lackierer in Polen und weitere unglaubwürdige Argumente, stets lauthals unterstützt von den umstehenden Freunden. Ein vierschrötiger Kerl, der sicherlich das Zweifache meines Gewichts auf die Waage brachte, stieß mich immer wieder an und drohte mit der "*Polizia*", sollte ich nicht zahlen. Mir war das zwar nicht geheuer, aber ich blieb noch ruhig, da ich davon ausging, dass es sich um reine Abzocke handelte, weshalb sie nicht zum Äußersten gehen würden. Als ich deshalb bald gar nichts mehr entgegnete und sie ignorierte, machten sie sich davon, nicht bevor sie mir noch einige Stöße gegen meine Brust versetzten. Die Beschimpfungen, die sie dabei aussprachen, konnte ich zwar nicht verstehen, interpretierte sie aber durchaus als Drohungen.

Es dauerte nicht lange, da kam der deutsch sprechende Pole mit noch einem seiner Freunde wieder vorbei. Dieses Mal waren sie vernünftiger und versuchten mich zu überzeugen, dass hier tatsächlich ein Schaden vorlag, der wieder gut zu machen sei. In Deutschland würde ich auch nicht ohne Wiedergutmachung davon kommen, da würde man für jeden kleinen Schaden viel gutes Geld von den Versicherungen erstattet bekommen. Er sprach davon offensichtlich aus Erfahrung. Da ich den Streit nicht eskalieren lassen wollte, fragte ich ihn, welchen Betrag er sich denn vorstelle. Er entgegnete, mit 50 Euro wäre die Sache erledigt. Wir verhandelten noch eine Weile und einigten uns auf 35 Euro. Da ich nur 50-Euroscheine bei mir hatte, bot er sich an, die restlichen 15 Euro wieder vorbeizubringen, was er dann auch tat.

Wir waren erleichtert, dass dieses Problem gelöst wäre, da kam kurz darauf der Vierschröter zusammen mit einigen andern auf uns zu, sie waren sichtlich auf Krawall gebürstet. Dieses Mal wollte er nicht klein beigeben, fasste mich an der Brust, riss mir die Sonnenbrille vom Gesicht und tat so, als wolle er sie ins Meer werfen, beschimpfte mich und schüttelte mich ungehörig hin und her. Als Marion ihn beschwichtigen wollte, ignorierte er das einfach. Jetzt bekam ich es doch ein wenig mit der Angst zu tun, wehrte mich aber nicht, da es die Emotionen nur noch angeheizt hätte, zudem wäre ich chancenlos gewesen.

Da stand einer der hinter uns sitzenden Passagiere auf und mischte sich ein, indem er einen Ausweis vorzeigte. Ich verstand nur *Polizia* und war erleichtert, als der Vierschröter von mir abließ, den Ausweis in die Hand nahm und ihn genau betrachtete. Es folgte eine Unterhaltung zwischen dem Fremden, der offensichtlich Polizist war, und meinem Peiniger, die in slawischer Sprache, aber auch nicht flüssig geführt wurde. Letztendlich hatte der Polizist dem Vierschröter klar machen können, dass wir bereits an einen seiner Freunde bezahlt hatten und damit der Streit erledigt sei. Daraufhin wollte sich der Vierschröter bei uns per Handschlag entschuldigen, sowohl meine Frau als auch ich verweigerten uns.

Meine Frau bedankte sich anschließend bei dem Polizisten, wobei sich herausstellte, dass dessen Frau, die neben ihm saß, gut Englisch sprach. Sie erzählte, dass sie auf dem Festland Urlaub gemacht hätten und jetzt auf der Rückfahrt nach Hvar wären, wo ihr Mann als Kriminalbeamter beschäftigt war. Wir waren jedenfalls froh, dass auch hier der Spruch gelten konnte: Die Polizei dein Freund und Helfer. Die Erfahrung mit den Abzockern konnte allerdings den guten Eindruck, den wir von den Polen auf der Reise durch deren Land vor einem Jahr gewonnen hatten, nur unwesentlich trüben, denn solche Typen, sagten wir uns, gibt es in jedem Land.

Frankreich
Bretagne

Mit Hartmut und Ilse zusammen waren wir mit unseren Wohnwägen in der Bretagne unterwegs. Natürlich hatten wir unser Surfmaterial dabei, wollten aber auch einiges besichtigen, da wir uns vorweg eingelesen hatten und viele schöne Dinge zu sehen erwarteten. Dem war dann auch so, vor allem registrierten wir erfreut, dass die Bretonen wesentlich freundlicher zu uns waren als wir dies von den Franzosen im Süden behaupten konnten. Meine Aussage dazu stützt sich nicht auf einmalige Besuche in diesen beiden Regionen, wir waren einige Male sowohl in Südfrankreich, als auch in der Bretagne. Was zudem für uns in der Bretagne komfortabler war, man spricht dort verbreitet auch Englisch. Wir waren nicht mehr allein auf Ilse angewiesen, die gut Französisch sprach, da sie ein Jahr als Au Pair in Frankreich zu Gast war.

An dieser Stelle nehme ich die Gelegenheit gerne wahr, meiner Frau ein großes Kompliment auszusprechen. Wir hatten nie Problem mit den Sprachen in fremden Ländern. Meine Frau ging immer unbekümmert auf die Menschen zu, sprach sie an, vorwiegend in Englisch, beherrschten die Angesprochen diese Sprache nicht, konnte sie ihnen immer klar machen, mit Gesten unterstützt, was sie wollte, sie erreichte immer das Gewünschte. Ich kann mich erinnern, dass wir auf der Fähre von *Ceuta*, Afrika nach *Algeciras* in Spanien saßen, als meine Frau ein junges Pärchen ansprach, das weder Deutsch noch Englisch sprach, wir dagegen kein Spanisch; dennoch unterhielten wir uns während der Überfahrt eifrig, am Ende kannten wir ihre Lebensgeschichte und sie unsere. Fragen sie mich heute nicht mehr, wie wir das angestellt haben. Ich vermute es funktionierte, weil wir uns sympathisch waren.

Aber nun zurück in die Bretagne. Wir sahen uns einige Städte an, erwarben kleine Kunstgegenstände, darunter einen geschmiedeten Wasserträger, der seither einen prominenten Platz auf dem Kachelofen in unserem Wohnzimmer einnimmt. Es war bezeichnend für die Bretagne, dass wir damals noch wirklich schöne Souvenirs fanden. Der in Touristenorten sonst übliche Kitsch wurde kaum angeboten.

Mich beeindruckten die alten Häuser und Kirchen, deren Dächer landestypisch tief nach unten gezogen waren, um den Stürmen, die über den Atlantik heranbrausten, besser standhalten zu können. Wir besuchten romantische kleine Fischerdörfer mit ihren beschaulichen Häfen, in denen Fischer am Flicken und Aufhängen ihrer Netze zum Trocknen arbeiteten.

Nach Tagen des Herumfahrens waren wir des Schauens müde und suchten uns einen Campingplatz am Meer, von dem aus wir auch surfen konnten. Wir landeten nach ein wenig Suchen und Fragen auf dem Campingplatz *la Plage de Treguer*. Wir standen mit unseren Wohnwägen hinter einer Düne, davor der weite Strand und das Meer. Wir mussten auch nicht lange auf Wind warten, eines Morgens wehte es gar gewaltig, es mochten gut sechs Beaufort sein. Die Wellen schräg auflandig, der Wind sideshore, also ideal zum Surfen. Ich riggte mein 4,8-er Segel auf und dachte, auch Hartmut würde mit mir raus gehen. Er aber lehnte ab, der Wind sei ihm zu stark, die Wellen zu hoch, außerdem war ihm das Wetter zu schlecht, es regnete zuweilen, aber nur in kurzen Schauern.

Ich versprach meiner Frau, dass ich vorsichtig sein und auf mich achten würde, dann stürzte ich mich ins Vergnügen. Es war schwierig, gegen die Wellen anzufahren, wenn ich Richtung offenes Meer surfte, es war herrlich, mit den Wellen wieder zurück an den Strand zu surfen. Ich tobte zwei - drei Stunden auf dem Wasser herum, bis ich müde war und zurück an Land ging. Es war Mittag geworden und das Wetter hatte sich wesentlich gebessert, es schien die Sonne und der Wind hatte ein wenig nachgelassen. Ich saß gerade gemütlich mit meiner Frau bei einer kleinen Mahlzeit, als Hartmut anfing, sein Surfmaterial startklar zu machen. Er sagte mir, er wolle jetzt hinausgehen, denn Wind und Wetter würden ja nun passen.

Erst war ich unentschlossen, dann nahm ich mein Board und das Rigg und folgte Hartmut. Ich sagte ihm noch, dass ich sicherlich nicht lange surfen werde, da ich mich ja schon abgekämpft hätte, aber für einige Zeit würde ich noch mit raus gehen. Bei hohen Wellen ist es nicht leicht, den Freund im Auge zu behalten. Wenn der eine mal stürzt, der andere weiter surft, verliert man sich leicht. Und so geschah es dann auch, als mir plötzlich das Board unter den Füßen wegflutschte und ich im Meer lag. Als ich mir das Wasser aus den Augen gewischt hatte, konnte ich nur noch sehen, wie mein Board an der Vorderseite einer Welle in Richtung Strand surfte. Es war mir nicht möglich, schwimmend das Brett einzuholen. Dass mich Hartmut sehen würde, war unwahrscheinlich, die Wellen waren zu hoch und er hatte mit sich selbst genug zu tun. Was blieb mir anderes übrig, als das Rigg zu verlassen und an Land zu schwimmen. Das ist im Neopren nicht so einfach, wie man meinen könnte. Der Anzug trägt zwar, aber er behindert in der Bewegung.

Nach einiger Zeit ruhigen Schwimmens, ich hatte ja doch eine längere Strecke vor mir, bemerkte ich, dass mich die Strömung nach und nach an den äußeren Rand der Bucht trieb, in der wir uns befanden. Jetzt wurde ich unruhig, da ich vermutete, dass nach dem Ende der Bucht nur offenes Meer war und ich dann nicht an Land kommen würde. Also schwamm ich schneller, um nicht aus der Bucht abgetrieben zu werden. Ein Hilferuf wäre sinnlos gewesen, die sich überschlagenden Wellen und der Wind hätten meinen Ruf ins Nirgendwo verweht. Ich versuchte, die Wellen auszunützen und mit ihnen immer ein Stück zu surfen, um näher ans Ufer zu kommen. Wie froh war ich, als ich endlich Sand unter meinen Füßen spürte und mich in den Wellentälern kurz erholen und in

Richtung rettendes Ufer abstoßen konnte. An Land fiel ich in den Sand und keuchte wie ein Schiffbrüchiger, der ich in gewissem Sinn auch war. Es dauerte einige Zeit, bis sich mein Atem beruhigt hatte und ich wieder aufstehen und zu unserem Wohnwagen gehen konnte.

Unterwegs sah ich mein Board liegen, das von den Wellen angespült worden war. Ich nahm es auf und suchte die Ursache, warum sich Brett und Rigg voneinander gelöst hatten. Zur damaligen Zeit hielt eine Metallklammer den Powerjoint im Bord, diese Klammer hatte ich offensichtlich verloren, den Grund dafür konnte ich mir nicht erklären. Als ich ohne Rigg am Wohnwagen ankam, war Hartmut noch nicht da, er hatte meine Abwesenheit auf dem Wasser zwar mitbekommen, dachte aber, ich wäre wie angekündigt, früher zurück gesurft. Ich hab meiner Frau mein Malheur erst später erzählt, da ich befürchtete, dass ich dann nur mehr bei wenig Wind aufs Wasser gedurft hätte.

Wir waren wenige Jahre später erneut in der Bretagne, wieder mit Hartmut und Ilse, diesmal mit dabei war auch Evi, eine Freundin der beiden, die ebenfalls einige Zeit in Frankreich *Au Pair*-Mädchen war und über die kulinarischen Spezialitäten gut Bescheid wusste. Doch dieses Mal waren wir ohne Wohnwagen unterwegs, denn wir hatten ein Ferienhaus direkt am Strand gemietet. Da war Kochen natürlich wesentlich einfacher als im beengten Wohnwagen. Unser spät eingenommenes Frühstück wurde gekrönt durch die knusprigen *Baguette*, die wir allmorgendlich frisch auf den Tisch bekamen. Obwohl ich kein Freund von Weißbrot bin, genoss ich diese Weißbrotstangen, denn sie waren einfach köstlich, die Kruste kräftig-aromatisch im Geschmack.

Unsere Abendessen wurden aufwendig vorbereitet mit Einkäufen von seltenen Zutaten und Spezialitäten im nahegelegenen Ort. Das Essen selbst wurde zelebriert, denn Evi kannte auch die für das jeweilige Gericht passenden Weine. Gut in Erinnerung blieb mir der *Sancerre*, ein trockener Weißwein aus der Loire-Region, der zu jener Zeit noch erschwinglich war und vortrefflich schmeckte.

Zum Surfen kamen wir allerdings nicht viel, da der Wind nicht so stark auffrischen wollte, wie wir uns das erhofft hatten. Dafür ließen wir bei weniger Wind die mitgebrachten Lenkdrachen steigen und vergnügten uns am Strand. Wir fanden eine kleine Bucht, in der ausschließlich kugelige Steine zu finden waren. Sie kamen der Idealform einer Kugel so nahe, dass wir sie in verschiedene Größen sammelten und mit nach Hause nahmen. Leider durften es nicht allzu viele sein, da wir sonst mit unserem Surfmaterial zusammen das Gewichtslimit unseres PKW überschritten hätten.

Gardasee, Hotel Pier

In der Surfszene wurde immer wieder das Hotel Pier erwähnt. Wir machten uns anhand einer Karte vom Gardasee schlau und fanden es auf dem Westufer ein wenig nördlich der engsten Stelle der Düse. Es wurde erzählt, dass der Wind da am Vormittag einfach exzellent sei. Also buchten wir, Felix und ich, ein Wochenende im Hotel Pier. Es lag direkt an der Gardesana Occidentale, vom Norden her kommend auf der linken Seite, zwischen den aufsteigenden Felswänden und der Straße. Da sich auf der anderen Seite der Straße zum See hin noch ein Schuppen und eine Einzäunung befanden, sah es so aus, als würde die Straße direkt durch die Hotelanlage führen.

Meine Erinnerungen an das Hotel Pier fallen nicht besonders positiv aus, sind jedoch zugegeben subjektiv eingefärbt. Man musste immer über die Straße, wollte man an den See kommen. Die Gäste waren überwiegend jünger als wir und es waren viele gute Surfer darunter, wir mussten uns dennoch mit unserem Können nicht verstecken. Strand gab es keinen, da das Ufer steil zum See abfiel, deshalb mussten wir über schwimmende Paletten mit unseren Brettern und Segel ins Wasser. Der Einstieg war relativ schmal; kam Wind auf, war es ein Schieben und Drängeln (um nicht gar zu sagen: Hauen und Stechen) der mit Boards und Segel bewaffneten Surfer, bis wir endlich im Wasser waren. Wollten wir aus dem Wasser, nur um am Segel oder Brett etwas zu verändern oder um uns kurz auszuruhen, mussten wir vor den Paletten schwimmend warten, bis wir, wieder mit Brett und Segel bewaffnet, aussteigen konnten.

Am Vormittag war der Wind am Pier zwar gut, er zog sideshore am Einstieg vorbei, ermöglichte also ein schnelles Wegkommen vom Einstieg. Am Nachmittag aber, wenn die Ora nicht wirklich stark war, mussten wir entweder ein gutes Stück hinausschwimmen oder uns, auf dem kleinvolumigen Sinker bis zu den Waden im Wasser stehend, hinaus quälen, weil der Einstieg bei Ora in einer Windabdeckung lag.

Uns war das alles zu hektisch, es hatte kein gemütliches Ambiente. Wir hatten das Gefühl, dass viele arrogante Möchtegern-Playboys zugange waren. Wie schon gesagt, subjektiv eingefärbt. Wir waren ein zweites Mal im Hotel Pier, aber unser Eindruck blieb unverändert. Wir erfuhren dort aber von einer anderen Möglichkeit, nahe der Düse zu surfen. Uns wurde das Hotel Capo Reamol empfohlen, das ein wenig südlicher und näher bei Limone liegen sollte.

**Südfrankreich,
Leucate**

Wieder waren wir mit unseren Wohnwägen unterwegs, Hartmut mit Frau Ilse, Felix mit seiner Frau Hexi und Sohn Tomas, knapp fünf Jahre alt, und Marion mit meiner Wenigkeit.

Wir wollten Surfen in Südfrankreich. In der Nähe von Leucate sollte ein tolles Surfrevier sein, mit viel Wind bei bestem Wetter. Den für solche Wünsche am besten geeigneten Campingplatz hatten wir uns zuhause schon ausgesucht und fuhren ihn am zweiten Tag unserer Reise endlich an. Da war die erste Enttäuschung schon perfekt, denn der Campingplatz glich einer Kiesgrube, er war hinter den Dünen angelegt und bot kaum Komfort. Wir mussten uns in die zweite Reihe stellen, da die vorderen Plätze von Franzosen belegt waren. Der Strand allerdings war toll, weit war es bis zum Wasser, aber dafür feinster Sandstrand. Auf diesem Sandstrand vergnügten wir uns, wenn kein Wind war. Wir spielten Fußball, Volleyball und auch Tennis, da der Sand so fest gebacken war, dass der Tennisball gut sprang. Ich hatte noch einen Bumerang dabei, den ich endlich mal ausprobieren wollte.

Ein Jahr vorher war ich in Australien gewesen, hatte dort meine Tochter Anja abgeholt, die in Perth, der einsamsten Großstadt der Welt, ein dreimonatiges medizinisches Praktikum absolviert hatte. Anja war bei Thela, einer ehemaligen Schülerin meiner Frau, untergekommen. Die hatte dort ein eigenes kleines Haus, das sie gerade nicht bewohnte, da sie bei einem Freund logierte, also stellte Sie uns das Haus zur Verfügung. Nach Abschluss des Praktikums meiner Tochter flog ich nach Australien, fuhr mit ihr und Thela und deren Mercedes-Oldtimer, einer S-Klasse in Rot, mit weißen Sitzen (Nobel, nobel!) noch vierzehn Tage in den Norden Richtung Exmouth. Auf dieser Reise erwarb ich einen Bumerang, den ich mit nach Frankreich nahm, um ihn endlich auf seine Funktionsfähigkeit zu prüfen. Ich konnte mir nicht so recht vorstellen, dass er wirklich nach einem Wurf wieder zu mir zurückkehren würde.

Also warteten wir alle gespannt darauf, wie sich der Bumerang verhalten würde. Beim ersten Wurf hab ich ihn augenscheinlich nicht richtig geworfen, die Biegung war nach außen gerichtet gewesen, er zeigte nicht das von ihm erwartete Verhalten. Also warf ich erneut, diesmal mit der Biegung nach innen gerichtet. Da schwirrte das Ding los, beschrieb den gewünschten Bogen und kam wieder in meine Richtung geflogen. Wir verfolgten den Flug des Bumerangs so interessiert, dass wir völlig auf unsere Sicherheit vergaßen. Das Geräte schwirrte auf meine Frau zu und hätte sie nicht in letzter Sekunde noch reagiert und wäre blitzschnell ausgewichen, hätte ich meine Frau mit dem Bumerang erlegt. Sie wirft mir heute noch beharrlich vor, das wäre ein Versuch gewesen, sie los zu werden, was ich bis heute vehement bestreite.

Wir hatten natürlich auch guten Wind zum Surfen. Es wehte zumeist der Mistral, das ist ein aus dem Nordwesten kommender Wind, der in dieser Gegend relativ häufig auftritt. Für uns bedeutete das, wir hatten ablandigen Wind zum Surfen. Er wehte einige Tage hintereinander, dabei wurde es immer kühler. Was aber noch erstaunlicher war, je länger er anhielt, umso kälter wurde auch das Wasser. Man hat uns das so erklärt: das warme Wasser in Ufernähe wird durch den starken Wind aufs Meer hinaus getrieben und die kalte Grundsee strömt in Ufernähe zu. Trotz Neoprenanzug war es jedes Mal ein Schock, wenn wir ins Wasser fielen, denn das war wirklich arg kalt.

Für uns Surfer ist ablandiger Wind ideal, setzt man voraus, dass man das Höhelaufen so gut beherrscht, dass man nicht abgetrieben wird. Da bei ablandigem Wind kaum Wellen entstehen, hat man eine glatte Piste vor sich und kommt auf ungeahnte Geschwindigkeiten. Auch die Halsen gelingen gut, da keine Welle stört. Die Tage mit gutem Surfwind nutzten wir von morgens bis abends aus und da wir die einzigen Surfer am Platz waren, kamen wir mit den anderen Gästen auf dem Campingplatz kaum in Kontakt.

Was uns anfangs nicht so auffiel, wurde aber nach und nach offensichtlich. Wir waren die einzigen Deutschen auf dem Campingplatz und nicht gern gesehen. Das fing beim Einkaufen im Supermarkt an, wenn wir an der Kasse geflissentlich übersehen wurden und die Franzosen sich dreist vordrängten. Es folgte, dass die Franzosen, die in vorderster Reihe standen, ihre Autotüren beidseits weit öffneten, sodass uns der Durchgang mit den Boards und den Segeln verwehrt war. Wir sahen uns das einige Zeit an, bis wir sicher waren, dass sie das unseretwegen taten, dann schlugen wir ihre Autotüren einfach zu und gingen trotzdem durch. Unser *"bonjour"* am Morgen blieb regelmäßig ohne Antwort.

Da begab es sich, dass eines späten Abends ein heftiges Gewitter niederging. Es stürmte, regnete und blitzte, was nahe am Meer oft heftiger ausfällt als im Landesinneren. Kurz vor dem Abklingen des Gewitters krachte es besonders nahe und laut, woraufhin der Strom weg war. Ich wartete das Ende des Regens ab, ging dann zum Stromverteiler, legte die Sicherung für unseren Anschluss wieder ein, worauf wir wieder Strom hatten. Wir saßen daraufhin erfreut und gemütlich in unserem Haus auf Rädern, als es an der Türe klopfte. Als ich öffnete, stand die Nachbarin vor der Türe. In bestem Deutsch fragte sie mich, warum wir Strom hätten und sie keinen. Ich erklärte es ihr, ging mit ihr zum Verteilerkasten und legte dort neben ihrer Sicherung auch die der anderen um. Sie bedankte sich so freundlich, dass ich mir die Frage erlaubte, woher sie so gut Deutsch spreche. Sie erzählte mir, dass sie aus dem Elsass komme, Lehrerin sei und Unterricht in Deutsch gebe.

Jetzt wurde ich noch ein wenig mutiger und fragte sie, warum wir hier so wenig gelitten seien. Nach einigen Ausflüchten rückte sie dann doch mit der Erklärung heraus, dass sich der normal verdienende Franzose einen Urlaub in den mondänen Orten an der *Cote D'Azur* nicht mehr leisten könne, deshalb wichen sie hier her aus. Nun kämen wir Deutsche an und würden auch hier die Preise verderben. Als ein Argument, warum sie so gegen uns eingestellt waren, wollte ich das gelten lassen, andere frühere Erlebnisse brachten mich aber zu der Ansicht, dass hier allerdings noch Ressentiments aus Kriegszeiten herrschten. Das empfanden wir manchmal im Süden Frankreichs, dagegen kamen uns die Bretonen im Nordwesten sehr freundlich entgegen.

Da unseren Frauen neben den oben geschilderten Unhöflichkeiten der Franzosen die "Kiesgrube", wie sie den Campingplatz nannten, nicht gefiel und wir ihnen zustimmen mussten, hängten wir unsere Häuschen schon nach einer Woche wieder an den Haken und verließen den unwirtlichen Ort.

Auf der Rückfahrt kamen wir noch in der Hafenstadt *Sète* vorbei und wollten dort Essen gehen. Das war einfach, da es eine Reihe von guten Restaurants direkt am Meer gab. Als wir saßen, die Speisekarten in den Händen und beratschlagten, was wir den Essen wollten, unterbrach uns ein gut gekleideter Herr vom Nebentisch und erklärte uns in einem unwiderstehlich charmanten, französisch eingefärbten Deutsch, hier in *Sète* müsse man Muscheln essen. Es gäbe hier die Besten weltweit und er mache jedes Jahr für ein paar Tage Urlaub hier, nur um die berühmten Muschelspeisen zu genießen. Wir ließen uns von seiner leidenschaftlich vorgetragenen Werbung überzeugen und bereuten unsere Wahl nicht, noch heute kann ich seine Lobeshymnen unterstreichen.

Auf der Weiterfahrt über Avignon machten wir an der *Ardéche* halt, einem Fluss im Süden Frankreichs. Unsere Frauen hatten sich im Reiseführer kundig gemacht, dass die *Ardéche* ein Fluss sei, auf dem man mit dem Kanu durch eindrucksvolle Schluchten fahren konnte, die Kanus mietete man vor Ort. Als wir ankamen, war es schon zu spät, um noch viel zu unternehmen, so stellten wir auf dem Campingplatz unsere Wohnwägen ab und fuhren mit den Autos auf die Straße oberhalb der Schlucht, in welcher der Fluss verlief, um zu sehen, was uns am anderen Tag erwarten würde.

Zu einem runden Geburtstag von Hartmut hab ich zu dem Erlebten an der *Ardéche* ein Gedicht verfasst, allerdings in oberbayerischer Mundart. Wer dieser Sprache nicht mächtig ist und wem sich auch der Sinn dessen nicht erschließt, was da geschrieben steht, kann sich an mich wenden, ich werde dann versuchen, dieses Manko auszugleichen und den Inhalt eingedeutscht erklären.

Von der langen Fahrt a wengal müd und stad

war uns des Warten auf'n Abend doch so fad,
dass wir nur amoi umanand schaun wollt'n
weil an der Ardeche so vui schöne Sach'n sei sollt'n.

Hoch übern Fluß ging d'Fahrt entlang,
vom Oweschaun war uns scho bang,
wie tief unter uns der Fluß hi ziagt
und oa Schleif'n nach der andern biagt
durch karstig-wuide Felsenschluchten.
Doch mitt'n drin lieg'n kloane Bucht'n
in dene man gut baden kant,
wenn man zu ene awe fand.
San d'Felswänd a steil aus'm Ufer g'schoss'n,
der Fluß is stad und langsam awe g'flossn
und mit erm mit und auf erm drauf
san Kanus g'schwomma gar zu Hauf.

Von unserer Aussicht ganz weit drom
hats ausg'schaut, als hät der Fluß de Kanus awe g'schobm
de Paddler war'n net sehr engagiert
nur d'Richtung hams mal korrigiert
und aus g'schaut hat des gar net schwar
Da Hartmut sagt, „des kemma a,
des is so leicht und werd uns a net fordern
de Kanus kema sicher ordern
und morg'n ganz früh am Tag,
kon jeder mitfahr'n, wenn er mag"

Am andern Tag ham's uns flußaufwärts karrt
ham uns a Kanu geb'n und a net g'spart
mit gute Ratschläg und am groß'n Faß
für d' Brotzeit, de werd da drin net naß,
hams g'moant und uns viu Spaß versprocha
dann samma schon in Fluß naus g'stocha.

Jed's Paar is im eigene Kanu g'seß'n
und war ganz emsig drauf verseß'n
den Kahn flußabwärts aus zu richtn
mei liaber, da passiern da G`schichtn

und de vom Hartmut wui i jetzt berichten.

Von uns Andere werd heit nix verzählt
nur oans, wir ham uns alle gleich deppert g'stellt.

Also, da Hartmut der hat g'rudert wie a Wicht
damit er s'Kanu grad aus richt
doch alle Mühe war da um sunst
des Kanu hat'n ganz schee g'hunst.

De Ilse war scho ganz verwirrt,
dass Schätzle so planlos umanander irrt
koa Mittl und koa Richtung hat er g'fund'n
er hat g'ruder und hat se g'schund'n
doch s'Boot hat se im Kreis nur dreht
„Schau doch, Schätzle, wie's bei de andern geht"
Wollt Ilse Ihrem Schätzle raten
da ist sie an den Falschen g'raten.

Bis dahin war'n wir gewohnt von diesem Paar,
dass immer alles eitel Wonne war,
kein böses Wort, kein falscher Sound
die Beiden waren immer gut gelaunt,
drum hat uns das, was kam, erstaunt:
"Ich tu schon alles was ich ko
da machst mi du a no bled o
wenn'st moanst dann konst es selber macha
i las mi net von dir verlacha
nur weil i net glei ko, was i no nie hab do
und jetzt brauchst nur oan Ton no sag'n
dann werd i mi ganz sakrisch plag'n
dass wir an's Ufer komman naus
und dann steigst aus!
Von da aus konnst z' Fuß weiter geh
damit i di a Zeitl nimmer seh".

Die Ilse is ganz kleinlaut g'worn
und hat se ganz im Stilln g'schworn
dass nix mehr von sich gibt,

sie mach'at se nur weiter unbeliebt.

Denn wenn's a meistens klar is bei den Beiden
wer's Sagen hat und wia's entscheiden,
so weiß sie doch vom Segeln halt
der Käpt'n hat Befehlsgewalt

Zur Ehrenrettung sei hier noch g'sagt,
die beiden ham ihr'n Streit vertagt,
und nie mehr hab'n wir Ähnliches gehört
was ihre Zweisamkeit hat g'stört.

Noch is de G'schicht am Ende net
i wui verzäh'n wias weiter geht:

Denn kaum hat's a der Hartmut g'schafft
das des verflixte Kanu grad aus lafft
da san de ersten Stromschnelln komma
mit Ach und Krach ham wir de g'nomma,
aber de zwoa san unterhalb im Wasser g'schwomma.

Den Hartmut muß i da glei lob'n,
erst hat er d Ilse an's Ufer g'schob'n
bevor er Sach und Boot hat g'sichert
wir ham er'm g'holfa, aber dabei kichert
es war ja Sommer, warm und a net gar so g'fährlich
und uns hat's später a no einedraht, da bin i ehrlich.

Nach dem wir ehna Sach ham zamma g'fanga
ist die Bootsfahrt g'mütlich weiter ganga.
Doch ganz allmählich hat's uns g'schockt,
der Fluß war lang und teilweis' steinverblockt
dazwischen Seen, und des war b'sonders fies,
weil's Wasser darin nur g'stand'n is.

Da hama immer fleißig paddeln müss'n
für etliche Sünd'n kon ma da schon büß'n,
und oft no hat's uns in de Stromschnelln griss'n
i kon nur sag', a so a Bootsfahrt ist ....bescheiden.

Und deshalb soll uns a kona drum beneiden,
denn der Stress hat Stunden dauert
und wir ham alle schon drauf glauert,
das z'end geht mit dem Spui, dem gar net leicht'n
und als wir endlich dann die Stell' erreichten
wo tags zuvor wir oben standen,
und alles so gemütlich fanden,
da ging uns endlich d'Wahrheit auf:
auch de warn gestern net gut drauf
des hat nur ausgschaut von da obn
als hät's der Fluß leicht awe g'schobn.

Des hat nur ausgschaut nach Pläsier
de warn fertig, so wie heit wir.
Jetzt hama des scho besser gwißt
und war'n so froh, das End her ganga ist
denn zur Nacht ist kaum mehr Zeit verblieb'n,
da san wir endlich aus de Kanu g'stieg'n

Noch die Moral von der Geschicht:
Wer nach so am schweren Test
no beinader bleibt, für den steht fest
es wird in einem Eheleben
nur selten solche Beben geben.

So schön und kurios die Kajakfahrt auch war an der Ardéche, so ungut war der andere Morgen auf dem Campingplatz. Felix war noch in der Nacht aufgebrochen, denn er wollte am gleichen Tag nach Hause kommen, wir hatten uns bereits am Abend von ihm, seiner Frau Hexi und Sohn Tomas verabschiedet. Wir hätten ausschlafen können, aber plötzlich, es war bereits dämmrig, setzte lautes Rufen auf dem Campingplatz ein und wurde immer mehrstimmiger und lauter. Wir zogen uns notdürftig an, um nachzusehen, was den Tumult ausgelöst hatte. Wir sahen noch, dass zwei Männer über den Platz gejagt wurden und über den Zaun flüchteten, nicht bevor sie einen Rucksack vorweg drüber geworfen hatten. Es stellte sich heraus, dass es zwei Diebe waren, die in verschiedenen Wohnwagen und auch in Zelte eingebrochen waren und neben Barmittel auch Pässe und Kreditkarten erbeutet hatten. Wir waren gottlob nicht davon betroffen, aber einem jungen Pärchen, das ganz in unserer Nähe vor ihrem Zelt stand, wurden sämtliche Papiere und die Geldbörse entwendet. Es herrschte große Aufregung auf dem Platz. Wir waren froh, als wir einige Stunden später nach dem Frühstück und dem Besuch der Polizei mit viel Fragerei und Angabe der Personalien, endlich abfahren konnten.

Italien
Agentario

Im darauffolgenden Jahr fuhren wir, meine Frau, ich, Hartmut und Ilse, mit unseren Wohnwägen nach Italien zum Monte Argentario. Das ist ein Berg, der an der Westküste des Mittelmeeres nahe der Stadt Orbitello liegt, etwa 130 km nördlich von Rom. Der Monte Agentario ist eigentlich eine annähernd kreisrunde felsige Insel, die durch drei Landzungen mit dem Meer verbunden ist. An der südlichen Landzunge liegt ein kleiner Campingplatz, daneben schließt sich ein langer Sandstrand an, der sich entlang der südlichen Landzunge bis zum Festland hinzieht.

Der Campingplatz war damals noch klein und naturbelassen, wir waren nicht viele Camper auf dem Platz, jeder hatte seinen Freiraum unter den alten Bäumen. Was uns besonders gefiel, waren die Gesänge der Nachtigallen, die nahe an unserem Wohnwagen so laut waren, dass sie uns lange wach hielten.

Wir mussten einige Tage warten, bis wir ausreichend Wind zum Surfen hatten. Doch dann war über Nacht Wind aufgekommen, wir standen jedoch so geschützt, dass wir das nicht mitbekommen hatten. Als wir aus den Betten gekrochen waren und vor dem Wohnwagen standen, bemerkten wir sofort, dass starker Wind die Baumspitzen bog. Deshalb beeilten wir uns mit dem Frühstück, um so schnell wie möglich aufs Wasser zu kommen. Das stellte sich aber dann als gar nicht so einfach heraus. Die Brandungswellen liefen im rechten Winkel zum Ufer auf den Strand und waren gewaltig. Wir versuchten immer wieder, den Brandungsgürtel zu überwinden, da aber auch der Wind mit den Wellen frontal anstand, wurden wir immer wieder von der Brandung zurück an den Strand gespült, da wir erst gar nicht ins Gleiten kamen, um somit Höhe zu gewinnen, sodass wir frei hätten surfen können. Insgesamt dreimal konnte ich nach vielen vergeblichen Versuchen den Weißwassergürtel überwinden und in den hohen Wellen ohne Gischt surfen, da ich mich aber allein da draußen abmühte, war mir das Ganze nicht so geheuer, auch weil die Wellen so hoch waren, dass ich im Wellental nicht darüber hinwegsehen konnte und dann nur Wasser um mich herum sah und keine Land. Sicherheitshalber (war es Angst oder Vernunft?) surfte ich nach einigen Schlägen wieder zurück ans Ufer. Auch das war nicht so einfach, die Brandungswellen und das Weißwasser schoben mich vor sich her, ich konnte kaum steuern und musste mich dem Wellenspiel überlassen. Das führte dann dazu, dass das Board samt Rigg mit der Brandung auf den Strand gespült wurde, während ich mich in Sicherheit vor den sich überschlagenden Wellen gebracht hatte. Gegen Mittag gaben wir das Spiel auf, wir waren müde und auch frustriert.

Da wir so mit uns beschäftigt waren, hatten wir nicht bemerkt, dass zwischenzeitlich einige lokale Surfer, sog. *Lokals*, angekommen waren. Erst als wir uns aus dem Wasser zurückgezogen hatten, sahen wir sie starten. Die kannten natürlich ihr Revier bestens. So starteten sie ganz anders als wir. Auf der rechten Seite, wo der Sandstrand begann, war eine kleine Mole, an der einige Fischerboote befestigt waren. Die einheimischen Surfer schlichen sich mit ihren Brettern diese Mole entlang, so nutzten sie die Abdeckung vor den hohen Wellen. Zum Ende der Mole hin setzte dann der starke Wind ein und sie konnten bereits gleitend die letzten Brandungswellen und das Weißwasser überwinden. Wir waren schon zu müde, um es ihnen nach zu machen.

Freitagnachmittags war es, als sich der Campingplatz allmählich mit kleinen Zelten füllte. An den Nummernschildern der dazugehörigen Autos konnten wir ablesen, dass es sich ausschließlich um römische Fahrzeuge handelte; und um junge Pärchen. Bis Samstagmittag war auch der letzte freie Platz besetzt. Am Sonntagabend war der Spuk wieder vorbei. Wir konnten uns das nicht so recht erklären und fragten nach, was es damit auf sich hatte. Lachend wurde uns erklärt, dass es in Italien, anders als in Deutschland, nicht üblich sei, dass sich die jungen Pärchen in den elterlichen Wohnungen treffen und dort über Nacht bleiben durften, das sei unmoralisch und würde die Familien in Verruf bringen. Also fuhren die Pärchen mit einem Zelt übers Wochenende an einen der naheliegenden Seen um sich dort zu vergnügen.

**Italien,
Bolsenasee**

Nachdem wir noch einige Tage vergeblich auf Wind gewartet hatten, beschlossen wir, auch um einem nochmaligen Wochenende mit den Römern zu entgehen, weiter zu ziehen. Es bot sich der Bolsenasee an, der nur knapp sechzig Kilometer vom Monte Argentario entfernt lag. Die Fahrt dorthin war nicht weiter schwierig, als wir ankamen, war Wind! Wir stellten unsere Wohnwägen mehr schlecht als recht ab, sagten unseren Frauen, wir würden später alles Weitere richten und machten uns hektisch daran, mit Brett und Segel aufs Wasser zu kommen. Der Wind wehte optimal sideshore, das Starten war kein Problem, das Wasser warm und nicht salzig, die Wellen nicht hoch und gut surfbar. Anfangs waren wir mit sechs Quadratmeter großen Segeln unterwegs, bald aber mussten wir auf kleinere Segel umriggen. Wir waren gegen Mittag angekommen, aber am späten Nachmittag war der Wind so stark geworden, dass ich mein kleinstes Segel aufziehen musste, um nicht nur "auf der Finne" zu surfen. Die Erklärung für diesen Ausdruck: Je schneller man mit dem Board wird, umso kleiner wird die benetzte Fläche, und umso geringer die Reibung zwischen Board und Wasser. Im Extremfall surft man nur noch auf einer kleinen Gleitfläche nahe an der Finne, dabei nimmt die Beherrschbarkeit stark ab und man riskierte einen fulminanten Sturz, oder einen "Spinout". Erklärung hierfür: Die Strömung an der Finne reißt ab und das Board wird unkontrollierbar. Das geschieht dann schon bei geringer Geschwindigkeit, wenn die Finne nicht sauber geschliffen oder durch frühere Grundberührungen ausgefasert ist.

Mein kleinstes Segel hatte 4 qm, damit kam ich noch zurecht. Hartmut hatte die Segel schon streichen müssen - sein kleinstes betrug 5,2 qm - damit war er bei einer gemessenen Windstärke von sieben bis acht Beaufort heillos überfordert. Bei mir ließ die Konzentration auch bald darauf nach, es häuften sich die Fehler, die Stürze wurden spektakulärer, ich befand mich öfter im Wasser als gut war. Und wieder einmal siegte die Vernunft, also strich ich ebenfalls die Segel und watete müde aber glücklich an Land. So viel starken Wind, soviel Herausforderung hatte ich lange nicht mehr erlebt. Wie wir später erfuhren, nannte sich der Wind *Tramontana*; nicht unüblich in Italien, sobald ein Wind über die Berge kommt. Wir hatten Glück an jenem Tag, wir waren noch oft am Bolsenasee, den *Tramontana* habe ich nur noch einmal erleben dürfen.

Während wir uns auf dem See ausgetobt hatten, versuchten unsere Frauen, den Campingtisch zusammenzubauen. Normal standen die Tischbeine der besseren Standfestigkeit wegen nach außen, nach ihrem gemeinsamen Werk standen sie allerdings nach innen, ein wenig zu wacklig, deshalb mussten wir erst die Beine umdrehen, bevor wir unser wohlverdientes Glas Weißbier in der Abendsonne genießen konnten, erschöpft, aber sehr zufrieden.

Nun habe ich es aus verständlichen Gründen (es war Wind!) bisher versäumt, den Bolsenasee vorzustellen. Das will ich ausführlich nachholen. Der *Lago di Bolsena,* wie er auf Italienisch heißt, liegt in Mittelitalien etwa 90 km nördlich von Rom in der Region Latium, nahe der Grenze zu Umbrien und der Toskana. Der See wurde nach der Stadt Bolsena am Nordufer benannt. Er ist kreisrund, liegt im Krater eines längst erloschenen Vulkans und wird ausschließlich durch unterirdische Quellen und Regenwasser gespeist. Er hat nur einen Abfluss, das Flüsschen Marta, das den See bei der gleichnamigen Ortschaft im Süden verlässt. Das Wasser hat eine vorzügliche Qualität, ist klar und sauber, was eine ungewöhnliche Sichttiefe erlaubt. Der Sand an den Seeufern ist schwarz, was auf den vulkanischen Ursprung hinweist; bei Sonneneinstrahlung wird der Sand so heiß, dass man gut daran tut, den Ufergürtel schnell zu überwinden, um ins kühle Nass zu kommen.

Ich beschreibe den See deshalb so ausführlich, weil es ein echtes Kleinod ist. Damals war es noch ein Geheimtipp, da die Italiener fast ausschließlich in ihren Ferien ans Meer fuhren. Heute ist er wesentlich bekannter, da aber schon um 1990 eine weitere Verbauung der Ufer durch behördliche Vorschriften eingeschränkt wurde, ist der Zugang zum Seeufer noch auf weiten Strecken gut möglich.

Aber nicht der See allein ist es, der uns dieses Urlaubsparadies so manches Jahr anfahren ließ, es sind unter anderem auch die den See umgebenden Städte. Italien in ursprünglicher Reinkultur! Ich nenne nur einige Städte, deren Schönheit zu beschreiben aber den Rahmen dieses Berichts sprengen würde.

Da ist Bolsena selbst, direkt am See liegend, eine alte Stadt, mit Burg auf dem nahen Berg und Hafen am See; dann Montefiascone im Süden, eine ehemalige Papstresidenz, schon erwähnt die Stadt Marta. Capodimonte, erbaut auf einer in den See ragenden Halbinsel. Weitere, in der Nähe liegend die Städte wie Gradoli, Grotte die Castro und Bagnoregio, deren eine Hälfte abgesunken ist, sie selbst steht noch auf einem steilen Felssporn. Ein wenig weiter entfernt die Stadt Orvieto, vermutlich etruskischen Ursprungs, gelegen auf einem Tufffelsen, berühmt durch den Wein und den wunderbaren Dom. Die Aufzählung kann nicht vollständig sein, deshalb sollten sie selbst an den See fahren und die Umgebung erkunden, sie werden nicht enttäuscht sein.

Wie schon erwähnt, waren wir oft am Bolsenasee, mit Tochter und Freund, mit den Stammtischbrüdern und -schwestern, mit Hunden und Segelschiff. Davon einige Erlebnisse:

Unsere Tochter Anja war in den Semesterferien gemeinsam mit ihrem Freund mitgefahren. Da er nicht Surfen konnte, hatte er ein kleines steuerbares Motorboot mitgenommen und verunsicherte damit die Badenden. Wir hatten zu dieser Zeit einen Hund, Quasi gerufen. Er war ein Mischling aus Rottweiler und Schäferhund, schwarze Decke, braune Pfoten, breite Brust, kräftige Statur. Eine sehr treue Seele und guter Wachhund, normalerweise brav und gut zu führen, meine Frau hatte nicht umsonst die Begleithundeprüfung mit ihm abgelegt. Allerdings mussten wir nachts aufpassen wenn jemand auf uns zukam, den er nicht kannte, da gab er tief und gefährlich klingend Laut.

Da wir noch mit dem Wohnwagen unterwegs waren und der Freund unserer Tochter mit einem Golf Cabrio, erbot er sich vor der Rückfahrt, unseren Hund mit nach Hause zu nehmen, da er ohne Übernachtung durchfahren konnte, wir hingegen eine Übernachtung einplanen mussten. Er ist offensichtlich ein wenig zu schnell auf den Straßen in Umbrien und der Toskana unterwegs gewesen, der Hund jedenfalls hielt dieser kurvigen Fahrt nicht stand und übergab sich auf seinem Rücksitz. Er putzte zwar sofort alles sauber, musste aber auch nachts noch offen fahren, so sagte er uns später, weil er sonst den Gestank nicht ausgehalten hätte.

Da wir auch den Stammtisch von der einmaligen Schönheit des Bolsenasees überzeugen konnten, suchten wir ein Quartier für acht Personen. Deswegen nahmen meine Frau und ich die Gelegenheit wahr und fuhren im März nach Bolsena. Wir fanden einen restaurierten Bauernhof, der über dem See in etwa fünf Kilometer Entfernung lag. Er war ideal für uns, da jedes Paar ein eigens Zimmer hatte und Küche und Gemeinschaftsraum ausreichend groß waren.

Einer unserer Stammtischbrüder, Herbert, meist kurz Herbi genannt, hatte als Seminarlehrer noch einige Prüfungen abzunehmen und kam später mit dem Zug nach. Seine Frau Monika war mit uns anderen vorausgefahren. Wir hatten uns leidlich eingelebt, unser Hund Quasi hatte sein Revier abgepinkelt und fühlte sich, wie wir auch, offensichtlich wohl auf dem weiten Gelände des rustikalen Hofes. Als wir dann drei Tage später Herbert vom Bahnhof in Orvieto abholten und wieder an unserem Quartier ankamen, wurde Herbert von Hund Quasi nicht mehr als zur Gruppe gehörig akzeptiert. Das war umso erstaunlicher, als Herbert zuhause mit Quasi oft alleine Gassi gegangen war und der Hund ihn eigentlich gut kannte. Seltsam war aber auch, dass diese Ablehnung den ganzen Urlaub über anhielt. Wenn Herbert zum Frühstück oder von einer Wanderung kam, bellte ihn der Hund beharrlich an. Erst nachdem er jeweils eigens von uns mit Handschlag begrüßt worden war, wurde er wieder akzeptiert. Dieses Verhalten, einen Fremden zu akzeptieren, nachdem wir ihm die Hand gegeben hatten, legte Quasi auch zu Hause an den Tag. Wir lachten darüber, Herbert nahm es augenscheinlich gelassen hin.

Apropos Frühstück. Mitten auf dem Hof stand ein alter Baum, der mit seiner mächtigen Krone einen lichten Schatten spendete, was ja gerade in südlichen Gegenden sehr angenehm ist. Unter dem Baum stand ein großer Tisch, an dem wir regelmäßig frühstückten. Da wir im Urlaub alle erst später aufstanden, war es zum Frühstück schon recht warm und wir genossen unter diesem alten Baum den kühlen Schatten und den weiten Blick in die Umgebung, da unser alter Hof auf einer Anhöhe lag. Das Frühstück wurde so zu einem ersten Highlight des Tages.

Unser Freund Ludwig, den sie von der Insel Hvar schon kennen, hatte seine Segeljolle mit an den Bolsenasee geschleppt. Er hatte im ortsansässigen Segelclub nachgefragt, wo wir denn am besten das Boot für vierzehn Tage unterbringen könnten, ob das nicht auf dem Gelände des Segelclubs möglich wäre. Seinem Ansinnen wurde ohne weiteres zugestimmt und man gestattete uns auch, dass wir dort auf dem Segelgelände zum Baden lagern konnten. Das war für uns ideal, wir hatten einen Strand für uns und konnten das Boot jederzeit nutzen. Das taten wir abwechselnd und ausgiebig und hatten jede Menge Spaß dabei. Mit Surfen war nicht viel los, der Wind war nie stark genug dafür.

Italien, Gargano

Freund Heinz, der langjährige Junggeselle, hatte sich gebunden, er war des ständigen Alleinseins überdrüssig. Seine Angetraute Heide hatte zwei Söhne und eine Tochter mit in die Ehe gebracht, die waren alle schon flügge, selbst verheiratet oder außer Haus. Seine angeheiratete Tochter Petra arbeitete seit einigen Jahren in Italien, in der Nähe von Fieste, der Stadt am Gargano, dem Sporn des italienischen Stiefels.

Heinz informierte mich, dass sie im Urlaub Petra in Fieste besuchen wollten und bot uns an, mitzufahren. Wir überlegten nicht lange, luden noch Hartmut samt Frau Ilse ein und fuhren mit zwei Wohnwägen und einem PKW zur gegebenen Zeit los, Richtung Gargano. Als eifrige Leser der allwissenden Surfzeitschrift wussten wir natürlich, dass dort zuweilen im Frühjahr und Herbst gute Surfbedingungen herrschten und suchten uns deshalb vorweg den geeigneten Campingplatz aus.

Da wir mit dem Wohnwagen am Haken nicht so schnell vorwärts kamen, fuhren wir in der Nähe von Modena einen Stellplatz an, den wir ebenfalls ausgesucht hatten. Bei der Anfahrt dorthin machten wir große Augen, denn die Route führte uns durch das außerhalb der Stadt liegende Rotlichtviertel. Bordsteinschwalben sämtlicher Couleur standen an unserem Wegesrand und boten leicht bekleidet ihre Dienste an. Ich selbst nahm kaum Notiz davon, musste ich doch unser Gespann durch die enge Straße führen, aber meine Frau Marion konnte sich nicht enthalten, einige spaßige Bemerkungen von sich zu geben.

Nachdem wir unbelästigt passiert hatten, kamen wir am Stellplatz an und wurden von einem davor befindlichen Schild empfangen, auf dem in einem nahe gelegenen Rustico ein exzellentes Mahl angeboten wurde mit dem Aufmacher: "Good very old Food". Wir dachten uns, Essen sollte nicht alt sein, sondern frisch, um gut zu sein. Als uns aber auf unsere Frage hin der Platzwart vorschwärmte, dass es sich hier um eine wirklich gute Küche in Verbindung mit einem einmaliges Ambiente in dem Rustico handle, welche alte Rezepte mit vorzüglichem Essen verband, waren wir schon überredet und besuchten am Abend dieses Event.

Das Ambiente war wirklich erlesen und antik, der Patrone ausnehmend freundlich, er erklärte uns jeden Gang ausführlich in gebrochenem Deutsch, was allein schon ein Vergnügen war. Das Essen war teils so interessant gewürzt, dass es zumindest gewöhnungsbedürftig war, aber insgesamt außergewöhnlich. Zum Abschluss wurde uns noch Kaffee serviert, aber kein Bohnenkaffee, sondern ein Chicorée - Kaffee, wie er bei uns während des Krieges noch üblich war, als man keinen Bohnenkaffee bekam. Er hat uns zumindest nicht aufgeregt, was leicht hätte sein können, nachdem wir die Rechnung bekamen.

Anderntags erreichten wir den gewünschten Campingplatz in der Nähe von Fieste. Da waren die Stellplätze für unsere Wohnwägen so eng begrenzt, dass Camper an Camper stand, die Deichsel unseres Nachbarn reichte bis unter unseren Wohnwagen. Wir konnten das Heckfenster nachts nicht öffnen, weil sich das so anhörte, als läge unser Nachbar schnarchend bei uns im Bett. Wir mussten unseren Wohnwagen dem von Hartmut gegenüber stellen, damit die beiden vereinten Vorplätze einen größeren ergaben, sonst hätten wir kaum einen Tisch mit Stühlen vernünftig aufstellen können. Die Stellplätze waren mit grünen Hecken eingewachsen, aber offensichtlich vor Jahren bereits nur für Urlauber mit Zelt konzipiert.

Wie in Italien üblich, war der Campingplatz eingezäunt, wir gelangten nur durch Tore im Zaun an den Strand. Als Florian, allgemein nur kurz Flo genannt, der angeheiratete Sohn von Heinz, der auch mitgefahren war, eines Abends in die Diskothek ging und erst nach zehn Uhr ins Camp wollte, waren die Tore abgeschlossen. In seinem jugendlichen Eifer wollte er über den Zaun steigen, um nicht den Umweg bis zum Haupteingang gehen zu müssen. Das ist ihm schlecht bekommen. Er wurde von den patrouillierenden Wachen bei seinem Vorhaben gestellt und als mutmaßlicher Dieb festgenommen. Erst nach langen Versuchen, den Wachen klar zu machen - er sprach kein Italienisch, die Wachen kein Deutsch - dass er im Campingplatz wohne und seine Mutter auf ihn warte, führten sie ihn nach Mitternacht bei uns vor, um sich zu vergewissern, dass seine Angaben der Wahrheit entsprachen. Als das geklärt war, entließen sie ihn in die Obhut seiner Mutter, nicht ohne ihn zu verwarnen, das nicht noch einmal zu versuchen.

Als sehr unangenehm stellte sich eine weitere italienische Eigenart heraus. Ohne Unterbrechung lärmte den ganzen Tag über die Beschallung mit Musik. Schon am Morgen begannen die für die Wassergymnastik einschlägigen rhythmischen Melodien uns das Frühstück gründlich zu vergällen. Da wir in einer Reihe mit angrenzenden Campingplätzen standen, kam die Musik von allen Seiten und mischte sich zu einer fortwährenden Kakophonie. Das nervte ungemein.

Die Surferei war dann auch nicht das, was wir uns vorgestellt hatten, wir mussten unser Material weit zum Strand tragen, was sich aber als nicht so schlimm herausstellte, da fast nie guter Wind zum Gleiten war. Als es schließlich doch so weit war, es ging vorher ein heftiges Gewitter mit Sturm nieder, waren wir der herrschenden Situation nicht gewachsen. Hohe Wellen kamen vom Meer her Richtung Ufer gerollt, der Wind wehte sideshore, aber erst nach der Abdeckung durch eine vorgelagerte Landzunge, also keine idealen Bedingungen zum Starten. Nach einigen vergeblichen Versuchen gaben wir wieder auf, die Brandungswellen waren zu hoch und wir kamen erst gar nicht in die Windzone.

Frustriert setzten wir uns auf einen Felsen der vorgelagerten Landzunge und sahen den Experten zu, die sich ein wenig weiter draußen austobten, als sich unter uns am Strand ein Neuankömmling zum Surfen fertig machte. Da wir nahe dran saßen, erkannte ich ihn sofort. Es war Cantagalli, der italienische Meister im Windsurfen. Ich hatte ihn schon öfter in der allwissenden Surfzeitschrift gesehen. Er machte seinem Titel alle Ehre, wartete eine stärkere Bö ab und kam ungehindert in die Windzone. Dann nahm er das Segel dicht und schoss, von Wellenkamm zu Wellenkamm springend, mit einer irren Geschwindigkeit und lautem Klatschen des Bugs, ins offene Meer hinaus. Wir waren begeistert, denn es war toll anzusehen.

Wir besuchten Petra, die Tochter von Heide, die sich einige Tage für ihre Mutter freigenommen hatte und die versprach, bald wieder nach Hause zu kommen. Nach zwei Wochen fuhren wir zurück in die Heimat.

Anschließend verkauften wir unseren Wohnwagen, weil wir schon geraume Zeit genervt waren, dass wir in den Ferien, auf die wir für den Urlaub angewiesen waren, immer schlechte Stellplätze auf den Campingplätzen hinnehmen mussten.

**Neusiedler See,
Podersdorf**

Wieder einmal hatte der Buschfunk zugeschlagen. Uns war zu Ohren gekommen, dass am Neusiedler See in Podersdorf ein gutes Surfrevier liegen würde, das allerdings nur dann starken Wind hatte, wenn sich in Bayern vom Westen her eine Schlechtwetterfront nähert. Wir warteten eine Wettermeldung ab, die uns viel Wind für den Neusiedler See zu bescheren versprach, dann vereinbarten Felix und ich ein verlängertes Wochenende in Österreich, denn im Osten, gleich hinter Wien, lag unser Ziel. Wie in der vorhergehenden Erzählung erwähnt, hatten wir keinen Wohnwagen mehr, aber Felix hatte sich einen VW-Campingbus zugelegt. Wir packten unser Surfmaterial seitlich an seinen Camper und fuhren los.

Auf dem Campingplatz in Podersdorf standen wir an vorderster Front, direkt am Wasser. Wir mussten nicht lange warten, dann wurde der Wind immer stärker und wir konnten mit unseren Brettern aufs Wasser. Wir hatten beide nur unsere Sinker dabei, da der Neusiedler See ein flacher Steppensee ist, man kann fast überall stehen. Ich musste mich erst an diese Art von Wellen gewöhnen, die wesentlich kürzer waren, als ich sie vom Gardasee oder vom Meer her gewohnt war, dafür wurden sie auch bei sehr starkem Wind nicht sehr hoch. Wir waren noch nicht lange am Surfen, da wurden es immer mehr Surfer auf dem Wasser; ich hatte das Gefühl, halb Wien war anwesend. Natürlich kannten die ihren See gut, auch die Wettervorhersagen konnten sie richtig interpretieren. Es war Vorsicht angeraten, man sollte die für das Surfen verbindlichen Vorfahrtsregeln kennen, aber es war wie im Straßenverkehr: die eine Hälfte der Verkehrsteilnehmer achtet auf die andere Hälfte, die wiederum glaubt, Verkehrsregeln gelten nur für die anderen.
Ein weiteres Handicap tat sich auf, nachdem ich einige Male in den Bach gefallen war, natürlich mit den Füßen auf dem Boden stand, da es so

leichter war, Brett und Segel zum Wasserstart auszurichten. Als ich wieder starten wollte, mit den Füßen auf dem Brett stehend, rutschte ich ungehindert weg und saß auf dem Brett. Der Schlamm am Boden des Sees klebte an meinen Fußsohlen und war so rutschig, dass ich mich auf dem Brett nicht halten konnte. Von da an nahm ich die Erleichterung des flachen Sees beim Wasserstart nicht mehr in Anspruch.

Der Neusiedler See hat mich nicht überzeugen können, dort öfter surfen zu wollen. Ich war Jahre später noch einmal mit meiner Frau dort, aber auch da hat sich meine Einstellung nicht geändert; neben den erwähnten Einschränkungen war es ungemein heiß und drückend. Wir schliefen schlecht, weil es nachts nicht abkühlte und das Thermometer noch knapp 30 Grad Celsius anzeigte. Auch gefiel mir das Wasser nicht, das lehmig graubraun war und somit schmutzig aussah. Ein weiteres Problem waren die Mücken, die uns unentwegt und zahlreich umschwirrten, sodass sich er Aufenthalt im Freien während der Dämmerung als arg stressig herausstellte. Bevor wir uns ins Bett zurückziehen konnten, suchten wir die Decke und die Wände nach Mücken ab, um zu vermeiden, dass wir nachts durch das nervende Gesurre aufgeweckt oder gar gestochen wurden. Ich überließ den Neusiedler See in Zukunft den Wienern.

Ägypten,
Hurghada

Nachdem der Ausflug an den Neusiedler See nicht so toll ausfiel, wie Felix und ich uns das erhofft hatten, hörten wir uns in der Szene nach neuen, ergiebigeren Zielen um. Da wurde uns vorgeschwärmt von einem Ort in Ägypten, Hurghada, gelegen am Ufer des Roten Meeres, nahe dem Golf von Suez. Dort soll, ähnlich wie in Israel am Golf von Aqaba, thermischer Wind aus der Wüste vorherrschen, der täglich von morgens bis abends mit mehr als vier Beaufort wehen sollte, zudem war das Wasser immer angenehm warm.

Da unsere beiden Frauen als Lehrerinnen tätig waren, wir aber während der Ferien nicht unseren ganzen Urlaub nehmen konnten, hatten wir noch Urlaubstage übrig, die wir für die Reise nützen wollten. Also buchten wir die Surfreise nach Hurghada ins Hotel Jasmin Village.

Es war, wie man uns versprochen hatte, der Wind war beständig und immer stark genug zum Gleiten, dazu war er warm, ebenso wie das Wasser mit guten 25 Grad Celsius. Es waren herrliche Tage, in denen wir unserer Surfleidenschaft ausgiebig frönen und an unserer Technik feilen konnten. Wir standen von morgens bis abends auf den Brettern, zwischendurch Pausen - im Schatten auf der Liege verbracht - im Blickfeld die anderen Surfer, um sie zu begutachten, zu loben oder über sie zu lästern; natürlich auch, um von ihnen zu lernen.

Meist waren wir am Abend zu müde, um noch außerhalb des Hotels Großartiges zu unternehmen, aber die dort tätigen Pros (Pro = Professionell), also Surflehrer, sahen es als Teil ihrer Animation an, uns auch am Abend auf Trab zu halten und boten einen Besuch in der nahe gelegenen Stadt Hurghada an. Wir nahmen das Angebot an und fuhren am Abend mit Minibussen in die Stadt. Die "Stadt" Hurghada war eine Enttäuschung. Es war damals ein kleines, archaisches Fischerdorf, mit einem vor kurzem angebrachten Geldautomaten, auf den uns der Führer stolz hinwies. Der kleine Dorfplatz war nicht geteert, es war überall staubig. Soweit ich mich erinnere, war noch ein Teppichgeschäft vor Ort und eine oder zwei Kneipen, die diesen Namen nicht verdienten, denn es wurde nur Tee oder Coca Cola serviert. Wir hatten den Ort bald besichtigt und fuhren unbeeindruckt nach geraumer Zeit wieder in unser Hotel.

Neben dem Eingangstor der mit einer Mauer umgebenen weiträumigen Hotelanlage, hatten sich einige Souvenirläden niedergelassen. Die dort angebotenen Souvenirs waren für uns nicht alltäglich und vermittelten viel orientalisches Flair. Mich plagte zuweilen mein Gewissen, weil ich diese schöne Zeit ohne meine Frau erleben durfte, deshalb suchte ich nach einem passenden Mitbringsel, um sowohl mein Gewissen als auch meine Frau zu beschwichtigen. Ich wurde bald fündig, neben dem vielen Krimskrams fand ich einen Skarabäus aus Lapislazuli, der in Gold gefasst war und als Amulett an einem goldenen Kettchen um den Hals getragen wird. Der Skarabäus war im ägyptischen Altertum der "Heilige Pillendreher", heute gilt er als Glückkäfer; der Lapislazuli ist ein blauer Halbedelstein, teilweise mit golden schimmernden Einschlüssen, dem bereits im alten Ägypten großer Wert beigemessen wurde.

Ich schlich einige Abende an dem schönen Glückskäfer vorbei, bis ich mich schließlich trotz des stolzen Preises entschied, das gute Stück zu erwerben. Natürlich wussten wir, dass Handeln um den Preis angesagt war. Also priesen wir den Käfer als außergewöhnlich schön, um den Händler gut einzustimmen, beteuerten aber zugleich, dass wir uns den angebotenen Preis nicht leisten konnten. Seinem Gegenargument, wir seien *Germans* und könnten uns alles leisten, wie den Urlaub hier, konnten wir nur entgegnen, dass wir unser letztes Geld ausgegeben hatten, um das geschichtsträchtige Ägypten mit seinen honorablen Menschen kennen zu lernen. So gingen die Argumente hin und her, schließlich trafen wir uns in der Mitte des verlangten und des von uns gewünschten Preises.

Ich war's damit zufrieden und meine Frau ebenfalls, als ich ihr das schöne Schmuckstück überreichte. Sie trägt es heute noch ausgesprochen gerne, da es eine wunderschöne Arbeit ist. Wir waren Jahre später noch oft in Ägypten, hauptsächlich zum Surfen, aber ein ähnlich gut verarbeitetes und zugleich preiswertes Schmuckstück haben wir nicht wieder gefunden.

Dreißig Jahre später kam ich wieder nach Hurghada. Ich erkannte den Ort nicht mehr. Er war zur Touristenhochburg mutiert, mit vielen Hotels in der Stadt und an der nahegelegenen Küste. Jubel, Trubel, Heiterkeit und viel Gedränge herrschte in der Innenstadt, Kneipen, Restaurants und Geschäfte, vorwiegend Souvenirläden mit ägyptischen Erinnerungsstücken vollgepfropft, bestimmten den Eindruck, den Hurghada nun auf mich machte.

Gardasee,
Hotel Capo Reamol

Da wir aus verständlichen Gründen nicht immer nach Ägypten fliegen konnten und wollten, hörten wir uns in der Szene um, wo denn noch näher gelegene Möglichkeiten bestünden, wo man gut surfen konnte. Einer unserer Volleyballfreunde vom Chiemsee empfahl uns das Hotel Capo Reamol am Gardasee; wir erinnerten uns, dass wir diesen Tipp bereits im Hotel Pier erhalten hatten. Unser Freund beschrieb das Capo Reamol als sehr gut und die Surfmöglichkeiten ebenso, abgesehen von ein paar kleinen Einschränkungen, die aber nicht wesentlich seien. Wir buchten bei nächster Gelegenheit ein verlängertes Wochenende im Hotel Capo Reamol.

Das Hotel war für uns gar nicht so leicht zu finden. Auf der Gardesana kurz vor Limone liegt ein kleiner Parkplatz auf der linken Seite, in den musste man einbiegen und sofort scharf nach links eine Abfahrt hinunter fahren, die von der Straße aus nicht einsehbar war. Vor einem Eisentor sollten wir uns anmelden und wurden eingelassen, da wir gebucht hatten.

Der Parkplatz lag ein wenig oberhalb des Hotels, das sich in Terrassen vom Ufer des Sees bis hinauf zur Straße an den Felshang schmiegte. Da wir das Surfmaterial - wir hatten jeder zwei Boards und mindestens drei Segel der gängigen Größen sowie je drei Gabelbäume dabei - nicht vom Parkplatz nach unten ans Ufer schleppen wollten, fuhren wir eine schmale und steile Straße rückwärts bis ans Wasser, luden unser Material ab und fuhren wieder hinauf zum Parkplatz. Diese Straße war teilweise in den Felsen gehauen, auf der einen Seite steil abschüssig, auf der anderen vom Felshang begrenzt. Sie forderte manch einen Blechschaden, wenn man sich nicht getraute, nahe am abschüssigen Rand zu fahren.

Wir kamen beim ersten Mal gegen Mittag im Hotel an, der Vento war schon entschlafen, die Ora hatte noch nicht angefangen zu wehen. Bei späteren Besuchen im Capo, wie wir es bald nannten, fuhren wir spätestens um vier Uhr am Morgen von zuhause weg und kamen gegen sieben Uhr dort an. Dann war noch Vento vom Besten. Das Capo Reamol wurde unser liebster Surfspot am Gardasee für lange Jahre, wir waren mindestens dreimal im Jahr im Hotel und versäumten selten das Absurfen Ende Oktober, bei dem der Starkoch Alfons Schubeck, ein Freund der Hotelbesitzerin, mitsamt seinem angereisten Tross einige Male für ein Galadinner sorgte.

Bei dem ersten dieser Essen bat mich meine Frau, ich solle doch von Schubeck ein Autogramm erbitten, sie hatte dafür extra ein Kochbuch von ihm von zuhause mitgebracht. Sie unterrichtete in der Schule neben Sport noch Hauswirtschaft und war von Schubecks Kochkunst begeistert. Als das Essen bis auf die Nachspeise aufgetragen und auch unter viel Zustimmung verspeist war, wagte ich mich in die Nähe der Küche, um den Starkoch um das Autogramm zu bitten. Ich musste gar nicht in die Küche, er saß schon allein draußen an der Bar bei einem Weißbier. Ich trug ihm mein Ansinnen vor, er lud mich sofort ein, sich zu ihm zu setzen. Er war ganz locker und offen, erzählte mir, dass er jetzt geschafft sei, da es gar nicht so einfach sei, so ein Galaessen in fremder Küche zuzubereiten, obwohl seine Mitarbeiter aus München mitgereist seien. Dann forderte er mich auf, zu erzählen, was denn an der Surferei so toll sei, dass es in den letzten Jahren einen solchen Zuspruch gefunden habe. Ich schwärmte ihm vor von der Faszination des Gleitens, vom Surfen am frühen Morgen auf dem Gardasee, wenn die Sonne über dem gegenüberliegenden Monte Baldo aufsteigt und das Wasser, von der Sonne beschienen, breitflächig wie ein Meer aus flüssigem Silber glänzt, durch das man mit seinem pfeilschnell Board surfen konnte.

Von der Kraft des Windes, die sich im Segel fängt und die man durch die eigene Geschicklichkeit so nützen konnte, dass das Board so reagierte, wie man das wollte. Von dem immerwährenden Angespannt sein, um ja keine Welle zu übersehen, die einen in hohem Bogen ins Wasser befördern konnte, wenn man nicht reaktionsschnell genug war. Das Konzentriert sein allein auf das Surfen und die Manöver schloss andere Gedanken aus, insbesondere den Ärger oder die Probleme, die man im Beruf immer mal hat. Das würde Kraft und Energie zurück bringen und zukünftigen Stress besser ertragen helfen.

Nachdem wir das Thema noch ein wenig vertieft hatten, entschuldigte er sich, da er ja noch für die Nachspeise zu sorgen hätte, schrieb in das Buch meiner Frau neben seinem Autogramm eine persönliche Widmung, wünschte mir noch viel Spaß, verabschiedete sich und verschwand in der Küche.

Wenn die Unterbringung im Hotel vor dem späteren Umbau nicht vom Besten war, was die Zimmer anbetrifft, sie waren durchwegs alle zu klein, so war die kulinarische Komponente kaum zu übertreffen. Das begann schon beim reichhaltigen Frühstück, das alles bot, was ein verwöhntes Sportlerherz so begehrte, und das bis elf Uhr vormittags. Das war für uns Surfer von großem Vorteil, da wir oft schon um sechs Uhr auf den Brettern standen und mit dem Vento spielten. Wir konnten gar nicht mehr länger schlafen, wenn wir das harte Stakkato der leichten

Bretter auf den Wellen hörten. Zu dieser frühen Zeit gab es noch kein Frühstück, wir behalfen uns mit den mitgebrachten Müsliriegeln. Aber wir konnten ab acht Uhr an das Frühstücksbuffet gehen, Kaffee ordern und uns, noch im Neoprenanzug, auf die Terrasse setzen und ein erstes Frühstück zur Stärkung zu uns nehmen. Meist schlief der Vento kurz vor elf Uhr ein, da war ein zweites Frühstück ohne Neopren noch möglich.

Gestärkt nach der lustvollen Anstrengung und dem Spaß auf dem See, lagen wir am Pool, der ein wenig erhaben über dem See auf einer großen Terrasse lag und erholten uns für die Ora, die wir so gegen vierzehn Uhr erwarteten. Während der Anfangszeit der Surferei am Gardasee konnte man bei schönem Wetter und je nach Jahreszeit die Uhr nach dem Wind stellen, behaupteten damals viele. Ich muss zugeben, dass auch ich das Gefühl nicht los werde, dass sich das innerhalb der letzten 35 Jahre, die ich an den Gardasee gefahren bin, verändert hat. Der Klimawandel?

Das Mittagessen war ein weiteres Highlight für mich. Wir saßen unter alten Olivenbäumen auf einer der schmalen Terrassen, die vom Hotel nach Norden hin ausliefen, an kleinen Vierertischchen, für mehr reichte der Platz nicht. Der See lag unter uns, wir hatten ein Weißbier und "Spagetti aglio e olio" vor uns. Ich habe diese besonderen Spagetti noch oft in Italien oder auch bei unserem Lieblingsitaliener zuhause bestellt, aber nie so wunderbar empfunden wie im Capo Reamol.

Am Nachmittag dann, wenn die Ora anfing zu wehen, standen wir wieder auf den Boards. Fast jeder von uns hatte zwei Boards dabei, ich fuhr am Vormittag einen Sinker mit etwa 100 Liter Volumen, dem Shape nach ein Waveboard für die Welle, bestens geeignet für den starken Vento am Vormittag, gefahren mit Segelgrößen zwischen 4,5 qm und 5,5 qm, je nach Windstärke. Als zweites Board hatte ich einen Semisinker mit ca. 120- 130 Liter Volumen, den ich meist am Nachmittag fuhr, mit einem Segel so um die 7 qm, da die Ora selten wirklich stark war. Da war das Surfen dann auch nicht so manöverbedingt, wir fuhren Langschläge über den See und versuchten dabei, so lange wie möglich im Gleiten zu bleiben.

Ließ der Wind gegen abends dann nach, saßen wir noch am Pool, ruhten uns aus und tranken nach getaner Arbeit einen Sundowner, in Erwartung eines weiteren Highlights des Tages, dem Abendessen. Nachdem wir uns umgezogen hatten, gingen wir in den Speisesaal. Dort wurden wir von der Hotelbesitzerin und dem Personal freundlich empfangen und zu unseren Plätzen geleitet. Das Abendessen wurde zelebriert. Es gab nie das gleiche Gericht, der Koch ließ sich immer etwas Spezielles einfallen, vier oder gar fünf Gänge, beste italienische Küche. Die Kellner blieben all die Jahre die gleichen, selten dass es da Veränderungen gab. So wussten sie schon um unsere Eigenheiten, kannten unseren Wein, den wir zum Essen tranken, sowohl Weißwein als auch den Vino rosso. Manches Mal, wenn es am Abend warm war, wurde auf der Terrasse gedeckt, Lampions an den Uferanlagen befestigt und alles zum Candlelightdinner dekoriert. Später, nach einem meist exzellenten Essen, wenn es zu kühl am See wurde, gingen wir noch in die Bar zu einem Schlummertrunk, meist ein Schoppen Vino Rosso. Es waren exklusive Abende, sie blieben uns lange in Erinnerung und ließen uns im Alltag davon träumen.

Es war einer dieser Nachmittage im Herbst, an denen der Wind beim Hotel Capo Reamol nicht so recht auf Touren kommen wollte. Ich war zusammen mit Adi (er hieß eigentlich Adolf, aber wer will sich so schon rufen lassen), einem Freund vom Chiemsee, mit dem Surfer hinaus gefahren, in der Hoffnung, dass der Wind auffrischen würde. Als sich unsere Erwartung nicht erfüllte, blickten wir neidvoll nach Norden, Richtung Hotel Pier, wo die Surfer so richtig schnell am Gleiten waren. Also entschieden wir uns, die paar Kilometer zum Hotel Pier zu surfen; das war kurz hinter der engsten Stelle zwischen den Felswänden, der Düse, und versprach mehr Wind. Raumschots, also schräg vor dem Wind, ist die Richtung, in der ein Segelboot oder ein Surfbrett am schnellsten läuft. So waren wir nach zwei Kilometern flotten Gleitens auf Höhe des Hotels Pier angelangt; wir hatten richtig gesehen, da war mehr Wind! Es machte großen Spaß, auch weil wir uns mit den Surfern dort immer mal ein Rennen liefern konnten. Am späten Nachmittag wurde der Wind unmerklich schwächer, also machten wir uns auf den Rückweg.

Jetzt mussten wir die zwei Kilometer gegen den Wind surfen. Wir waren anfangs noch erfolgreich damit, da der Wind noch so stark war, dass wir oft noch ins Gleiten kamen und dabei auch Höhe gewannen. Aber je mehr der Wind nachließ, umso schwieriger wurde das. Ich wusste von früheren gemeinsamen Surfurlauben mit Adi, dass er zwar sicher auf dem Brett stand und traumhafte Halsen fuhr, aber mit dem Höhelaufen hatte er es nicht so. Wir hatten gut die Hälfte der Strecke hinter uns gebracht, als ich bemerkte, dass Adi beim Hin- und Hersurfen hart am Wind, keine Höhe mehr gewann. Sobald er aus dem Gleiten kam, verlor er wieder die gewonnene Höhe.

Ich hatte da meinen eigenen Trick: ich stellte das Board sehr schräg auf die Luvkante, damit die den Abtrieb hemmende Fläche größer wurde, erfühlte genau den Winkel, in dem ich das Segel hart am Wind fahren durfte, sodass es gerade noch lief und damit langsam Höhe gewann. Ich stand dabei zwar verbogen wie ein Korkenzieher auf dem Brett, da ich auch das Segel aufrecht fahren musste, aber es funktionierte. Adi hingegen wollte immer wieder ins Gleiten kommen und versuchte dies, indem er vorerst abfiel, also raumschots fuhr, um Geschwindigkeit aufzubauen. Das gelang ihm immer weniger. Ich rief ihm zu, wie er Höhe gewinnen konnte, er war aber stur und antwortet, ich solle weiterfahren, er komme schon zurecht. Also quälte ich mich weiter Richtung Hotel, fuhr dabei keine Halsen mehr sondern wendete, um ja keinen Meter an Höhe zu verlieren.

Als ich endlich am Hotel ankam und Brett und Segel aufgeräumt hatte - es war schon dämmrig geworden - sah ich nach Adi. Er war etwa dreihundert Meter vor dem Hotel ans Ufer gefahren, abgestiegen und kämpfte sich zu Fuß voran. Er hatte "Höhelaufen" wörtlich genommen. Wer den Gardasee kennt, weiß, dass im Norden fast nur steile Felsufer den See eingrenzen. So war es nicht verwunderlich, dass Adi immer wieder ins Wasser steigen und mit Brett und Segel Richtung Hotel schwimmen musste. Eine langwierige Angelegenheit. Als er endlich ankam, war es dunkel geworden, wir saßen beim Sundowner, seine Frau erwartete ihn besorgt. Er ging im Neopren an uns vorbei und musste sich einige Frotzeleien anhören. Er bemerkte dazu nur, dass er bestens Bekanntschaft geschlossen hätte mit einer ganzen Population von Fledermäusen, die sich entlang des Steilufers aufhielt.

Es war wieder im Sommer, an einem der Wochenenden im Hotel Capo Reamol; das Wetter war schön, die Luft warm und der Wind daher sehr gut. Wir waren schon früh auf den Brettern und surften euphorisch vom gleißend hellen und warmen Bereich, den schon die über dem Monte Baldo aufgehende Sonne beschien, hinein in den dunklen, kühlen Schatten auf der Ostseite des Sees. Dieses Wechselspiel vom Surfen wie in flüssigem Silber durch die sonnenbeschienen Wellen mit anschließendem Eintauchen in die Schwärze des Schattens, der solange durch die Blendung der Spiegelung vollends ohne Konturen blieb, bis sich das Auge wieder an die geringere Helligkeit gewöhnt hatte, war immer wieder faszinierend.

An diesem Tag begegnete ich Tommy wieder, dem Sohn eines unserer Bekannten vom Capo. Er hatte vor kurzem das Abitur bestanden und sich eine kleine Auszeit genommen, bevor er sein Studium beginnen wollte. Diese Freizeit hatte er in den letzten Wochen im Capo Reamol verbracht. Er war befreundet mit Raffi, dem Sohn der Hotelbesitzerin. Da er hervorragend surfen konnte, verdingte er sich als Hilfskraft in der Surfschule, die dem Hotel angeschlossen war. Zusammen mit dem Surflehrer unterrichteten sie die Surfschüler. Dabei blieb ihm aber genügend Zeit, sodass er selbst viel zum Surfen kam, vor allem dann, wenn der Wind für die Anfänger zu stark war.

Als wir uns gegen neun Uhr zum hastig eingenommenen Frühstück auf der Hotelterrasse trafen, begrüßten wir uns erst mal erfreut, sodann erzählte er, dass er zwei wunderbare Wochen mit Surfen verbracht hat und dieses Wochenende leider wieder Schluss sei, da sein Vater ihn am Sonntag mit nachhause nehme würde. Ich bedauerte ihn sehr, sagte ihm aber, er solle froh sein mit dem, was er bisher erleben durfte. Er stimmte mir lachend zu, worauf wir wieder zu unseren Brettern gingen. Dabei riet er mir, ich solle hinter ihm her surfen, er habe da eine ganz besondere Stelle gefunden, an der zu surfen einfach mehr Spaß machen würde.

Also schloss ich mich ihm an. Er fiel seltsamerweise verhältnismäßig weit ab, also südlicher vom Hotel. Bald wusste ich, was er gemeint hatte, mit dem besonderen Spaß. Auf Hotelhöhe waren viele Surfer unterwegs, wir waren dagegen fast allein auf unserem Kurs, die Wellen hatten sich hier schon wieder beruhigt, waren nicht mehr so zerfahren. Und vor allem, wir waren beim Halsen im Uferbereich schon in der Wellenabdeckung hinter dem Capo, also dem Sporn, auf dem das Hotel stand und der einige Meter in den See reichte. Damit war das Halsen im nahezu glatten Wasser vom Feisten, was man sich so als Surfer wünschen kann. Wir schossen hin und her, zogen in die Halsen mit vollem Speed, glitten sie elegant durch und befanden uns fast ohne Geschwindigkeitsverlust wieder auf dem neuen Kurs, hinaus in den See. Da ich hinter ihm her fuhr, konnte ich einiges von seiner ausgereiften Technik abschauen. Vor allem lernte ich dabei die Speedhalse, bei der man das Segel nach der eingeleiteten Halse noch dicht am Brett und Mann hält, tief geneigt in die Kurve gleitet und sich erst wieder aufrichtet, kurz bevor man das Segel auf den neuen Bug umschlagen lässt. Es war ein tolles Surferlebnis und wir beglückwünschten uns beiderseits, als wir dann endlich bei nachlassendem Wind wieder auf der Hotelterrasse standen, müde und nass, aber glücklich.

Ich hatte damals ein Waveboard aus Polyethylen von der Firma Tiga, das zwar robust und unverwüstlich war, aber nicht so steif, wie das die GFK Bretter waren. Das führte zu dem Nachteil, dass es nicht so schnell ins Gleiten kam, hatte aber andererseits den Vorteil, dass es fantastisch in der Halse zu fahren war.

Ich wurde oft gehänselt, dass ich ein Board fuhr, welches nie ins Gleiten kam, was natürlich nicht stimmte, aber den Vorteil des Boards kannten nur Experten. Durch den Druck, der in der Halse auf dem Heck des Brettes lastete, gab dieses nach und bog sich ein wenig in den Halsenradius. Damit konnten enge und schnelle Halsen gefahren werden.

Als man dies erkannt hatte, konstruierte man Bretter mit einem sogenannten Flextail. Technisch war es recht aufwändig, weil ja alles absolut wasserdicht konstruiert sein musste. Man baute ein Brett mit doppeltem Heck. Unter dem normalen Heck befand sich noch ein parallel verlaufender, in einem Scharnier begrenzt beweglicher Gleitboden, etwa einen halben Meter lang. Er war nach vorne am Brett mit dem Unterwasserschiff übergangslos verbunden, so dass er die Anströmung des Wassers nicht behinderte. Zwischen dem normalen Heck und dem Gleitboden befanden sich zwei starke Schraubenfedern, welche die Beweglichkeit definiert beschränkten. Somit war der gleiche Effekt erreicht, wie sie bei Boards aus Polyethylen durch das verwendete Material schon vorgegeben waren, nur eben extremer.

Zu dieser Zeit hatte ich bei Karl, einem professionellen Boardshaper in Arco, einer kleinen Stadt fünf Kilometer nördlich des Gardasees, ein neues Brett in Auftrag gegeben. Karl hatte so ein Board mit Flextail vorrätig und bot mir an, es für einen Tag zu testen. Natürlich sagte ich sofort dankbar zu, war es doch das Neueste in der Entwicklung. Die Vorteile dieses neuesten Shaps sollten neben den tollen Halseneigenschaften auch noch darin liegen, dass das Board sehr ruhig über die kabbeligen Wellen das Gardasees gleiten und dadurch eine ungeahnte Geschwindigkeit erreichen würde.

Also auf zum Test. Die Halseneigenschaften waren noch extremer ausgeprägt als ich das von meinem Tiga Waveboard kannte. Das ruhige Gleiten entsprach der Voraussage, die Geschwindigkeit ebenso, aber das ließ sich nicht so gut beurteilen, denn das empfindet man auf dem Wasser subjektiv. Es fehlte das aggressiv laute Klatschen des Bugs in die Wellen und damit der Gradmesser für den gefühlten Speed. Ich fuhr einige Runden und versuchte mich mit anderen Surfern zu messen, aber die wollten nicht so, oder sie waren von dem seltsam ruhigen Board so abgelenkt, dass sie sich nicht auf einen Vergleich einließen.

Dass ich dann doch Abstand von einem solchen Board nahm, war einem Erlebnis zu verdanken, welches ich an diesem Nachmittag noch hatte. Zur damaligen Zeit bestand noch kein Verbot für Tragflächenboote im Norden des Gardasees. Später dann, nachdem einige tödliche Unfälle mit Surfern und den schnellen und relativ leisen Booten vorgefallen waren, wurden im Norden die Fahrten der Tragflächen- und der Motorboote eingestellt und gleichzeitig den Surfern Schwimmwesten verordnet, gegen hohe Strafen bei Nichtbeachtung. Das ging so weit, dass die Carabinieri Surfer ohne Schwimmweste aufgriffen, ins Boot nahmen, den Surfer ans Ufer fuhren, um ihn dort aussteigen zu lassen, das Board aber konfiszierten. Es konnte dann gegen die Zahlung der Strafe in Riva auf dem Revier ausgelöst werden.

Da die Schwimmwesten aus verschiedenen Gründen nicht sehr praktikabel beim Surfen waren, zogen wir sie nur an, wenn wenig Wind war. Bei viel Wind und großer Achtsamkeit darauf, ob sich das Boot der Carabinieri näherte, konnten wir uns das erlauben, da wir dann schneller waren und schon am Ufer ankamen, bevor sie uns eingeholt hatten. Es ging das böse Gerücht um, dass diese Verordnung über die Schwimmwesten zum einen nur deshalb erlassen wurde, um die Surftouristen abkassieren zu können. Zum anderen aber auch, um die ertrunkenen Surfer unverzüglich finden zu können, weil die ja auf dem Wasser schwammen, im Gegensatz zu den Ertrunkenen ohne Weste, die erst mal für einige Tage abtauchten und erst später, wenn überhaupt, wieder hoch kamen.

Aber nach wie vor waren die Touristenboote am See unterwegs, die mit lautem, über den ganzen See hörbarem Motorgeräusch langsam ihre Bahnen zogen, um den Touristen Gelegenheit zu geben, sich an den Reizen des Gardasees zu erfreuen, aber auch, um die Manöver der pfeilschnellen Surfer verfolgen zu können. Am bekanntesten war der "Schnelle Gonzales", der laut röhrend seine Bahnen zog. Diese Boote hatten eine enorme Verdrängung und erzeugten wunderbar hohe Wellen. Da war es dann besonders eindrucksvoll, wenn die Surfer diese Wellen hinter den Booten als Absprungrampe nutzten und somit spektakuläre Sprünge von einigen Metern Höhe in die Luft zaubern konnten. Natürlich nutzte ich im Normalfall diese Wellen ebenfalls, das wollte ich auch mit dem Flextailboard. Ich fuhr also mit viel Speed in die Welle und wollte abheben. Ich blieb am Boden mit meiner Absicht und dem Brett, das Flextail nahm den Sprung nicht an. Dafür schwebte plötzlich keine drei Meter rechts von mir ein Surfer fast in Masthöhe über mir und schrie mir zu: "Ladehemmung, was?". Damit war das Flextail für mich gestorben.

Karl baute mir dann ein Board, von dem ich wollte, dass es kurz war, gute Eigenschaften in der Welle hatte, schnell war, gut angleiten würde und genügend Volumen hatte, dass ich im Falle von zu wenig Wind auch noch das Segel aufziehen konnte. Er stöhnte und befand, dass er all diese Eigenschaften in einem Board nicht unterbringen könne, vor allem kurz und Volumen, das ginge ja gar nicht. Also versuchte er, wie er sich ausdrückte, eine eierlegende Wollmilchsau zu kreieren. Es wurde ein Pummelchen daraus, kurz und ein wenig dick, aber eigentlich hab ich damit nur einen Trend vorweg genommen. Ich hatte dieses Board einige Jahre und war sehr zufrieden. Als es ausgedient hatte, hing es in Andis Surfladen als Dekorationsstück, weil das Design einmalig fetzig war.

**Heimische Reviere,
Feringasee**

Meine Tochter war nach Aschheim im Osten von München gezogen. Sie hatte einen Australier geheiratet, ich werde später noch mal darauf zurückkommen, wenn ich von den Surfspots in Australien berichte. Anfangs ließ sie uns wissen, sie würden bald nach Australien auswandern, sie wohnte da noch zusammen mit ihrem Mann in der Ingolstädter Straße in München, denn da war ihr Ehemann den australischen Kneipen, die es in München gibt, näher. Nicht dass er unbedingt den Alkohol gebraucht hätte, aber ein paar heimische Töne ab und an waren schon eine Erleichterung, um sich in Deutschland einzugewöhnen.

Wir waren in dieser Zeit so oft am Gardasee, dass wir uns überlegt hatten, dort eine Eigentumswohnung oder ein Wochenendhäuschen zu erwerben. Also suchten wir fleißig nach einem adäquaten Anwesen. Wir fanden viele schöne Rusticos, traumhaft gelegen in der Gemeinde Tremosine, einer Hochebene, die südlich von Limone über dem Gardasee liegt, touristisch beworben mit "schöner Zitronenriviera". Aber die erschwinglichen Objekte waren alle in einem Zustand, der viel Eigenleistung erfordert hätte, um sie in den von uns gewünschten Zustand zu versetzten. Also suchten wir weiter und wurden fündig in Vesio, einer kleinen Ortschaft. Die Eigentumswohnung war eingelagert in eine Wohnanlage, die abgeschlossen und bewacht war. Sie war keine fünfzehn Minuten vom See entfernt. Der Esstisch im Wohnzimmer stand gegenüber einem Panoramafenster, dass den Blick auf einen Teil des darunter liegenden Sees und den gegenüberliegenden Monte Baldo frei gab. Wir träumten schon davon, wie wir am Morgen dort sitzen würden, den herrlichen Ausblick vor uns. Wir machten mit dem Makler alles soweit klar, sagten zu, dass wir in zwei Wochen unterschreiben würden, wollten nur noch die Finanzierung klären und unsere Tochter von unserem Vorhaben unterrichten.

Als wir ihr freudestrahlend von unserem Glück berichteten, fragte sie kleinlaut, warum wir denn nicht hier in der Nähe ein Haus oder eine Wohnung kaufen würden. Zusammen mit ihrem Mann und dem zu erwartenden Baby würde sie da gerne einziehen. Natürlich war unsere Freunde groß und der Plan stand auch sofort fest, wir würden in der Nähe von München ein Haus erwerben, das wäre steuerlich günstiger für uns und wir könnten somit einen größeren Betrag finanzieren. In Aschheim fanden wir nach einigem Suchen ein im Bau befindliches Reihenhaus, das uns, ihr und ihrem Mann zusagte.

Da ich öfters während der Bauphase in Aschheim war, fuhr ich auch mal mit dem Surfmaterial auf dem Dach an den Feringasee, der in der Nähe liegt. Ich hatte gehört, dass sich dort eine Surfszene gebildet hatte. Der See lag auf dem flachen Land und der Wind konnte so ungehindert und ohne Verwirbelungen über den See streichen. Als ich dort ankam, lagen wirklich einige Surfer untätig auf der extra für unseren Sport ausgewiesenen Liegewiese, das Material lag aufgeriggt und surfbereit in Ufernähe. Ich riggte auch auf, trug mein Brett zu den andern Brettern und legte mich ebenfalls auf die Wiese und tat, was die so taten: Warten auf den Wind. Dabei blieb es. Schade, ich hätte das Revier gerne mal ausgiebig getestet.

Heimische Reviere,
Walchensee

Einer unserer Stammtischfreunde ist ein ganz eifriger Surfer, ich war schon einige Male mit ihm beim Surfen in Ägypten und auf Pelejac, einer Halbinsel in der Nähe von Dubrovnik, Kroatien, davon aber später. Was unseren Stammtisch anbetrifft, so besteht er schon seit langem, ich habe darüber ja bereits ausführlich berichtet, auch davon, dass Herbi von unserem Hund Quasi nicht mehr zur Gruppe gehörig akzeptiert wurde, weil er am Bolsenasee erst später dazu gestoßen war.

Also "Herbie" wohnt zusammen mit seiner Frau Monika in Gauting, am Starnberger See. Noble Gegend. Da aber am Starnberger See ähnlich wie am Chiemsee kaum starker Surfwind herrscht, außer es ist Sturm, der meist mit schlechtem Wetter einhergeht, weicht er hie und da an den Walchensee aus, der ja nicht allzu weit von Gauting entfernt ist.

Am Walchensee kann sich, bei einer speziellen Wetterlage, ein thermischer Wind bis etwa vier Beaufort entwickeln. Der Wind tritt nur auf, wenn es nachts relativ kalt war, vom frühen Morgen an die Sonne scheint und das tagsüber anhält. Dann heizen sich die Felswände des südlich gelegenen Karwendelgebirges auf, damit auch die Luft, sie steigt auf und saugt die kalte Luft aus der Umgebung an. Da der See im Einzugsbereich des Karwendelgebirges liegt, streicht über den See nach Süden hin der Surfwind. Er ist im Südosten des Sees meist stärker, trotzdem sind große Segel angesagt, da ansonsten keine Gleitfahrt möglich ist. Selten nur ist der Wind so stark, dass man auch mit kleineren Brettern surfen kann, ausgenommen natürlich, man ist ein Leichtgewicht wie Freund Herbie.

Wenn wir uns dort zum Surfen trafen, tauschten wir meistens die Boards aus, er fuhr mein 13o Liter Board, ich sein 150 Liter Board, so war uns beiden geholfen und wir waren für Vergleichsrennen gut ausgestattet.

Was mir besonders gut gefallen hat am Walchensee, war zum einen die Bergkulisse, die den See umgibt und die bei den ruhigen Schlägen über den See beeindruckend nahe steht, zum anderen aber auch das Nachher. Da saßen wir anschließen in einem Café ganz nahe am Seeufer und ließen uns entweder einen Kaffee mit Kuchen, wenn der Wind früh am Nachmittag einschlief, oder eine Brotzeit mit Weißbier schmecken, wenn er sich erst gegen Spätnachmittag verabschiedete. Das Bergpanorama, das man von dieser Caféterrasse ausgiebig betrachten kann, ist majestätisch schön.

Warum ich nicht sehr oft am Walchensee surfen war, wird verständlich, wenn man sich die Entfernungen vor Augen führt. Einfach waren 110 km zu fahren, über Gauting, wenn ich Herbie mit Material mitnahm, waren es schon 150 km. Dazu kam das Risiko, dass man den halben Tag im Café saß, weil der Wind wieder einmal nicht kommen wollte.

**Wieder am Gardasee,
Hotel Capo Reamol**

Eine kuriose Geschichte kann ich noch vom Hotel Capo Reamol erzählen. Wenn uns zwischendurch vom vielen Surfen das Kreuz oder der Schultergürtel plagte, gingen wir zu dem im Hotel tätigen Masseur und ließen uns behandeln. Bei mir war es wieder einmal so weit, ich hatte mir deshalb einen Termin bei ihm geben lassen. Bevor ich aber in seine Praxisräume ging, musste ich noch schnell zu meinem Auto auf dem Parkplatz. Und da stand ein Ungetüm von einem Auto im Stil der 30-ger

Jahre. Ausladend, chromblitzend, lasziv, dekadent lang und ungehörig schön in seinem nostalgischen Retrolook. Ich hatte nicht so viel Zeit, um es genauer zu betrachten, aber ich konnte zumindest noch lesen, dass es Excalibur hieß und dass da noch eine Bezeichnung stand, die ich als "Panther" entzifferte.

Also schnell runter zum Massieren; und da Masseure ja viel rum hören und noch mehr erzählt bekommen, fragte ich ihn, ob er wisse, wem denn der Panther auf dem Parkplatz gehören würde. Der stramm und schmerzhaft mein lädiertes Kreuz massierende Knochenbrecher war gebürtiger Wiener und antwortete stolz: "No, dea Panta g'hert mia." Da war ich dann doch erstaunt und fragte neugierig weiter, was so ein schöner Wagen denn so koste. Der redselige Wiener: "No, dea woa net so deia, den hoab ich günstig kriagt, sogor mit ana Austauschmaschin". Jetzt wollte ich noch wissen, wie viel Pferdestärken dieses Auto so hätte. Das wisse er nicht so genau, aber so um die dreißig PS würden schon unter der Haube stecken. Jetzt wurde mir das Ganze vollends rätselhaft und ich fragte noch mal nach, ob er auch den Panther meine. Er bestätigte: „Jo kloar, den Panta". Ich darauf: "Den Excalibur Panther?" Er wieder: "Was hoast Excalibur? Es is a Fiat Panta". Ich war fast erleichtert, dass ein so schöner Roadster nicht von einem Normalverdiener gefahren wurde, da ich ja dann womöglich auch entsprechende Begehrlichkeiten entwickelt hätte.

Natürlich sind wir am Gardasee auch hie und da in die Städte Limone oder Riva gefahren; wer sie kennt, bewundert ihre mediterrane Schönheit! War mal ein windloser Tag, fuhren wir auch nach Torbole oder gar nach Malcesine, das war für uns aber schon gewagt, denn es hätte ja sein können, dass jederzeit Wind aufkommt und wir dann am anderen Ufer, weit entfernt von unseren Brettern wären. Und schnell am Gardasee entlang zu fahren ist nun mal des vielen Verkehrs wegen nicht möglich. Neben der einmaligen Lage und Schönheit der Städte blieben mir auch zwei kulinarische Spezialitäten in bester Erinnerung. Das eine waren Spagetti, die heiß in einem großen, wie eine Schüssel ausgehöhlten Emmentaler Käselaib geschwenkt wurden, bis sie mit Käse überzogen waren. Sehr würzig, diese Pasta! Die andere Spezialität war ein eingelegtes saures Rindfleisch nach Trentiner Art, dazu ein herber, trockener Weißwein. Köstlich! Vor allem für den, der auch mal deftige Speisen genießen kann.

Weitere Sehenswürdigkeiten rund um den Gardasee anzusehen, gelang mir nur immer zusammen mit meiner Frau. Da machte ich auch gerne mal Abstriche bei der Surferei, vor allem dann, wenn ich mich schon einige Tage bei bestem Wind hatte austoben können und froh war um einen Tag Erholung. Da fuhren wir dann um den See und sahen uns den skurrilen Schiffsrumpf des italienischen Nationalhelden Gabriele D`Annunzio an, den er im Garten seiner Villa *Vittoriale* in *Gardone* am Westufer des Gardasees hatte errichten lassen, dazu sein Museum in der Villa selbst. Oder wir fuhren in den Süden des Sees, besuchten die Stadt *Sirmione* auf der Halbinsel und gingen im weitläufigen *Parco di Sigurta* spazieren, um uns die Zeit genüsslich zu vertreiben in den einzigartigen Gartenanlagen. Den Besuch dieses wunderschönen Parks kann ich nur empfehlen. Natürlich fuhren wir auch auf den Monte Baldo, sowohl mit der Seilbahn als auch von Osten her mit dem Auto. Das ist im Frühjahr zur Blütezeit besonders reizvoll.

Da wir manchmal auch im Spätherbst am Gardasee waren, Surfen der Kälte des Sees wegen nicht angebracht war, genossen wir die Bergwanderungen von Riva aus auf den Monte *Rocchetta*, von dem man immer wieder wunderschöne Ausblicke auf den darunterliegenden Gardasee genießen kann.

**Italien, Belluno,
Lago di Santa Croce**

Wieder war es die allwissende Surfzeitschrift, aus der wir erfuhren, dass neben dem touristisch überlaufenen Gardasee noch ein kleiner See in Venetien, der *Lago di Santa Croce*, zum Surfen geeignet sei, da er ähnliche thermische Winde aufweisen würde wie der Lago di Garda. Der wesentlich kleinere See liegt inmitten der Dolomiten nahe Belluno. Die Anfahrt durch die Alpen ist grandios. Leider hatten wir wieder einmal zu wenig Zeit, um uns auch die Umgebung ansehen zu können. Ich war auf Surfen fixiert. Und das konnte ich beim ersten Besuch am Lago di St. Croce ausgiebig, auch wenn einige Einschränkungen gegenüber dem Gardasee zu verzeichnen waren, andererseits aber auch Vorteile. Beginnen wir bei den Vorteilen. Rund um den Lago di St. Croce herrschte sanfter Tourismus vor, keine Hektik am Strand oder auf dem Wasser. Am Abend, wenn der Wind einschlief, kehrte ringsum Ruhe ein.

Im Gegensatz zum Gardasee war der Nordwind am Vormittag meist zu schwach zum Surfen. Ab Mittag aber setzte der Südwind ein und der reichte meist für größere Segel aus. Er konnte aber auch auffrischen, dann war auch mal ein 5,5 qm Segel angebracht. Ich war nur zweimal am Lago di St. Croce, das eine mal war genügend Wasser in dem Stausee, wir konnten ungehindert surfen. Beim zweiten Mal hatten die umliegenden Landwirtschaften offensichtlich zu wenig Regen abbekommen, der Stausee lag mit wenig Wasser vor uns, der Strand war weit geworden. Ich ließ mich aber nicht davon abschrecken und ging dennoch aufs Wasser. Das war so einfach nicht, denn der freiliegende Schlamm war zäh und klebrig. Es dauerte einige Zeit, bis ich ihn, auf dem Brett schon surfend, von meinen Füssen abstreifen konnte. Das wesentlich gefährlichere Handicap des Niedrigwassers stellte ich bald darauf fest, als ich weiter in den See hinaus kam. Ich sah unter Wasser angeschwemmte Baumstämme liegen, deren spitze Äste aus dem Wasser ragten, teils aber auch erst sichtbar wurden, wenn man über sie hinweg surfte. Ich hatte die schreckliche Vision, ins Wasser zu fallen und von so einem Ast aufgespießt zu werden. Sehr vorsichtig und darauf bedacht, ja nicht ins Wasser zu fallen, surfte ich wieder zurück ans Ufer, kämpfte mich wieder durch den klebrigen Schlamm und beendete den Surftag, aber auch weitere Ausflüge an den Lago di Santa Croce.

Tunesien, Djerba

Ein Freund vom Chiemsee Strand hatte uns in den blumigsten Worten Djerba in Tunesien zum Surfen empfohlen. Er selbst war ohne Surfmaterial auf der Insel gewesen, aber er versicherte mir glaubhaft, dass er das den ganzen Urlaub bereut hatte, da dort wirklich guter Wind zum Surfen gewesen sei. Da wir früher schon einmal in Tunesien waren und diese Reise in bester Erinnerung hatten, buchten wir bald unseren Urlaub in dem empfohlenen Palm Beach Hotel, das nahe dem Strand gelegenen war. Da auf Djerba kein Surfhotel mit vorgehaltenem Material angeboten wurde, nahm ich mein Surfmaterial im Flugzeug mit. Aufgegeben beim Abflug als Sperrgepäck, damals noch kostenlos, kam es mit uns auf dem Flughafen in Djerba an. Nur mit dem Transport im Bus zum Hotel hatten wir Probleme. Der Busfahrer wollte unser Surfbrett einschließlich Segel, Mast und Gabelbaum partout nicht transportieren. Das widerspreche den Vorschriften, wir müssten ein Taxi mit Dachträger nehmen. Bei unserer Ankunft auf dem Flughafen war es schon spät am Abend, Taxis mit Dachgepäckträger waren weit und breit nicht zu sehen. Wieder war es meine Frau, die den Fahrer bezirzte, sodass wir dann doch das Material in den Gang zwischen die Sitze legen durften. Bei der Rückfahrt waren wir schlauer geworden, wir ließen uns ein Taxi vom Hotel ordern.

Dass ich jetzt bereits von der Rückfahrt spreche, hat seinen Grund. Wir warteten und warteten auf Wind, das Surfzeug lag ungenutzt unter unserer Terrasse in dem kleinen Garten unseres Bungalows. Außer der See Brise von knapp drei Beaufort war nichts, bis auf eine Ausnahme kurz vor unserer Abreise. Da fing es eines Tages zu wehen an, ich trug mein Material eilig an den Strand, baute das Segel auf und erwartete, dass der Wind an Stärke zunahm. Das tat er auch. Aber mit dem Wind kam eine Art Nebel auf uns zu, den ich anfangs nicht einordnen konnte. Bis ich auf Sand biss. Jetzt wurde mir klar, dass ein Sandsturm aufzog. Das allein hätte mich noch nicht abgehalten, aber die Sicht wurde so schlecht, dass ich, einmal im Wasser und keine fünfzig Meter vom Strand entfernt, diesen nicht mehr ausmachen konnte. Es war wie bei uns im Herbst, wenn Nebel herrscht und man sich auf der Straße fahrend nur noch von einem Begrenzungspfahl zum nächsten vortasten kann. Das war's mit Surfen auf Djerba. Dafür genossen wir die warmen Quellen und das exotische Essen sowie den heimischen Weißwein.

Griechenland, Levkada

Da Windsurfen zum Trendsport geworden war, hatten sich die Reiseveranstalter entsprechend aufgestellt und boten eigens für Surfer konzipierte Hotels mit angeschlossenen Surfstationen an. Wir mussten unser Material nicht mehr im Flieger mitnehmen, es wurde dort in den verschiedensten Formen angeboten. Am beliebtesten war der "Surfpool", da konnte man aus den vorgehaltenen Boards und Segeln das jeweils passende Material auswählen. Ich hatte das erstmals am Surfspot *Cesme* in der Türkei getestet und war zufrieden damit gewesen. Es bedurfte allerdings immer einiger Tage, bis man sich an das neue Brett gewöhnt hatte, beim Segel war das wesentlich leichter.

In der allwissenden Surfzeitschrift wurde ein Surfspot auf Levkada angeboten, einer griechischen Insel im Ionischen Meer, die über eine Brücke mit dem Festland verbunden ist. Es sollte sich in der Bucht von *Vassiliki* um einen der besten europäischen Surfplätze handeln. Also buchten wir einen Flug dorthin.

Die Insel war bisher vom Massentourismus verschont geblieben, die Dörfer in den Bergen waren in ihrer Ursprünglichkeit weitgehend erhalten. An den Abenden bekamen wir in den Tavernen am Meer immer einen Platz zum Essen und konnten anschließende in Ruhe verweilen bei einem Glas *Retsina*, dem mit Harz versetzten griechischen Weißwein.

Wir waren direkt am Strand in einer kleinen Frühstückspension untergebracht. Das hatte den Nachteil, dass wir jeden Abend zum Essen gehen mussten, aber wir nahmen das locker hin, da es nicht weit in den Ort Vassiliki war und dort genügend Restaurants waren, in denen wir die heimische Küche ausgiebig testen konnten. Bei einem dieser abendlichen Spaziergänge trafen wir im Hafen das legendäre Surfschiff "Itoma". Neben dem wachsenden Angebote an Surfhotels war ein findiger Schiffseigner auf die Idee gekommen, einen Motorkatamaran in eine voll ausgestattete Surfstation umzubauen. Es waren etwa zwanzig Kabinen an Board und genügend Surfmaterial für jeden Passagier. Die Eigner der Itoma warben mit dem Slogan, dass sie dem Wind folgen und zu den besten Surfspots der Welt fahren würden. Meine Frau bezirzte den Koch, der auf dem Kai eine Zigarette rauchte, uns das Schiff und die Küche zu zeigen. Wir waren daraufhin pflichtgemäß beeindruckt, fragten uns aber anschließend, ob wir uns die Enge mit den weiteren Personen auf dem Schiff wirklich antun wollten. Mich erinnerte die enge Plattform am Heck des Schiffes als Einstieg zum Surfen, an die enge Rampe im Hotel Pier am Gardasee und bemerkte deshalb, dass ich diese Hektik nicht noch einmal ein Woche lang auf mich nehmen möchte.

Das Surfen in der Bucht von Vassiliki war entspannend, da der Wind am Vormittag mit sanfter Brise auflandig wehte, ideal für Anfänger. Am Nachmittag strömte er sideshore und legte ordentlich an Stärke zu, da die Bucht auf der rechten Seite von einem hohen Berg begrenzt wurde, von dessen Kamm der Wind über den Hang herunter beschleunigte. Es war ein typischer Fallwind, der die normale See Brise auf über vier

Windstärken beschleunigte. Ein weiterer Vorteil dabei war, dass die Wellen klein blieben, je näher man am Berghang surfte, umso glatter war das Wasser, umso ungehinderter konnte man die Halsen ins Wasser zirkeln. Es machte viel Spaß, in dieser Bucht zu surfen, der Einstieg war allerdings über unangenehm große Steine zu bewältigen, was auch beim Baden störte.

Nicht immer machte uns das Frühstück Spaß. Es war zwar reichhaltig und das obligatorische Müsli mit dem exzellenten griechischen Joghurt konnte mit Obstsalat kulinarisch verbessert werden. An manchen Tagen jedoch war schon vormittags starker Wind und da wir im Freien frühstücken mussten, weil der Frühstücksraum noch nicht fertig gestellt war, hatten wir alle Hände voll zu tun, nicht nur die Servietten sondern auch die leichten Brötchen festzuhalten. Das war sehr zum Ärgernis meiner Frau, da sie so manches Mal ihrem Frühstück hinterher laufen musste.

An einem späten Abend kam ein Gewitter auf, wir zogen uns in unser Zimmer zurück, da wir uns ja sonst nur im Freien hätten aufhalten können. Da das Unwetter andauerte, legten wir uns ins Bett und wollten schlafen, der Regen trommelte jedoch so laut an die Balkontüre, dass wir wieder aufstanden und nachsahen, was sich da tat, vor allem auch, weil sich unsere Nachbarn plötzlich laut und aufgeregt unterhielten. Als ich meine Füße auf den Boden setzte, stand ich einig Zentimeter im Wasser! Die Balkontüre war nicht dicht, das Wasser strömte regelrecht in unser Zimmer. Wir brachten alles, was nicht nass werden sollte, in Sicherheit. Jetzt konnten wir uns auch die lauten nachbarlichen Stimmen erklären, denen ging es ebenso wie uns. Wir legten uns bald wieder ins Bett und versuchten erneut einzuschlafen. Als wir am anderen Morgen allerdings unser Frühstück in Wasserpfützen einnehmen mussten, bemerkte meine Frau, dass dies wohl ein einmaliger Urlaub in Levkada gewesen sei.

Da am anderen Morgen kein Wind zu erwarten war, mieteten wir uns einen Motorroller und fuhren auf Grund einer Empfehlung unserer Hotelwirtin zur Blauen Lagune, offiziell hieß die Bucht *Porto Katziki*. Der Anblick von oben in die Bucht war traumhaft schön, das Licht und die Farben waren einzigartig, das Wasser von einem tiefen Blau. Ein mit Geländer gesicherter steiler Abstieg führte hinunter ans Meer. Natürlich stiegen wir hinunter, packten unsere Badesachen aus und verbrachten einige Stunden am weißen Strand und im warmen Wasser, bevor wir weiter auf Besichtigungstour fuhren.

Sardinien

Einen guten Surfspot haben wir auf der Insel Sardinien gefunden. Wir waren dort mit einigen Freunden vom Stammtisch in Ferienapartments. Ludwig und Eva kennen Sie schon von Hvar, ebenso Hartmut und Ilse. Ebenfalls dabei waren noch Rudi und Brigitte. Ich darf sie kurz vorstellen, da sie später noch mal beim Surfen dabei sein werden. Rudi ist Ingenieur, war lange Jahre in der Medizintechnik beschäftigt und hat dabei nahezu die ganze Welt bereist. In Rio ist er zusammen mit seiner Frau mit vorgehaltener Pistole beraubt worden, dabei ist es seiner besonnenen Art zu verdanken, dass dies ohne körperlichen Schaden ausgegangen ist. Rudi war leidenschaftlicher Biker, sowohl mit dem Rad als auch mit dem Motorrad. Letzteres hat er allerdings vor einiger Zeit aufgegeben, nachdem ein Freund von ihm beim Motorradfahren von einem Auto übersehen wurde und sich bei diesem Unfall schwere Verletzungen zugezogen hatte. Rudi war auch Surfer, ist aber zwischenzeitlich dem Golfsport verfallen und frönt diesem Sport mit ebenso großer Leidenschaft wie Können. Seine Frau Brigitte war Lehrerin aus Berufung und ist eine zähe Radlerin. Ihre Ausdauer hat uns bei unseren jährlichen einwöchigen Radtouren immer wieder erstaunt.

Unsere Surfbucht auf Sardinien war auf der Ostseite durch eine flach abfallende Landzunge begrenzt, über die der Wind ungehindert einfallen konnte. Beim Start vom Strand aus mussten wir uns mit wenig Wind zufrieden geben, dafür war das Wasser aber frei von Wellen, weiter draußen pfiff es ganz ordentlich, auch waren da Wellen in mittlerer Höhe. Da es nahezu täglich Wind hatte, kamen wir auf eine hohe Windausbeute. Zwischendurch, wenn zu wenig Wind war, machten wir Ausflüge auf der Insel, deren Schönheit ich nicht anpreisen muss, sie ist allgemein bekannt. Wir besuchten auch den angesagten Surfspot *Porto Pollo*, an dem es uns aber nicht gefiel, da war uns zu viel los, wir freuten uns wieder auf unsere Bucht, in der höchstens mal zehn Surfer zugange waren.

Griechenland, Rhodos

Nach Rhodos, der griechischen Insel am östlichen Rand der Ägäis, südlich nahe der Türkei gelegen, kamen wir durch Adi und seine Frau Heidi, die Sie schon vom Hotel Capo Reamol am Gardasee kennen. Die Beiden waren vorher mehrmals auf Rhodos und begeistert von der Stetigkeit des dortigen Windes gewesen. Als drittes Paar waren Rolli, der Bekannte vom Chiemseegelände und unserem Treffen in Israel, mit seiner damaligen Freundin und jetzigen Frau Uschi dabei. Dazu kamen noch meine Frau und ich.

Der Wind auf Rhodos nennt sich *Meltemi* und herrscht in den Sommermonaten in der ganzen Ägäis vor. Er bläst mit durchschnittlich mit 4 - 5 Bft, kann aber auch tagelang ohne Unterbrechung mit acht und mehr Windstärken stürmen. Die Windwahrscheinlichkeit liegt bei 70 %! Das ist ein hervorragender Wert, Warten auf Wind ist auf Rhodos höchst selten nötig.

Wir waren im Surfhotel *Blue Horizon* untergebracht, die Apartments lagen im Erdgeschoss und hatten einen kleinen Vorgarten, in den gerade unsere Segel und das Board passten. Unser Surfmaterial hatten wir im Flugzeug mitgenommen, mit Ausnahme meines Bretts, das wurde am Flughafen in München vergessen, ich musste deshalb drei Tage bei bestem Wind warten, bis es nachgeliefert wurde. Aber meine Befürchtungen, der Wind würde nun tagelang eine Pause einlegen, bewahrheiteten sich nicht. Es blies mit Ausnahme zweier Tage den ganzen Urlaub.

Meine Frau hatte mir im Jahr zuvor ein Surfboard zum Geburtstag geschenkt. Sie hatte es heimlich bei Andi im Surfshop bestellt. Andi war wieder mal auf Hawaii zum Surfen gewesen und hatte von dort das Board eingeführt. Es war ein Traumbrett! Ein Sinker mit 89 Litern Volumen, gerade mal 6 kg leicht, ganz in Weiß, die GFK-Matten mit dem durchsichtigen Decklack ließen den blendend weißen Styroporschaum mit plastischer Tiefenwirkung zur Geltung kommen, die Stringer beiderseits der Boardmitte, die zur Stabilität des Brettes unerlässlich sind, verstärkten den Eindruck eines Hightech-Boards nachdrücklich. Am

Bug prangte zu Recht das dezent gehaltene Logo der bekanntesten Herstellerfirma auf Hawaii mit "Hitec". Ein Traumshape, dem der Kenner die Schnelligkeit zweifellos ansah.

Leider war der Sinker auf Welle getrimmt und bei diesem geringen Volumen nicht für heimische Gewässer geeignet. Es bedurfte mindestens fünf Windstärken, um mich zu tragen und damit ins Gleiten zu kommen. Es war also auf Rhodos die Feuertaufe für mich und das Board.

Als ich es endlich nach drei Tagen Verspätung vormittags am Flughafen abholen konnte, war es unversehrt, da ich es auch bestens geschützt verpackt hatte. Noch am gleichen Tag haben wir es getestet. Wir waren alle begeistert, denn es war schnell, quirlig in der Welle, hing leicht am Fuß und reagierte sofort auf jeden kleinsten Steuerimpuls; es war das beste Board, das ich je hatte. Das bewies sich vor allem an zwei Tagen in diesem Urlaub, als wir wirklich starken Wind hatten. Ich musste mein kleinstes Segel mit 3.8 qm aufziehen, da es bis zu acht Windstärken stürmte. Bei so viel Wind haben diese kleinen, leichten und schmalen Boards einen großen Vorteil: sie bleiben beherrschbar. Wenn ich dieses Brett mit den heute vorwiegend gefahrenen breiten Brettern vergleiche, so scheint es mir unmöglich, diese bei hoher Welle und acht Windstärken zu kontrollieren.

Ich habe diese modernen Bretter auch schon gefahren. Ab vier Beaufort kommen sie schnell ins Gleiten, man kann jede Menge Spaß mit ihnen haben, da sie auch stabil in der Halse sind und man fühlt sich sicher, denn sie haben meist so an die 150 Liter Volumen. Also einfach Wohlfühl-Bords. Aber bei Wind über sechs Bft und dazu Welle, so vermute ich, surft man mit diesen Boards nur noch auf der Finne, springt von Welle zu Welle, kurz, sie sind dann schwer zu kontrollieren.

Die Tage mit diesem starken Wind gingen auch vorüber, doch sie hinterließen Blessuren. Rolli war mit Abstand unser bester Surfer und er nutzte die gute Gelegenheit ausgiebig, neue Manöver zu trainieren. Da er die Duck Jibe (Tauchhalse) schon perfekt beherrschte, wollte er einen Schritt weiter kommen und übte den sogenannten " 360-iger".

Die Duck Jibe ist eine Halse, bei der man unter Unterliek des Segels durchtaucht. Der Bewegungsablauf ist dabei sehr komplex. Man leitet mit vollem Speed die Halse ein, fällt mit Fußsteuerung vom Wind ab, hält aber das Segel dicht, dann greift man mit einer Hand an das Ende des Gabelbaums, neigt das Segel Richtung Bug und zieht es im Zusammenspiel mit der zweiten Hand über den Kopf wieder zurück. Man taucht sozusagen unter dem Gabelbaumende und dem Unterliek des Segel durch, deshalb Tauchwende, oder in des Surfers Fachsprache: "Duck Jibe". Gleichzeitig muss der Surfer mit dem Brett den Richtungswechsel bereits soweit durchgeführt haben, dass er auf dem neuen Bug ohne viel Geschwindigkeitsverlust weitersurfen kann.

Beim 360-iger fährt man ebenfalls mit vollem Speed in die Kurve, tritt mit einem Bein vor den Mastfuß, neigt sich zusammen mit dem Segel so tief in die Innenseite der Kurve, dass das Segel knapp über das Wasser streicht und richtet sich am Ende des so gefahrenen 360-Grad Kreises wieder auf, um auf dem gleichen Bug weiter zu surfen. Zugegeben, das ist ein sinnloses Manöver, da es ja zu keiner Richtungsänderung führt, das ist auch nicht die Absicht. Es war der Spaß am Spielen mit Wind und Wellen und der Ehrgeiz, etwas sehr Komplexes zu beherrschen. Rolli bezahlte seinen Ehrgeiz mit zwei offenen Händen, Tage danach surfte er noch mit bandagierten Händen, bemerkte dazu nur, dass sie nach dem Urlaub genügend Zeit hätten, wieder abzuheilen. Auch wir hatten Probleme mit unseren Händen, sie waren rot entzündet, offen waren sie nicht. Sie taten immer dann weh, wenn wir wieder aufs Wasser gingen und den Gabelbaum fest greifen mussten; das gab sich nach kurzer Zeit, wenn die Faszination des Gleitens und das Abreiten der Wellen den Schmerz verblassen ließen.

Wenn ich mich nach all den Jahren wieder zurück erinnere an diese Tage, dann fällt mir spontan ein Erlebnis ein, das sich neben dem alles dominierenden Surfen in mein Gedächtnis drängt. Das waren die Fahrten in die Stadt Rhodos. Adi war ja schon öfter auf dieser Insel und kannte sich zumindest in der nächsten Umgebung ein wenig aus. Für größere Erkundungsfahrten blieb ihm nie Zeit, der Wind setzte zu wenig oft aus. Eine Erkundungsfahrt rund um die Insel Rhodos führten dann meine Frau und ich auf einer Vespa durch. Das dabei gedrehte Video, natürlich mit hauptsächlich Surfaktivitäten, aber eben auch mit den Sehenswürdigkeiten der Rundfahrt, habe ich anschließend vertont, vervielfältigt und meinen Freunden geschenkt. Die Reaktion von Adis Frau Heidi war, neben dem Dank an mich, der Vorwurf an Adi: "Da siehst du, was wir bisher versäumt haben". Meine beiden Surffreunde haben mir später verraten, dass sie das Video des Öfteren angesehen und als Einstimmung für den kommenden Surfurlaub genutzt haben.

Aber noch mal zurück nach Rhodos Stadt. Wir fuhren eines Abends in die Stadt und suchten ein von Adi empfohlenes Restaurant im Zentrum auf, um dort zu essen. Adi ging zielsicher durch das Lokal im Erdgeschoss und lotste uns über eine schmale Treppe in den ersten Stock und auf einen kleinen Balkon, der zur Straße hin angebaut war. Wir saßen dort entspannt und hatten einen herrlichen Blick auf den belebten Platz und das emsige Treiben unter uns. Das Essen empfanden wir angenehm exotisch, der *Retsina* schmeckte nicht allzu harzig und so blieben wir noch lange an diesem warmen Abend auf unserer Aussichtsplattform, ließen uns vom Anblick unter uns zu launigen Erzählungen und lustigen Gesprächen animieren. Es war ein unvergesslicher Abend.

Aber das Leben und damit die Surferei gingen anderntags weiter. Ich übte verbissen an der Duke Jibe, die ich noch nicht konnte und erzielte, so dachte ich, erste Erfolge. Aber Adi bremste meine Euphorie gnadenlos ein, indem er behauptete, dass wir in unserem Alter die Koordinationsfähigkeit für so ein schwieriges Manöver schon verloren hätten, das würden nur solche Jungspunde wie Rolli einer sei, beherrschen können. Rolli war etwa zehn Jahre jünger, er war auch der bessere Sportler von uns drei Männern. Ich hörte diese Einschätzung von Adi nicht gerne, aber irgendwie musste ich ihm auch wieder zustimmen, das Manöver erforderte wirklich viele gleichzeitige Bewegungsabläufe, die perfekt aufeinander abgestimmt sein mussten, sollte die Duck Jibe gelingen.

Adis Urlaub ging zu Ende, er musste früher zurück ins Arbeitsleben und verließ uns einige Tage bevor auch wir zurück mussten. Diese Tage nutzte ich trotz der deprimierenden Einschätzung von Adi dafür, dennoch die Duck Jibe zu üben. Der Wind dafür war ideal, die Wellen in Ufernähe nicht zu hoch und Rolli unterstützte mich mit Rat und Tat. Und siehe da, ich stand einige Male diese Halse durch und konnte den Bewegungsablauf nach und nach verinnerlichen. Natürlich bat ich meine Frau, mich während meiner Duck Jibe zu filmen, was sie gerne tat. Dabei nahm sie auch einige Stürze von den missglückten Versuchen auf. Als ich schließlich einige Halsen durchstand und sie nachträglich ansah, musste ich mir eingestehen, dass sie ein wenig wacklig ausgefallen waren. Als ich Adi nach dem Urlaub erzählte, ich hätte die Duck Jibe gelernt, wollte er es erst nicht glauben, bis ihn mein Video überzeugte.

Eine weitere, für uns ungewöhnliche Erfahrung machten wir auf Rhodos, die uns beeindruckt hat. Nahe zur Mittagszeit frischte der Wind meist schon auf, wir konnten mit größeren Brettern lossurfen. Dabei nahmen wir immer wieder schmutzig-braune Flecken im Wasser wahr, die wir als Plastiktüten ansahen. Nachdem diese Flecken beim Näherkommen aber plötzlich abtauchten, gingen wir der Sache auf den Grund. Wir kreisten eine dieser vermeintlichen Plastiktüten, die nahe dem flachen Strand trieb, ein und siehe da, sie bewegte sich! Mit unseren Brettern trieben wir den braunen Fleck in noch seichteres Wasser und konnten da endlich identifizieren, um was es sich dabei handelte: es war eine riesige Meeresschildkröte, geschätzte Länge gut einen Meter. Nachdem auch andere Gäste des Hotels auf unser Tun aufmerksam geworden waren und ins Wasser wateten, um sich die Schildkröte näher anzusehen, entließen wir das Tier bald darauf wieder ins tiefere Wasser.

Auf Rhodos waren wir noch einige Male, dann suchten und fanden wir neue Surfreviere.

Venezuela, Inseln unter dem Wind, Isla Margarita, El Jaque

Wieder war es die allwissende Surfzeitschrift, die ein weit entferntes Ziel so interessant schilderte, dass wir uns ernsthaft überlegten, ob wir nicht einmal einen Abstecher in die neue Welt zum Surfen machen sollten. Es bot sich die Insel Margarita an, in deren Süden eines der führenden Windsurfreviere der Welt liegt. Die *Isla de Margarita* ist eine karibische Insel innerhalb der Gruppe der "Inseln unter dem Wind" - was für uns sehr verheißungsvoll klang - und gehört zu Venezuela.

Ich suchte Gleichgesinnte und fand Adi und seinen Freund, einen netten und bescheidenen Berliner (hört, hört!) namens Karl. Wir wurden uns bald über den Termin und das zu buchende Hotel einig und flogen zur gegebenen Zeit von München aus los.

Am Tag nach unserer Ankunft liefen wir vor Neugier mehr als wir gingen vom Hotel zur Surfstation. Uns dauerten Einweisung und Infos zum Revier viel zu lange, wir wollten aufs Wasser. Als die Formalitäten überstanden und die Versicherung abgeschlossen war, konnten wir starten. Sie werden sich fragen, für was eine Versicherung? Nicht für uns, für das von uns ausgeliehene Material! Ich war bei anderer Gelegenheit schlau geworden. Bei meinen Versuchen, den 360-iger zu erlernen, fiel ich mit dem Trapezhaken in ein geliehenes Segel und zahlte für die Reparatur dann das Mehrfache, was eine Versicherung gekostet hätte.

Mit uns waren noch drei weitere deutsche Surfer angekommen, junge Burschen aus Oberbayern, die ebenfalls die Einweisung über sich ergehen lassen mussten. Als man uns frei gab, stürmten wir zum Materialdepot und suchten erst das passende Board, anschließend das Segel aus. Von der Surfstation aus hatten wir gesehen, dass schon viele Surfer auf dem Wasser unterwegs waren. Als wir das Material ans Wasser getragen hatten, realisierten wir erst, dass da eine hohe Dünung herrschte. Die Windwellen dagegen waren relativ niedrig. Die Dünung, seemännisch "Swell" genannt, sind Wellen, die oft aus anderen, zum Teil weit entfernten Meeresregionen kommen. Der Swell konnte manchmal zu Problemen beim Surfen werden, vor allem dann, wenn Dünung und Windwellen nicht gleich laufen, es entsteht eine "Kreuzsee"; sehr unangenehm zu surfen. Aber wir hatten Glück, Swell und Windwellen liefen in gleicher Richtung. Wir konnten also auf den Wellenkämmen surfen, die Wellentäler hinunter Geschwindigkeit aufbauen und wieder die Wellen hinauf surfen, der Wind dazu stand ideal.

Wir nutzten diese Bedingungen so lange wir das konnten. Es war fantastisch, sich mit den Dünungswellen, die sich nur in der Nähe des Ufers überschlugen, zu spielen. Mit Knieschub das leichte Board zu steuern, Wellen rauf, Wellen runter, Halse eingeleitet und das Ganze in die andere Richtung. Wir vergaßen die Zeit, aber auch die Entfernung zum Ufer, denn je weiter wir aufs offene Meer hinaus surften, umso länger und höher wurde der Swell und die Wellen überschlugen sich kaum mehr, und wenn, konnte man frühzeitig dem ungeliebten Weißwasser ausweichen. Stürzte ich bei einer Halse, war es einfach, wieder aufs Brett zu kommen. Ich musste nur mit hochgehaltenem Segel schwimmend abwarten, bis die Welle unter mir durch lief, ich auf dem Wellenkamm schwamm, worauf mich das Segel leicht aus dem Wasser hob, da es ungehindert vom Wind angeströmt wurde. Erst als Adi an mir vorbeisurfte und etwas schrie und in Richtung Land zeigte, wurde mir bewusst, wie weit vom Ufer entfernt wir uns austobten. Wir fuhren einen längeren Schlag Richtung Ufer und setzten dort unseren Spaß fort, allerdings bei weniger langen Dünungswellen.

Ich weiß nicht mehr, wie viele Stunden wir uns in einem Zustand der Zeit- und Selbstvergessenheit befanden. Die Anforderungen des Surfens in diesen Wellen waren sehr hoch und erforderten unsere volle Konzentration, aber diese Aufgaben wurden von uns in harmonischer Einheit von Körper und Geist scheinbar mühelos erbracht. Wir schwebten auf Wolke sieben, losgelöst von Angst um uns selbst, losgelöst auch von den Alltagssorgen, die waren weit, ganz weit entfernt.

Als wir wieder zu uns kamen, die Kräfte und die Konzentration ließen allmählich nach, was wir an den häufigeren Stürzen und dem beschwerlicher werdendem Wiederaufstieg auf Board bemerkten, surften wir zurück ans Ufer. Als ich mein Brett mit Segel auf das Ufer tragen wollte, empfand ich eine ungewohnte Müdigkeit. Ich schaffte es noch, Board und Segel abzulegen, dann musste ich mich setzen, da mich meine Füße nicht mehr tragen wollten, die Knie schmerzten, der Schultergürtel war steif und verkrampft. Auch Adi, der sich neben mich gesetzt hatte, klagte über ähnliche Schmerzen. Karl, der ein nicht so guter Surfer war und lange vorher an Land gegangen war, hatte uns beobachtet und kam auf uns zu, sprach sich lobend über unser Können aus, nicht ohne seine Achtung über unsere Ausdauer explizit zu erwähnen. Wie schon bemerkt, ein netter und bescheidener Berliner.

Jahre später, als ich die Definition des Wortes "Flow" gelesen hatte, wurde mir bewusst, dass wir uns damals in diesem Zustand befunden haben mussten.

Als wir am späten Nachmittag zu unserer, am Rande der kleinen Ortschaft *El Jaque* gelegenen Frühstückspension "Casa Margarita" kamen und im Innenhof die drei Mühldorfer mit betretenen Gesichtern sitzen sahen, fiel uns sofort auf, dass einer von Ihnen seinen dick bandagierten Fuß auf einem Stuhl hochgelagert hatte. Auf unsere Nachfrage hin, was denn geschehen sei, erzählte er uns, dass er bei einem Sprung in der Welle aus den Fußschlaufen gerutscht wäre und beim anschließenden

Abgang die Finne ihm in der Nähe der Achillessehne eine so tiefe Wunde geschlagen hätte, dass er für einige Wochen das Surfen vergessen könnte. Wir bedauerten ihn ehrlich und verbissen uns zu erzählen, welch herrlichen Surftag wir erlebt hatten.

Am Abend gingen wir wieder in die Ortschaft El Jaque, um uns ein Lokal fürs Abendessen zu suchen. Das war nicht schwer, denn es gab einige davon. Da wir aber müde waren, gingen wir in das Erste auf unserem Weg, das am Strand lag. Es waren nicht viele Gäste im Lokal und die Tische standen in einer Art Durchfahrt. Nachdem wir Platz genommen hatte, bemerkten wir, dass durch diese Durchfahrt der Wind unangenehm kühl strich, deshalb baten wir den Wirt, ob wir unseren Tisch nicht hinaus Richtung Strand stellen dürften, da wäre doch ein wunderschöner Palmengarten. Er willigte sogleich ein und wir zogen mit Tisch und Stühlen um. Später kamen noch wenige andere Gäste, die ebenfalls ihren Tisch und die Stühle unter die Palmen stellten. Da das Essen gut war, der Wein billig, hatten wir noch einen netten Abend, der sich allerdings nicht lange hinzog, da sich die Müdigkeit bemerkbar machte. Deshalb schlenderten wir bald zurück in unser Hotel.

Am anderen Tag gingen wir wieder Surfen, freilich ein wenig eingeschränkt von den Anstrengungen des Vortages. Als dann am Nachmittag der Wind immer mehr auffrischte, gaben wir unser Surfmaterial zurück, zogen unsere *"Shorties"* (kurze Neoprenanzüge) aus und setzten uns auf die Terrasse einer Bar, die ein wenig erhaben über dem Strand lag und einen weiten Blick auf das Geschehen im Wasser vor uns zu ließ. Bei einem *Cuba Libre* sahen wir den Surfern unter uns zu. Anfangs dachten wir, so nahe am Strand würden nur Anfänger üben, bis wir bemerkten, dass die genau wie wir das Wasser verlassen hatten und dass dort unten offensichtlich die einheimischen *Locals* ihre Schau abzogen. Und die war teilweise extrem gewagt. Sie zeigten nahe am Ufer Sprünge, Sprunghalsen, Slamjibes, Duke Jibes, Speedhalsen, 360-er und was es sonst noch an Spezialmoves für fortgeschrittene Surffreaks gibt. Natürlich standen sie ihre Manöver nicht alle, spektakuläre Stürze waren immer wieder zu sehen. Wir staunten und amüsierten uns, da dieses Spektakel ersichtlich auch für die angewachsene Zahl an Zuschauern zelebriert wurde.

Unter den Zuschauern waren einige Deutsche, mit denen wir bald ins Gespräch kamen. Was lag näher, als sich über die Hotels zu unterhalten, in denen wir untergebracht waren. Dabei stellte sich heraus, dass viele in ähnlichen Frühstückspensionen wohnten und deshalb auch am Abend zum Essen gingen. Wir erzählten von unserem Restaurant und dem lauschigen Plätzchen im Palmengarten nahe am Strand. Als wir am Abend wieder zum Essen gingen, hatte sich das Lokal bereits beachtlich gefüllt. Bis zum Tag unserer Abreise war es jeden Abend voll. Wir hielten uns das zugute, hatten wir doch mit unserem Wunsch, im Palmengarten zu sitzen und nicht im zugigen Durchgang, zur Beliebtheit des Lokals beigetragen.

Als wir am Tag darauf nach dem Surfen in unser Hotel wanderten, beschaffte uns Karl, der nette Berliner, noch einige große Flaschen Coca Cola, eine Flasche Rum und einige Zitronen, damit wir uns selbst einen Cuba Libre zubereiten konnten, um ihn am Abend auf unserer kleinen Terrasse zu trinken. Wir versuchten vorweg von dem Rum einen kleinen Schluck pur und stellten fest, dass er ausgezeichnet schmeckte. Ich nahm deshalb eine Flasche für meine Frau im Koffer mit nachhause, musste aber beim Auspacken feststellen, dass die Hälfte davon ausgelaufen war, die Kleidung im Koffer roch entsprechend aromatisch.

In der Surfstation wurde eine geführte Tour aufs Festland zu den Tafelbergen und einem Indianerdorf am *Rio Orinoco* angeboten. Ich war sofort begeistert, hatten wir doch in meinen Kindertagen einen unserer Spielorte am Inn mit dem Codewort "Rio Orinoco" vor den anderen Spielkameraden, die wir nicht dabei haben wollten, getarnt. Damals wussten wir nicht, wo dieser Fluss wirklich lag, für uns klang er jedenfalls äußerst geheimnisvoll. Jugenderinnerungen wurden wach, deshalb wollte ich mir einen lange schon vergessen geglaubten Kindheitstraum erfüllen. Adi wollte anfangs nicht recht, er war zu sehr auf das Surfen fixiert, Dann aber ließ er sich überreden und flog mit. Nach diesem Tagesausflug war er dankbar dafür, dass ich ihn überredet hatte, konnte er doch zuhause von diesem Abenteuer wortreich berichten. Karls Budget reichte für den Ausflug nicht aus, er hatte schon Probleme, seiner Frau gegenüber diese Single-Reise nach El Jaque zu rechtfertigen. Er wollte, so drückte er sich aus, inzwischen unsere Bretter vor "Fremdnutzung" bewahren.

Wir stiegen zwei Tage später am frühen Morgen in eine zweimotorige Propellermaschine, die so schlank war, dass links und rechts neben dem Mittelgang nur jeweils eine Person sitzen konnte. Das stelle sich als sehr komfortabel heraus, als wir zu den Tafelbergen kamen. Wir hatten beste Sicht auf diese Riesen, die bis zu eintausend Meter aus dem Regenwald oder der Savanne aufragten, ringsum steile Felswände, die unbezwingbar anmuteten. Unser Führer erklärte, bedingt durch diese hohen Steilwände hätten sich Flora und Fauna auf den Plateaus seit Jahrmillionen isoliert entwickelt. Viele fleischfressende Pflanzen hätten hier ihren Lebensraum, was für Botaniker eine Fundgrube für bisher unerforschte Lebensformen bieten würde. Es war fantastisch, diese Monolithen mit dem Flugzeug zu umkreisen, die Täler dazwischen zu durchfliegen, vorbei an himmelhohen Wasserfällen, bei denen das Wasser, bis es im Tal ankam, nur noch als Gischt verwehte.

Nachdem wir uns satt gesehen hatten, flogen wir zwischen den Tafelbergen ein Flussbett entlang erst über den Urwald, dann hinaus in die weite Ebene des Landes, bis wir zu einer spärlich bewachsenen Savanne kamen, in der wir auf einer geeigneten Piste landeten. Wir stiegen aus und gingen auf ein in der Nähe liegendes Dorf zu, dessen spitzgieblige Hütten mit getrockneten Palmzweigen bedeckt waren. Dort wurden wir freundlich von den Eingeborenen empfangen, sie waren Besucher offensichtlich gewöhnt. Vom Führer erfuhren wir, dass nur wenige Dörfer zur Besichtigung durch Touristen frei gegeben waren. Wir wurden eingeladen zu einem keinen Imbiss, dazu wurde Wasser in Plastikflaschen gereicht, das der Führer für uns als unbedenklich trinkbar anpries. Mit Ausnahme ihrer archaischen Lebensweise gab es nicht viel zu sehen, wie auch, sie hatten nicht viel, oder besser gesagt, sie brauchten nicht mehr. Bald war die vorgesehene Besuchszeit abgelaufen und wir gingen wieder zurück zu unserem Flieger, starteten und flogen ohne weiteren Aufenthalt zurück zu den Inseln unter dem Wind.

Neben diesem Ausflug wurde auch eine Schiffsfahrt zur *Isla Coche* angeboten, die wir mitmachten, dass es auf diesem Eiland eine tolle Speedstrecke geben sollte, die zu surfen viel Spaß versprach. Wir packten unsere Boards und die abgebauten Segel in mittelgroße Schlauchboote mit je zwei Außenbordmotoren, fanden gerade noch Platz zwischen dem Surfmaterial und fuhren los. Wir hatten unsere Neoprenanzüge an und doch fingen wir nach kurzer Zeit an zu frieren. Die Boote wurden von Einheimischen gesteuert, die sie gnadenlos vorwärts knüppelten, der starke Fahrtwind kühlte uns aus.

Auf der Insel angekommen, konnten wir die Versprechungen zur Speedstrecke vollauf bestätigen. Der starke Wind stürmte ungehindert über die flache, wüstenartige Insel, am Ufer herrschte demzufolge ablandiger Wind. Nahe unter Land herrschte Flachwasser, keine Welle hinderte uns am Geschwindigkeitsrausch und an perfekt gefahrenen Halsen, bei denen wir glitzernde Wasserfontänen erzeugen konnten, wie sie beim Wasserskifahren üblich sind.

Als wir von dem doch auf Dauer ein wenig langweiligen Speedfahren genug hatten, tranken und aßen wir in der provisorisch aufgebauten Snakbar eine Kleinigkeit und machten uns dann auf den Rückweg. Und der war grenzwertig! Fuhren wir bei der Hinfahrt noch mit den Wellen, mussten wir jetzt gegen die Wellen fahren. Die Bootsführer dachten gar nicht daran, langsamer zu fahren, sodass wir von einer Welle zur anderen sprangen. Der Wind stand gegen uns, dazu addierte sich der Fahrtwind! In unseren Shorties froren wir erbärmlich, zumal die Boote auf ihrem Kurs gegen die Wellen unentwegt Gischt erzeugten, die über uns hinwegfegte und uns immer nass hielt. Auch wenn die Bootsführer die Landabdeckung, soweit vorhanden, ausnutzten, mussten wir doch fünfzehn Kilometer auf meist offenem Meer mit unseren Nussschalen von Schlauchbooten gegen Wind und Wellen ankämpfen. Die Zeit wurde uns lang, denn wir froren bejammernswert. So war es eine Erlösung, als wir endlich wieder an unserem Strand anlandeten und uns in der schon schräg stehenden Sonne bei einem Cuba Libre aufwärmen konnten.

Einen Tag vor dem Rückflug bekam ich von der Rezeption unseres Hotels ein Telefax überreicht von der Firma, bei der ich beschäftigt war. Daraus ging hervor, dass ich einen dringenden Verhandlungstermin an dem Nachmittag wahrnehmen musste, an dem ich vormittags in München ankommen würde. Ich war nicht gerade begeistert, dass die Firma so innig an mich dachte. Klammheimlich freute ich mich, dass ich in gewissem Sinne doch unentbehrlich schien.

Australien,
Perth

Ich hab' schon erzählt, dass ich aus Australien einen Bumerang mitgebracht hatte, mit dem ich beim ersten Versuch, ob er denn nach einem Wurf wieder zu mir zurück kehren würde, meine Frau bald weidmännisch erlegt hätte. Die Ursache, warum ich damals nach Australien flog, lag darin, dass meine Tochter ein medizinisches Praktikum in einem englischsprachigen Land absolvierte. Von den von der Uni angebotenen Möglichkeiten war ihr England zu unwirtlich, Südafrika zu gefährlich, da blieb dann nur noch Australien übrig. Das passte gut, da sie in ihrem letzten Urlaub auf Sri Lanka einen Australier kennen gelernt hatte, der in Perth zuhause war. Was lag näher, als diese Bekanntschaft zu nutzen, um für sich weitere Informationen über "down under" einzuholen.

Diesen Australier hatte sie dann Jahre später geheiratet, zwei Kinder mit ihm gezeugt und war anschließend mit Mann und Kindern nach Australien gezogen. So ergab es sich, dass wir jedes Jahr für meist vier Wochen nach Australien flogen. Ich hatte mich ein wenig informiert über diesen Kontinent. Besonders gefiel mir neben den wunderlichen, aus der Sprache der Ureinwohner abgeleiteten Namen vieler Ortschaften wie *Wanneroo, Joondalup, Mandura, Pinjara, Waroona*, ein Name im Osten des Kontinents: *Surfers Paradies*.

Da wir meiner Tochter nicht vier Wochen auf die Nerven fallen wollten, nutzen wir die Besuche jeweils zur Erkundung des riesigen Kontinents. Natürlich bereisten wir von Perth aus interessante Ziele in Westaustralien, die wir mit einem Mietauto erreichen konnten, da der Kontinent aber so groß war, mussten wir nach Sydney fliegen, um auch den Osten Australiens kennen zu lernen. Dort unternahmen wir zusammen mit unserer Tochter eine, alle Abstecher eingerechnet, knapp 4000 km lange Autotour von Sydney im Südosten bis Port Douglas im Nordosten des Kontinents, vorbei an Fraser Island, den Whitsunday Islands und dem Great Barrier Reef. Und natürlich mussten wir uns Surfers Paradies ansehen. Welch große Enttäuschung! Ein mit Hochhäusern zugebautes Touristenzentrum, surfen konnte man höchstens auf kleiner Welle, auf dem Bauch liegend auf einem kleinen Bodyboard, nur Windsurfen war mangels starkem Wind nicht möglich.

Bei späteren Besuchen in *down under* kam ich dann doch zum Surfen. Die Stadt Perth, in der meine Tochter neun Jahre lang wohnte, lag am Swan River. Dieser Fluss bildet kurz bevor er im Ortsteil Fremantle in den Indischen Ozean mündet, einen großen See, um den sich die Stadt Perth recht malerisch schließt. An diesem See lag eine Surfstation, bei der ich Surfmaterial mieten konnte. Erstaunt hat mich gleich zu Beginn die Form der Finnen, die auffallend schräg nach hinten gezogen waren. Nachdem ich auf dem Brett stand und los surfte, wurde mir die Funktion dieser schrägen Finnen bald klar. Weiter draußen im See wuchs dichtes Seegras, über das die Finnen mit wenig Widerstand streichen konnten, eingebremst wurde ich dennoch. Ein Genuss war das Surfen daher nicht. Fiel man ins Wasser, musste man sich erst vom ausgerissenen Seegras befreien, bevor man wieder aufs Brett steigen konnte.

Ich hatte aber gelesen, dass sich in der Nähe von Perth eine Ortschaft namens *Lancelin* befand, in welcher die Worldcup Meisterschaft im Windsurfen ausgetragen worden war. Die Entfernung von Perth aus betrug nur schlappe 130 km, das ist in Australien kein Problem. Man durfte auf dem Highway zwar nur maximal 110 km/h fahren, es war allerdings so wenig Verkehr, dass man diese Geschwindigkeit stetig beibehalten konnte. Also fuhren wir nach Lancelin zum Surfen. Dort angekommen suchten wir uns erst mal einen schattigen Platz, die Sonne stach bei mehr als 35 Grad Celsius vom strahlend blauen Himmel. Dann suchte ich die Surfstation und wurde bald fündig. Der Besitzer eines kleinen LKW bot in seinem Hänger das Material zum Vermieten feil. Das war nicht so toll, wie ich mir das vorgestellt hatte. Trotzdem suchte ich mir ein Board mit Segel aus und trug es zum einige Meter entfernten Strand. Und wieder begegnete mir Seegras. Dieses Mal aber abgestorben und angeschwemmt in großer Menge am Ufer liegend. Diese Barriere musste ich erst überwinden, bevor ich ins tiefere Wasser gelangte. Von da an ging es gut bis zum vorgelagerten Riff. Innerhalb des Riffs waren die Wellen gut surfbar, außerhalb aber, was ich aus den hohen Fontänen von Gischt schloss, waren sie gewaltig. Ich sah dort einige sehr gute Surfer ihre Manöver fahren, entschloss mich aber, nicht durch die schmale Lücke im Riff nach draußen zu surfen, das war mir zu riskant, unterdrückte Ängste vor Haien, giftigen Quallen und ähnlichen Gefahren, die im Unterbewusstsein vorhanden waren, taten sicherlich ein Übriges dazu.

Als ich nach längerem Surfen innerhalb des Riffs wieder an Land ging und mich zu meiner Frau setzte, unterhielt sie sich gerade mit einem Mädchen, das mit schweizer Dialekt sprach. So erfuhren wir, dass die Surfer außerhalb des Riffs eine Gruppe Surffreaks waren, die eigens aus der Schweiz nach Lancelin gekommen waren, um an dieser "Worldcup Destination" zu surfen.

Bevor wir am Abend wieder zurück nach Perth fuhren, gingen wir vorher in Lancelin zum Essen. Es war eine kleine Pension, die keine große Speisenkarte führte. Ich bestellte mir aufs Geratewohl "*Garlic Prawns*". Als die kamen, war ich doch eine wenig überrascht. Es waren King Prawns in einer Käsesahne-Knoblauch-Sauce, die dermaßen lecker waren, dass ich meine Frau bat, sie zu kosten, damit sie diese Delikatesse zuhause nachkochen konnte. Das haben wir versucht, erreichten freilich nie den gleichen köstlichen Geschmack. Wir bestellten in Australien noch öfter Garlic Prawns, erhielten jedoch nur King Prawns in Knoblauchöl gegart, nie mehr dieses schmackhafte Gericht wie damals in Lancelin.

Da ich nach diesem Ausflug mir selbst gegenüber zugeben musste, dass in Australien Windsurfen nicht so populär war wie Wellenreiten, wandte ich mich, inspiriert von meinem Schwiegersohn, einer anderen Sportart zu, dem Golfen. In Deutschland war dieser Sport damals noch mehr als heute mit einem Hauch von exklusiv und teuer umgeben. In Australien ist Golfen Volkssport. Das kann man unter anderem ablesen an den Preisen fürs *Greenfee,* dem Preis für das Bespielen des Golfplatzes. Dafür waren ganze zehn australische Dollar fällig, umgerechnet gerade mal sieben Euro. In Deutschland bezahlt man nicht selten das Zehnfache dafür. So fiel es mir leicht, mir dort, auf den australischen Plätzen, die ersten Fertigkeiten dieses Sports anzueignen. Perth, eine Millionenstadt, hat im Stadtbereich alleine sieben Golfplätze. Einige Kuriositäten nur am Rande erzählt: Am Wochenende sollte man da nicht spielen, es sind viele mäßig gute Golfer unterwegs, die arg locker spielen. Ein mit gekühlten Getränken beladener Golfcaddy fährt über die Runde und es wird dabei überwiegend Bier geordert. Auf vielen Plätzen durften wir nicht zu Fuß gehen, wir mussten einen Elektrocaddy nehmen; die wollten, dass die Spieler vorwärts kamen, da konnten sie mehr *Flights* (Gruppe von Spielern, maximal 4 Personen) auf den Platz lassen und dadurch mehr Greenfee vereinnahmen. Auf den Plätzen grasen gegen

Abend oft Kängurus auf den *Greens*; die Australier kümmert das nicht, wenn man eins mit dem Ball trifft, schüttelt es sich und grast weiter; kommt man ans Green, sollte man dennoch vorsichtig sein, da Kängurus aggressiv werden können und in der Lage sind, mit den Hinterbeinen gefährliche Verletzungen zu verursachen. Auch rate ich dazu, auf Schilder zu achten, die auf Schlangen hinweisen; da sollte man keinesfalls die Bälle im "*Outback*" suchen, denn die meisten Schlangen in Australien sind hoch giftig.

Dem Golfsport bin ich bis heute treu geblieben, spiele ihn mit großer Leidenschaft, die nur vom fortschreitenden Alter und den damit einhergehenden körperlichen Einschränkungen gemindert wird.

Griechenland, Santorini

Wir waren nicht mehr nur auf die allwissende Surfzeitschrift angewiesen, die Reisebüros hatten eigene Hochglanzprospekte herausgebracht, in denen die Surfspots in den schönsten Farben geschildert wurden. Auch auf Santorini, der Insel in der Ägäis, wurde ein Hotel mit Surfstation angeboten. Ich informierte mich über die Insel und fand sie sehr interessant. Da keiner meiner Surffreunde Urlaub übrig hatte, meine Frau keine Ferien, buchte ich allein eine Woche Surfurlaub auf Santorini.

Im Hotel angekommen, war ich von dem kleinen Hotel mit höchstens 60 Betten sehr angetan. Es wurde familiär geführt, wir konnten in die Küche gehen und uns vom angebotenen Essen aussuchen, was gut aussah und schmackhaft zu sein schien. Ich lernte dort unter anderem eine Spezialität kennen, die ich mir auch heute noch gerne in griechischen Lokalen bestelle, soweit sie angeboten wird: *Moussaka,* neben *Souvlaki* und *Gyros* eines der bekanntesten Gerichte der griechischen Küche. Es ist ein typisches Auflaufgericht, meist mit angebratenen Auberginen, Zwiebeln, Hackfleisch, Kartoffeln und einer leckeren Deckschicht, eine mit Käse bestreute braune Kruste aus Bechamelsauce. Dieses Gericht wurde täglich in der Küche vorgehalten und sah so gut aus, wie es schmeckte.

Zum Surfen war der Wind die ersten Tage zu schwach. Ich mietete mir deshalb in der Nachbarschaft einen kleinen Fiat und erkundete die Insel. Wer einmal auf Santorini war, wird mir zustimmen, es ist eine wunderbare Insel. Die meisten Fotos auf Postkarten oder in Reiseführern über Griechenland stellen Motive von Santorini dar. Beim Blick auf die Landkarte fällt die sichelförmige Rundung der Hauptinsel Thira auf. Die anderen Inseln vollenden mit Unterbrechungen den Kreis um die Caldera; sie bilden den Rand eines vom Meer gefluteten ehemaligen Vulkans, dessen Kraterrand teilweise stehen geblieben ist. Ob der Blick von den steilen Wänden in die Caldera, oder die farbenfrohen Sonnenuntergänge von der Terrasse einer Taverne beim Abendessen nahe der Stadt *Oia*, die Insel ist liebenswert und bleibt mir in bester Erinnerung.

Nachdem ich zwei Tage die Insel erkundet hatte, da ja auch kaum Wind herrschte, blieb ich am dritten Tag am Strand nahe der Surfstation und las im mitgebrachten Buch. Von den Gästen im Hotel, die ausschließlich Surfer oder zumindest Surfwillige waren, die in der angeschlossenen Surfschule diesen Sport erlernen wollten, war ich mit einigem Abstand der Älteste. Verständlich, wenn die übrigen Gäste mit mir nicht recht warm wurden, war ich doch auch sehr zurückhaltend und bisher nie lange am Strand gewesen. Einzig mit einem jungen schweizer Ehepaar, zu denen ich mich an den Frühstückstisch gesetzt hatte, war ich ins Gespräch gekommen. So war es auch an diesem Tag. Die Anfänger waren beim Üben, die Fortgeschrittenen versuchten bei wenig Wind ihr Können zu vervollständigen. Aus Erfahrung wusste ich, dass ich bei diesen Bedingungen besser nicht auf ein Board steigen sollte. Das war dann wie beim Radfahren: fuhr man zu langsam, hatte man Probleme mit dem Gleichgewicht, erst ab einer gewissen Geschwindigkeit radelte man stabil und sicher. War zu wenig Wind beim Surfen, fiel man zu leicht ins Wasser, das wollte ich mir ersparen. So kam es auch, dass ich am Abend nicht gut mitreden konnte, was ich tagsüber auf dem Brett erlebt hatte, so blieb ich allein und verschwand bald ins Zimmer zum Lesen.

Am anderen Morgen war der Wind schon beim Frühstück ein wenig stärker und frischte im Laufe des Tages noch mehr auf. Sobald ich mir sicher war, dass der Wind zum Gleiten ausreiche, ging ich aufs Wasser. Da hatte sich die Spreu bereits vom Weizen getrennt, die Anfänger blieben dicht unter Land und versuchten dort, möglichst lange auf dem Brett zu bleiben, die besseren Surfer wagten sich weiter hinaus und versuchten sich an Halsen und Wenden. Ich musste bald zu einem kleineren Segel wechseln, auch das Board tauschte ich aus und fuhr nun auf einem Semisinker mit etwa 100 Litern Volumen. Die Windstärke lag zwischenzeitlich bei über sechs Beaufort, die Wellen waren auf knapp einen Meter angewachsen. Immer weniger Surfer waren noch auf dem Wasser und es dauerte nicht lange, da war ich mit dem Surflehrer allein unterwegs. Wenn es sich ergab, fuhren wir um die Wette und versuchten auch gewagte Sprünge, was die Wellen ohne weiteres ermöglichten.

Als ich für kurze Zeit zum Ausruhen an Land ging, kam die Schweizerin auf mich zu und fragte, ob sie uns mit meiner Videokamera filmen solle. Sie hatte mitbekommen, dass ich eine besaß; ich fand das sehr freundlich, gab ihr die Kamera aufnahmebereit in die Hand und bat sie, auch von ihrem Mann einige Aufnahmen zu machen, der nahe am Ufer den Wasserstart übte.

Wieder fuhr ich hinaus und suchte erneut den Wettstreit mit dem Surflehrer. Wir surften bald in sicherem Abstand aber doch nahe neben einander her und sprangen zufällig gleichzeitig mit Unterstützung einer geeigneten Welle hoch. Ich zog meine Beine mit dem Brett an, versuchte das Segel wie ein Dach über mich zu bringen, sodass es wie eine Tragfläche meinen Sprung lange unterstützte, fiel während des Fluges mit dem Brett leicht ab und landete sicher wieder auf dem Wasser. Diesen Sprung hat die Schweizerin perfekt auf dem Video festgehalten, darauf sieht man aber auch, dass der Surflehrer den Sprung nicht gestanden hat und baden gegangen war. Wenn ich mir den kurzen Film heute ansehe, kann ich ein Schmunzeln nicht unterdrücken.

Da die Welle nicht ganz gleich mit dem Wind lief, sondern in einem Winkel dazu rollte, waren Sprünge relativ leicht durchzuführen, das aber nur, wenn ich hinaus Richtung offenes Meer surfte. Bei einem dieser Versuche riss ich beim Abflug offensichtlich zu stark am Gabelbaum. Er brach und ich klatschte ins Wasser. Da der Holm des Gabelbaums auf der anderen Seite noch am Mast hielt und damit auch das Segel noch gespannt blieb, konnte ich noch vorsichtig und langsam zurück an Land surfen.

Am Abend beim Sundowner saß ich nicht mehr allein, war in die Gemeinschaft der Surfer aufgenommen. Tags darauf, als der Wind wieder moderat war, und man mit einem größeren Board gut ins Gleiten kam, tummelten sich sowohl Anfänger als auch Fortgeschrittene wieder auf dem Wasser. An Land wurde ich das eine oder andere Mal gefragt, wie dies oder jenes gehe, vor allem den Wasserstart wollten sie genauer erklärt haben, da der bei dem starken Wind am Vortag leicht und einfach ausgesehen hatte. Ich muss gestehen, ich gab gerne Auskunft, denn diese plötzliche Akzeptanz tat mir wohl.

Mit dem Surflehrer war ich einige Male in Kontakt gekommen, sportlich fair, nachdem wir uns auf dem Wasser gemessen hatten, aber auch unliebsam, nachdem ich ihm den gebrochenen Gabelbaum zurück gebracht hatte. Da in den darauffolgenden Tagen wieder wenig Wind war, bot er uns allen an, eine Tour zu organisieren, die mit dem Schiff auf die anderen Inseln des Archipels führen würde. Er selbst nahm seine Frau mit und seinen kleinen Jungen, der mit seinen blonden Locken und dem aufgeweckten Wesen bald der Liebling der Mitreisenden war. Der Surfpro erzählte uns, dass er nun schon das dritte Jahr mit Frau und Kind auf Santorini lebe, und dass die Inselbewohner eine besondere Lebensfreude auszeichnen würde. Er vermutete, dass dies an dem Wissen liege, dass der ehemalige Vulkan jederzeit wieder ausbrechen könne und dass dadurch das Leben bewusster wahrgenommen werde.

Als wir dann auf der kahlen Insel *Cameni* inmitten der Caldera anlandeten und auf den höchsten Punkt zuwanderten, konnte ich die Bewohner Santorinis und ihre Befürchtungen gut verstehen. Aus den Felsspalten stieg nach Schwefel stinkender gelber Rauch auf, die Steine, auf denen wir gingen, waren durchwegs vulkanischen Ursprungs. Es schien mir nicht unwahrscheinlich, dass hier in absehbarer Zeit wieder vulkanische Aktivitäten möglich sind.

Die nächste Insel, die wir anfuhren, war Theresia, Es ist nach Thira die nächstgrößte der Inselgruppe um Santorini. Sie ist zwar bewohnt, Autos gibt es jedoch keine. Touristen durften sie besuchen, aber zumindest damals nicht übernachten, am Abend mussten sie die Insel wieder verlassen.

Da die gleichnamige Stadt auf der Höhe des etwa 300 m steil zum Meer abfallenden Kraterrandes lag, führte ein steiniger Weg in Serpentinen nach oben. Am kleinen Hafen standen Einheimische mit ihren Eseln bereit, um uns nach oben zu bringen. Mir taten die Esel leid, die mich hinauftragen sollten, deshalb entschloss ich mich, den Weg zu Fuß zurückzulegen. Unser, die Reise führenden Surfpro, riet mir aber mit der Begründung ab, dass die Leute hier auf jede Mark angewiesen wären und ich werde sehen, dass die Esel uns leicht und gerne tragen würden. Also setzte ich mich, wie alle anderen auch, auf einen Esel und los ging der Ritt. Es dauerte nicht lange, da begannen die Esel einen Wettlauf nach oben, jeder wollte der Erste sein, der oben ankam. Es war richtig lustig, auch weil wir das Gefühl hatten, dass die Esel mit unserem Gewicht kein Problem hatten, sonst hätten sie nicht auch noch zu einem Endspurt anangesetzt, als wir knapp vor dem Ziel waren. Jeder versuchte, seinen Esel anzutreiben, was aber nicht mehr viel half, die waren schon motiviert genug, wir aber hatten unseren Spaß bei dem holprigen Ritt.

Die Insel selbst ist traumhaft schön, viele der griechischen Motive in unseren Kalendern stammen von dort. Die Häuser sind strahlend weiß getüncht, die Rahmen der Türen und Fenster mit den beidseits angebrachten Läden sind in einem kräftigen Blau gestrichen, der Kontrast mit den verschwenderisch vorhandenen, in vielen Rotschattierungen blühenden Bougainville Sträuchern ist malerisch. Von den vor den Häusern stehenden Sitzbänken kann man die rundum liegenden Inseln inmitten des tiefblauen Meeres gut überblicken, ein traumhafter Anblick, unvergesslich. Die Rundfahrt hatte sich allein deshalb schon gelohnt.

Wir fuhren langsam wieder zurück zur Hauptinsel, nicht ohne unterhalb der Stadt Oia, die im Westen auf der Hauptinsel Thira liegt, gemächlich dahin zu tuckern. Das war auch notwendig, wollte man all das sehen, was diese Insel auch an architektonisch Seltsamem bot. Die Hotelanlagen waren terrassenförmig in die steilen Hänge gebaut, man kam zu seinem kleinen Bungalow teilweise nur über das Dach des darunter liegenden, die Schlafräume waren in die Felsen geschlagen, also im Sommer angenehm kühl. Und das alles in blendendem Weiß, unterbrochen von den tiefblau gestrichenen Türen und Fenstern.

Zurückgekommen an der Surfstation verbrachten wir den verbleibenden Abend noch am Strand und amüsierten uns mit den dort herumlaufenden

Hunden, die offensichtlich keine Besitzer hatten; sie waren trotzdem allesamt sehr anhänglich und brav. Unser Surfpro erzählte uns aber, dass diese Hunde, von den Touristen den Sommer über gefüttert, am Ende der Saison von den Einheimischen über die Klippen und ins Wasser geworfen werden, da es zu viele seien, um sie durchfüttern zu können. Auch wenn wir die Ursache für diese brutale Maßnahme zu verstehen versuchten, waren wir schockiert.

Trotz dieses Wehrmutstropfens am Ende der Reise, von dem ich hoffe, dass man zwischenzeitlich dafür eine Lösung gefunden hat, war ich begeistert von der Insel und hege die Absicht, sie zusammen mit meiner Frau noch einmal zu besuchen.

Türkei,
Alacati, Hotel Süzer

Von einem der Reisebüros für Surfer wurde als bestes und günstiges Revier Alacati in der Türkei, nahe bei Cesme, angeboten. Da ich Jahre zuvor in Cesme gute Erfahrungen gemacht hatte, Cesme selbst aber nicht mehr angeboten wurde, buchte ich zusammen mit meiner Frau eine Woche zum Kennenlernen des neuen Surfspots. Wir waren von dem Hotel dort sehr angetan, es bot alles, was man sich so wünschen kann. Gute Liegeplätze für Surfbegeisterte, die auch nach einem anstrengenden Surftag noch zusehen wollten, wie sich andere im Wasser abmühten.

Da wir zu den ersten Gästen des neu eröffneten Hotels zählten, waren an den Abenden nicht viele Gäste anwesend, wir blieben meist unter uns und gingen frühzeitig zu Bett, was sehr erholsam war. Das war es auch auf dem Wasser. Die Surfstation liegt in einer etwa zwei Kilometer tiefen und ebenso breiten u-förmigen Bucht, in der vorwiegend ablandiger Wind herrscht. Der Buchtausgang zum offenen Meer hin wird durch einen Landvorsprung sicher abgeschirmt, so dass ein Abtreiben ins Ungewisse schwerlich möglich ist, bevor man nicht vom aufmerksamen Stationspersonal gesehen und per Motorboot gerettet wird.

Die Windstärke betrug so zwischen 5 und 7 Beaufort, am Buchtanfang ist deshalb Speedsurfen und das Erlernen von Manövern bei Flachwasser sehr gut durchführbar, zum Buchtausgang hin findet man Wellen mit einer komfortablen Höhe von etwa einem halben Meter. Der Stehbereich vor der Station ist bis zu 500 breit und reicht etwa 300 m ins Meer, ideal für Anfänger und zum Erlernen des Wasserstarts.

Wir hatten im Hotel einen *Hamam*, ein Thermalschwimmbecken, in das wir uns nach dem Surfen noch zur Entspannung legten; die Wärme tat gut, machte uns aber müde. Diese Müdigkeit verschwand jedoch, wenn wir uns anschließend eine Massage gönnten, die in der Türkei preiswert und von besonderer Güte ist. Wir fragten uns immer, ob wir noch zum "Knochenbrecher" gehen sollten oder ob wir uns die Tortur ersparen wollten. So jeden zweiten Tag waren wir wieder bereit dazu.

Wir waren in den Folgejahren noch zweimal in Alacati, die Hotels, die Gäste und damit die Surfer hatten an Anzahl zugenommen, der Service war nach wie vor gut, die Preise stabil geblieben. Nur der Platz in der Bucht wurde eng, man musste sich schon sehr vor Zusammenstößen in Acht nehmen. Wir besuchten auch die umliegenden Städte und waren beeindruckt, von der liebevoll restaurierten Altstadt von Alacati.

Griechenland, Insel Kos

Warum ich ausgerechnet auf die griechische Insel Kos in der Ägäis zum Surfen flog, weiß ich heute nicht mehr. Ich vermute, die Reiseprospekte boten die Insel als surferisches Highlight an und ich fiel auf die vollmundigen Versprechungen ungeprüft herein. Denn die Bedingungen dort waren nicht gut. Der Wind war ablandig in der Bucht, in der das Hotel lag, das hieß zwar Glattwasserbedingungen, aber wollte ich wirklich starken und gleichmäßigen Wind haben, musste ich weit hinaus surfen. Das Zurückkommen war anschließend anstrengend und langwierig, weil ich stetig gegen den Wind kreuzen musste. Auch die Windausbeute war nicht gerade üppig, manche Tage waren gar windstill.

An einem dieser Tage organisierte die Stationsleitung einen Ausflug quer durch die Insel nach Kos Stadt, die im Osten der Insel liegt. Wir waren im Westen in der Nähe der Stadt *Kefalos* untergebracht. Als Transportmittel standen Mopeds und ein Roller der Marke Vespa zur Verfügung. Da ich als Jugendlicher einige Monate eine Vespa besessen hatte, wies mir der Surflehrer dieses Gefährt mit der Bemerkung zu, dass dieser Roller mit seinen kleinen Rädern auf den schlechten Straßen der Insel so sicher nicht sei und es ihm deshalb lieber sei, wenn ihn ein Profi fahren würde. Ich teilte seine Ansicht, was die kleinen Räder und die schlechten Straßen betraf; nicht aber, dass ich ein Profi im Umgang mit der Vespa sei. Aber was blieb mir anderes übrig, ich war der Einzige, der zumindest Erfahrung mit diesem Roller hatte.

So fuhren wir die gut 40 km bis in die Stadt Kos, bestaunten dort die Ausgrabungen und Ruinen aus früheren Zeiten, insbesondere die Ärzteschule des *Asklepion,* von der mir noch die ausladende Marmortreppe in Erinnerung geblieben ist; ebenso kann ich mich noch an die Statue des berühmtesten Arztes der Antike, Hippokrates, erinnern, der auf Kos beheimatet war.

Nach einer ausgiebigen Mahlzeit in einem griechischen Restaurant fuhren wir mit unseren luftigen Gefährten wieder zurück zu unserem Hotel. Weiteres ist mir nicht in Erinnerung geblieben von dem Kurzurlaub auf Kos.

**Kanarische Insel,
Fuerte Ventura,
Hotel Los Gorriones**

Dieses Mal habe ich mich zuerst bei meinen Surffreunden informiert, bevor wir wieder eine der angebotenen Reisen antraten. Das Hotel *Los Gorriones* auf der Kanareninsel Fuerte Ventura wurde mir von Rolli empfohlen; gutes Hotel, gute Surfstation, war seine Einschätzung. Also buchte ich zusammen mit meiner Frau einen einwöchigen Urlaub.

Dort angekommen, waren wir begeistert von der Lage und der Ausstattung sowohl des Hotels als auch der Surfstation. Man konnte unter schattenspendenden Palmen auf grünen Wiesen liegen und den Wind abwarten. Die Boards waren zu Beginn der Saison neu angeschafft worden, ebenso die Segel, Surfmaterial vom Besten also.

Das war auch der Wind. Täglich blies er in Windstärken zwischen vier und sechs, die benötigten Segelgrößen waren komfortabel zu handhaben. An einem der Tage war starker ablandiger Wind, folglich hatten wir eine Glattwasserpiste nahe an Land. Für Könner und Geschwindigkeitsfreaks das Beste, was man sich wünschen kann. Der Geschwindigkeitsrekord auf einem Surfbrett lag zur damaligen Zeit bei knapp unter 80 km/h. Nach meinem Gefühl war ich nahe daran, diesen Rekord zu brechen, so schnell kamen mir meine langen Schläge nahe am Ufer vor. Es war nicht ungefährlich, da das Wasser so nahe nicht immer tief genug war, ich musste konzentriert auf die Wasserfärbung achten, dass ich nicht auf eine Untiefe fuhr, was einen kapitalen Schleudersturz zur Folge gehabt hätte. Aber der Rausch dieser Geschwindigkeit und das Gefühl, soviel Power in Händen zu haben und kontrolliert umsetzen zu können, ließen mich die Gefahr vergessen. Erst als es einen der Surfer vor mir mit Macht aushob und er in hohem Bogen durch die Luft ins Wasser klatschte, ließ ich von dem ehrgeizigen Vorhaben ab, zumindest meinen persönlichen Geschwindigkeitsrekord, der sicherlich kaum bei 50km/h liegen konnte, zu brechen.

Nachdem ich mich ausgiebig mit dieser seltenen Gelegenheit, bei Flachwasser ausschließlich auf Schnelligkeit zu surfen, vergnügt hatte, kehrte ich zu meiner Frau zurück auf die Wiese unter die schattenspendenden Palmen. Meine Frau wollte nun ein wenig am Strand entlang gehen, was ich ihr nicht abschlagen wollte, konnte ich doch nebenbei noch den Surfern zusehen.

Nach einiger Zeit kamen wir an einem für Schiedsrichter aufgestellten hölzernen Turm an, den wir erkletterten, um uns unter dessen Dach im Schatten ein wenig auszuruhen und von da oben aus dem Treiben auf dem Wasser zuzusehen. Der Turm war im Rahmen des Surfweltcups errichtet worden, der alljährlich auf Fuerte Ventura gastierte. Außerhalb der Wettkampftage war er jedem zugänglich. Dachte ich! Kaum hatten wir uns oben niedergelassen, kletterte uns ein Typ hinterher, der sich aus einer Gruppe in der Nähe des Turms gelöst hatte. Er forderte uns auf, den Turm sofort zu verlassen, der sei für ihn und seine Freunde reserviert, außerdem für Omas und Opas wie wir es seien, nicht zugelassen, wir würden uns ja sicherlich den Hals oder sonst was brechen, wenn wir weiter hier oben bleiben würden. Das alles lautstark vorgetragen, zum Gaudium seiner unten gebliebenen Kumpanen. Ich sah mir den Typen an und war mir sicher, er gehörte zu der Kategorie, die nichts Besseres zu tun hatte, als Vaters Erbe durchzubringen. Braun gebrannt, athletisch gebaut, sein Auftreten ebenso selbstsicher wie dumm.

Natürlich wollte ich vor meiner Frau nicht ohne Widerspruch den Turm räumen, als er aber androhte, mich vom Turm zu drängen, gaben wir zähneknirschend nach und kletterten nach unten. Ich war wegen dieser Unverschämtheit und meiner Machtlosigkeit gegenüber diesem Rüpel wütend und sehr in meinem Stolz verletzt. Meine Frau beruhigte mich mit dem Hinweis, dass ich in jedem Fall den Kürzeren gezogen hätte, also sollte ich das Ganze vergessen, es sei doch die beste Lösung gewesen. Was mich jedoch nicht sonderlich in meiner Wut zügelte, also schimpfte ich, bis wir beim Sundowner, dieses Mal ein großen Bier, saßen. Nachts, im Halbschlaf, hab ich diesem Dämlack dann in einer fantasievollen Gewaltszene gezeigt, wo der Hammer hängt; darüber bin ich zufrieden eingeschlafen.

Nach wenigen Tagen, am Ende unseres Urlaubs, wurden wir zum Flughafen gefahren und wollten einchecken. Und siehe da, wir begegneten diesem Dämlack wieder! Nur saß er dieses Mal behindert durch ein Gipsbein bis zum Oberschenkel in einem Rollstuhl. Ich gestehe, und das nicht reumütig, wir waren schadenfroh. Wirklich zutiefst schadenfroh.

Mich hat der Gedanke nicht mehr los gelassen, ob ich ihm in jener Nacht nicht doch noch begegnet bin und die Gewaltszene nicht nur meiner Traumwelt entsprungen, sondern real gewesen war.

Meine Frau bemerkte noch: "Es gibt doch noch eine Gerechtigkeit"

**Oberitalien,
Comer See**

Der Stammtisch hatte beschlossen, zusammen an den Comer See in den Sommerurlaub zu fahren. Nachdem ich schon länger darüber informiert war, dass es an diesem See in Oberitalien auch einen thermischen Wind, ähnlich wie am Gardasee geben sollte, hatte ich nichts dagegen einzuwenden. Eifrig bot ich mich an, vorweg an den See mit dem Wohnmobil zu fahren, um ein geeignetes Quartier für die Gruppe zu suchen.

Ich lud dazu meinen Freund Heinz ein, wir wollten diesen Ausflug nutzen, um die Windverhältnisse zu prüfen. Also fuhren wir eines Tages los, die Surfbretter auf dem Wohnmobil, das Material gut verstaut und die Fahrräder auf dem Träger am Heck festgezurrt. Auf der Autobahn über Rosenheim nach Innsbruck, von da aus Richtung Engadin. Nach kurviger, aber abwechslungsreicher Fahrt vorbei an der Prominenten-Stadt St. Moritz, anschließend entlang des Silvaplaner- und des Silsersees, über den Malojapass und die beängstigend steilen Serpentinen hinunter in das Tal des Comer Sees.

Wir suchten uns im Norden des Sees einen Campingplatz, da wir wussten, dass nur dort der Wind, aufgrund der Enge des Tales, die zum Surfen notwendige Stärke erreicht. In der Nähe der Stadt Dongo, am Westufer des Sees, wurden wir fündig. Da es erst Frühjahr war, fanden wir ohne Schwierigkeiten einen schönen Platz nahe am Ufer, luden unsere Boards ab, auch die Räder und machten uns damit auf die Suche nach einer geeigneten Unterkunft für drei Paare, die einige Vorgaben erfüllen musste. Neben den üblichen Leistungen eines Hotels sollte ein Wellnessbereich sowie eine Möglichkeit zum Unterstellen von Fahrrädern und des Surfmaterials vorhanden sein, da zwei der Stammtischbrüder, Rudi und Herbert, ebenfalls Surfer waren. Dazu sollte es so nahe am Seeufer liegen, dass man ohne viel Schlepperei mit Board und Segel in See stechen konnte.

Wir wurden bald fündig, sammelten aber von diversen Alternativen Prospekte und konnten uns anschließend dem Surfen zuwenden. Der Wind war tatsächlich ähnlich wie am Gardasee, aber er wehte, beginnend am Vormittag gegen zehn Uhr, beständig in einer Richtung. Von den Bergen im Norden her kommend, begann er mit mäßiger Stärke, frischte aber am Nachmittag auf drei bis sechs Bft auf. Im Gegensatz zum Gardasee war die Surferei gemächlich, keine Hektik, alle ließen es ruhiger angehen. Mir gefiel das, wir hatten uns bald an diese Einstellung gewöhnt und ließen uns auch ein wenig treiben. Am Vormittag gingen wir Einkaufen, um für unser leibliches Wohl zu sorgen, ab Mittag lagen wir in der Sonne, aßen nur eine Kleinigkeit und warteten, bis der Wind stark genug war, sodass es sich lohnte, einige Schläge hinüber zum andern Ufer zu surfen, um am Abend alsdann, zufrieden mit unserem entspannten Tagesverlauf, unsere Hauptmahlzeit zu kreieren.

Heinz hatte eigens von Zuhause die abgewogenen Zutaten für seinen phänomenal guten Kaiserschmarren mitgebracht, ausreichend Zwetschgenröster dazu. Nach dem Genuss der leckeren Mehlspeise saßen wir, ein Glas vom ausgezeichneten Veltliner Rotwein vor uns, vor dem Wohnmobil und waren glücklich, nicht zuletzt darüber, dass es uns gelungen war, im Gegensatz zu den Voraussagen unserer Frauen, doch eine köstliche Mahlzeit zubereitet zu haben.

Am darauffolgenden Tag wiederholte sich das alles, nur dass wir uns dieses Mal Spagetti mit Sugo zum Abendessen kochten, dazu passte der Veltliner Rotwein wieder ausgezeichnet. Nachdem wir Beide nicht länger von unserer Arbeit fern bleiben konnten, fuhren wir am vierten Tag wieder zurück.

Den Freunden und Freundinnen vom Stammtisch gefiel unser Quartiervorschlag gut, so buchten sie den Aufenthalt fest. Da wir unsere Hündin namens "Quasi", ein Rottweiler-Schäferhund-Mischling, mitnehmen mussten, wollten meine Frau und ich mit dem Wohnmobil fahren, der Campingplatz lag ja auch nur wenige Gehminuten von dem Hotel entfernt, in dem unsere Freunde logierten. Ich brauche ihnen unsere Hündin Quasi nicht mehr vorstellen, sie hat sich ja in dem Kapitel über den Bolsenasee schon hinreichend in Szene gesetzt, als sie unseren Freund Herbert, der später zur Gruppe gestoßen war, als nicht mehr dazugehörig eingeordnet hatte. Das hatte sich wieder gegeben, Herbert ist noch oft Gassi mit Quasi gegangen, wenn er bei uns zu Gast war.

Surfen war in diesem Urlaub nicht unsere vorrangige Beschäftigung, meist erst am späten Nachmittag gingen wir noch aufs Wasser, da hatte der Wind schon die zum Gleiten notwendige Stärke erreicht. Vorher sahen wir uns einige der historischen Villen am Comer See an, die weltberühmt für ihre einmaligen Gartenanlagen sind. Die umliegenden Berge luden zum Mountainbiken ein, was wir ausgiebig nutzten. An einem der Tage hatten wir vor, soweit um den See zu fahren, wie wir es ohne Stress schaffen würden, dann wollten wir mit einem der Schiffe wieder auf unsere Seite zurück fahren. Den See ganz zu umrunden war uns zu weit, es wären immerhin 170 km gewesen.

Wir hatten vor, früh zu starten, deshalb hatte ich mich schon fertig gemacht, wollte gerade von unserem Campingplatz aus zu meinen Freunden ins nahegelegene Hotel fahren, als mich meine Frau, die des Hundes wegen nicht mitfahren konnte, darauf aufmerksam machte, dass Quasi nicht fressen wollte und apathisch auf ihrer Decke liege. Ich sah mir den Hund an, er sah mich an, von unten, hob nicht den Kopf, nur seine Augen drehte er zu mir hoch. Kennen sie diesen Blick eines traurigen Hundes? Ich war in Gedanken schon unterwegs auf unserer Radtour, so versprach ich meiner Frau, dass wir am Spätnachmittag noch zum Tierarzt gehen würden, wenn ich zurück wäre und es dem Hund noch nicht besser gehen sollte. Nach einer kurzen Streicheleinheit für Hund und Frau fuhr ich los.

Als ich das Hotel erreichte, erwarteten mich die Freunde bereits. Wir wollten eben losfahren, als sich Herbert meldete; das Hinterrad des Fahrrads seiner Frau hatte keine Luft. Also fingen sie an, das Rad abzumontieren um den Schlauch zu flicken. Ich bot mich an, dabei zu helfen, aber Herbert wollte es sich nicht nehmen lassen, das Rad selbst zu reparieren. Während wir tatenlos herum standen, beschlich mich ein ungutes Gefühl, was unseren Hund betraf. Da ich mir ausrechnete, dass die Verzögerung dazu führen würde, dass wir später von unserer Radtour zurück kämen, erzählte ich meinen Freunden, dass mit Quasi etwas nicht stimme und weshalb ich doch lieber hier bleiben und mich um den Hund kümmern würde. Sie bedauerten den Hund und mich, worauf ich zurück zu unserem Wohnmobil fuhr.

Dort angekommen, musste ich feststellen, dass unser Hund immer noch nicht gefressen hatte und still auf seiner Decke lag. Meine Frau hatte sich an der Rezeption des Campingplatzes schon erkundigt und erfahren, dass gleich in der Nähe ein Tierarzt seine Praxis hatte, wir konnten ihn zu Fuß erreichen. Nach einem Anruf in der Tierarztpraxis erfuhren wir, dass wir unverzüglich kommen konnten. Wir lockten unseren Hund mit uns zu kommen, was er nach einigem Zögern auch tat. So gingen wir gemeinsam in die Stadt, wir ein wenig beklommen, der Hund trottete mit hängendem Kopf neben uns her.

Beim Tierarzt wurden wir von einer riesigen Dogge und einem Yorkshire Terrier empfangen, die im Garten des Hauses herumtollten. Die Dogge war so harmlos wie sie groß war, der Terrier fühlte wohl, dass mit Quasi etwas nicht stimmte und ließ sie unbehelligt passieren, nachdem wir geklingelt und uns vorgestellt hatten. Dass der Tierarzt selbst zwei Hunde hatte, beruhigte uns. Er stellte sich dann auch als sehr sympathisch dar und ging auf unsere Befürchtungen ernsthaft ein.

In der Praxis hoben wir mit Hilfe des Arztes Quasi auf den Behandlungstisch. Dort konnte er per Sonographie untersucht werden. Der Arzt stellte in seinem Bauchraum einen Schatten fest, konnte aber nicht genau sagen, um was es sich handelte. Wir erzählten ihm, dass Quasi manchmal Steine fressen würde und vermuteten, dass sich ein solcher im Bauchraum befand. Der Arzt war skeptisch, der würde sich klarer darstellen, meinte er, aber er müsse Quasi in jedem Fall operieren, da auch der Befund beim Tasten keine eindeutige Diagnose ergab. Quasi ließ das alles geduldig über sich ergehen. Wir gaben dem Tierarzt unsere Handynummer und vereinbarten, dass er uns anrufen solle, wenn er mit der Operation fertig sei.

Als wir den Raum verließen, in dem Quasi von uns abgewandt auf dem Metalltisch saß, schaute sie noch einmal über die Schulter zurück zu uns. Ich kann seither diesen Blick nicht mehr vergessen. Er war so voller Vertrauen darauf, dass wir sie wieder gesund abholen würden. Es war mir, als hätte ich da schon vorausgeahnt, was nun folgte.

Nach etwa einer halben Stunde rief uns der Tierarzt an und bat uns, so schnell wie möglich bei ihm vorbeizukommen. Wir stiegen auf unsere Räder und waren binnen weniger Minuten in seiner Praxis. Dort lag Quasi noch aufgeschnitten, aber abgedeckt auf dem OP-Tisch in Narkose. Der Arzt erzählte uns, dass er in ihrem Bauchraum einige Tumore gefunden hätte, die es ratsam erscheinen ließen, den Hund nicht mehr zu wecken. Natürlich könne er ihn wieder unverrichteter Dinge zunähen und aufwachen lassen, aber dann würde er die nächsten Tage verhungern. Das war keine Alternative für uns und so entschlossen wir uns schweren Herzens, unsere Quasi sterben zu lassen.

Der Arzt versprach uns glaubhaft, dass er den Hund von einem mit ihm befreundeten Jäger oben in den Bergen an einem ruhigen und schönen Ort begraben lassen würde. Wir verabschiedeten uns noch von unserem liebgewordenen, in tiefer Narkose liegenden Hund, beglichen die in ihrer Höhe annehmbare Rechnung und verließen sehr traurig die Praxis.

Erst zuhause im Wohnwagen wurde mir die ganze Tragweite des Geschehens bewusst. Dieser Blick zurück, als Quasi schon auf dem OP-Tisch saß, verfolgte mich tiefgehend. So viel Vertrauen lag darin, das ich aber unmöglich erfüllen konnte. Natürlich war ich mir darüber im Klaren, dass ich ihr nicht helfen hätte können, aber Gefühle fragen nicht nach Schuld. Ich litt erbärmlich darunter, dass ich machtlos gewesen war. Dazu kam zwangsläufig die Erinnerung an all die schönen Stunden mit Quasi, an die Ski- und Bergtouren, bei denen sie mein fröhlicher Kamerad gewesen war, dem ich alles anvertrauen konnte, der mich mit schräg gelegtem Kopf aufmerksam ansah, wenn ich mit ihm sprach, als verstünde er genau, was ich ihm sagen wollte.

Es war ein trauriger Urlaub, wir konnten den Verlust nicht leicht verschmerzen; unsere Freunde, die Quasi ebenfalls seit Jahren kannten, trösteten uns soweit ihnen das möglich war. Rudi beschwor mich, nicht bei mir die Schuld zu suchen, dass ich das in mich gesetzte Vertrauen dem Hund gegenüber nicht hatte einhalten können. Ich wusste das, aber ich fühlte anders.

Freund Ludwig hatte in diesem Urlaub noch ein interessantes Erlebnis. Er hatte nach seinen ersten Surfversuchen auf Hvar zwar ein eigenes Board der Marke Mistral gekauft, da er aber sehr mit Tennis beschäftigt war, erreichte er mangels Gelegenheit und Fleißes beim Training nicht die höheren Weihen des Starkwindsurfens. Dafür hatte er sich mit einem Kollegen zusammen ein Segelboot auf dem Chiemsee geleistet. An einem der Vormittage, an denen wir nichts vorhatten, außer in der Sonne zu liegen, wanderte er zu dem nicht weit entfernten Segelhafen und erkundigte sich, ob er mit jemandem mitsegeln könnte. Nach kurzer Zeit wurde er mit einem sportlich aussehenden Schiffseigner bekannt gemacht, der in ihm offensichtlich eine verwandte Seele erkannte und ihn mit auf sein Boot nahm. Ludwig staunte nicht schlecht, als sich herausstellte, dass es sich dabei um einen hochgerüsteten Rennkatamaran handelte. Für Nichtsegler: Katamaran ist ein Zweirumpfboot, das extrem schnell gesegelt werden kann, vor allem dann, wenn es sich mit einem Rumpf aus dem Wasser erhebt.

Ludwig sollte als Vorschoter mitsegeln und zugleich, als Gegengewicht zum Winddruck im Segel, im Trapez ausreiten. Wir waren nicht dabei, leider, aber Ludwig hat uns den Ablauf als sehr abenteuerlich geschildert, was ich ihm sofort abnahm. Auch sei eine gute Portion Bangigkeit dabei gewesen, wenn sich einer der Rümpfe aus dem Wasser hob und die bereits hohe Geschwindigkeit beängstigend anstieg, zumal das Segeln auf einem Rumpf eine nicht nur instabile sondern auch gefährliche Variante des Katamaran Segelns ist. Es ist dennoch alles gut gegangen. Ludwig war mit seinem neu gewonnenen Freund noch auf ein Bier gegangen und hatte dabei vereinbart, dass wir am Abend zusammen mit dem Skipper zum Essen gehen würden. Das taten wir denn auch, wobei wir nebenbei bestätigt bekamen, dass Ludwigs Erzählungen keineswegs erfunden waren.

Als wir Tage danach wieder zurück nach Hause mussten, die Ferien waren zu Ende, fuhr ich mit dem Versprechen vom Comer See weg, dass ich unsere Quasi wieder einmal in den Bergen über dem See besuchen werde. Meine Frau hingegen wollte bisher nicht dorthin zurückkehren, sie argumentierte, die Erinnerung an unseren treuen Hund wäre noch immer zu schmerzlich für sie.

**Ägypten, Sinai,
Rotes Meer,
Dahab**

Seit einigen Jahren war Ägypten zu einem der meist besuchten Surfdestinationen geworden. Die ganzjährige Möglichkeit, bei warmen Temperaturen zu surfen, die kurze Flugzeit von wenig mehr als vier Stunden, dazu die annehmbar niedrigen Preise, taten ein Übriges dazu, dass neue Hotels mit angeschlossenen Surfstationen an der Küste des Roten Meeres, im Golf von Aqaba sowie im Golf von Suez entstanden. Was lag da näher, als diese Angebote wahrzunehmen. So buchten wir eines Tages im Herbst noch eine Woche unseres Resturlaubes im Hotel *Holiday Inn* in der Nähe von Dahab, am Golf von Aqaba.

Schon bei der Ankunft gab es den ersten Ärger. Da das Hotel überbucht war, mussten wir in ein drei Kilometer entferntes Hotel, dem *Helnan*, fahren. Das war auch deshalb ungünstig, weil wir jeden Tag zum Surfen zu der Surfstation des Hotels Holiday Inn fahren mussten, am Abend wieder zurück. Erst am dritten Tag konnten wir dann umziehen ins erstgebuchte Hotel.

Das Hotel Helnan hatte jedoch neben seiner luxuriösen Ausstattung einen besonderen Reiz, der uns schon am ersten Abend gefangen nahm. Wir waren die einzigen Europäer im Hotel, alle anderen Gäste waren Araber. Die Frauen tief verschleiert, die Männer in ihren weißen Baumwollmänteln, alleine die Kinder waren eher europäisch gekleidet. Wir waren so auffällig anders, dass wir von einer Familie höflich gebeten wurden, ob wir uns zusammen mit ihnen fotografieren lassen würden. Mit viel Gelächter der arabischen Familienmitglieder gesellten wir uns zu der Gruppe und wurden abgelichtet, anschließend wechselten sich noch verschiedene Familien ab, um auch ein Foto mit uns Fremden zu schießen.

Das Essen war für uns fremdartig, manches probierten wir gerne, andere Speisen wieder ein wenig skeptisch, die honigsüßen Nachspeisen dagegen waren uns wieder vertraut.

Da wir am anderen Morgen erst später von einem Shuttle zur Fahrt in die Surfstation abgeholt wurden, gingen wir vorher an den Strand zum Baden. Wir waren erstaunt, als wir die arabischen Frauen in langen schwarzen Badeanzügen sahen, die den ganzen Körper bedeckten. Wir fanden das übertrieben, störten uns auch ein wenig daran, wollten uns nicht entkleiden und kamen dadurch nicht zum Schwimmen.

Das Surfen in der Bucht von Dahab war entspannt; ein Wechsel vom Glattwasser- zum Wellenrevier war mit ein paar Schlägen um eine Sandbank jederzeit möglich, je nach Können und Laune. Die Windstärke lag in einem Bereich, der es ermöglichte, mit kleinen Segeln, also unter 6 qm, zu surfen. Die im Surfpool angebotenen Boards entsprachen dem aktuellen Standard.

Da wir zuhause bereits mitbekommen hatten, dass in erreichbarer Nähe auf dem Sinai das berühmte Katharinenkloster lag, wollten wir natürlich die Gelegenheit wahrnehmen und es besuchen. Da keine Gruppenreise vom Hotel aus angeboten wurde, verhandelten wir mit einem Taxifahrer, konnten uns über den Preis einigen und fuhren los. Die Fahrt durch die Wüste des Sinai war wunderschön. Die Abwechslung der einmal kräftigen, dann wieder pastellfarbenen Rot-, Braun- und Gelbtöne war beeindruckend. Die wenigen Kamelkarawanen, die wir antrafen, verstärkten noch den Eindruck der Wüstenlandschaft und der Einsamkeit, die wir auf weiten Strecken empfanden. Versunken in den für uns seltenen Anblick bemerkten wir den durch rot-weiße Ölfässer gekennzeichneten Kontrollposten erst, als unser Taxifahrer vor der Schranke anhielt. Wir sollten uns ausweisen. Das wurde zum Problem. Wir wussten nicht, dass mitten in der Wüste ägyptische Militärposten die Reisenden kontrollierten. Deshalb hatten wir unsere Pässe, die wir bei Ankunft im Hotel abgeben mussten, für diese Fahrt nicht zurückgefordert.

Wir hatten die Hälfte der geschätzten 70 km bereits zurückgelegt und sollten nun unverrichteter Dinge wieder umkehren! Das wollte mir nicht einleuchten. Also bedrängten wir den Taxifahrer, ob wir denn mit einem angemessenen Geldbetrag eine Ausnahmegenehmigung erhalten würden. Der aber lehnte kategorisch ab, überhaupt danach zu fragen und auch wir sollten das nicht versuchen, die Militärs könnten das arg übel nehmen. Auch als wir anboten, unsere Uhren als Pfand am Kontrollpunkt zu lassen, wurden wir abgewiesen mit dem Wort "Pass Port!". Also umkehren? Ich suchte noch einmal in meiner Geldbörse und fand darin meinen kleinen Alpenvereinsausweis, sogar mit Lichtbild versehen. Triumphieren hielt ich kurz darauf dem Uniformierten diesen Pass hin. Er begutachtete ihn, fand ihn offensichtlich legitim genug und ließ uns passieren. Welch eine Erleichterung!

Nach der Besichtigung des Katharinenklosters, das allein durch seine einsame Lage inmitten des kargen, jedoch majestätischen Sinai Gebirges beeindruckend ist, fuhren wir zurück zu unserem Hotel am Roten Meer und flogen am Ende unseres Urlaubs wieder in die Heimat.

**Gardasee,
wieder Capo Reamol**

So wie wir jedes Jahr einige Tage an den Gardasee fuhren, so waren wir auch dieses Mal wieder zum Ende der Saison Gäste im Hotel Capo Reamol. Das Wetter war schön, der See der Jahreszeit entsprechend kalt, keine 15 Grad Celsius. Freilich ist das am Lago di Garda nicht ungewöhnlich, besonders im Norden, da durch den täglichen Wind die Sonne keine dauerhaft warme Wasserschicht an der Oberfläche bilden kann. Für uns war das nicht hinderlich, geschützt durch einen isolierenden Neoprenanzug konnten wir durch viel Bewegung auf dem Wasser der Kälte gut standhalten. Natürlich versuchten wir, so wenig wie möglich ins Wasser zu fallen, aber Stürze gehören zum Starkwindsurfen, wollte man Spaß dabei haben und auch gewagte Manöver versuchen.

Nach einem Tag mit sehr starkem Wind, er erreichte gut sieben Beaufort, die Wellen waren entsprechend hoch und überschlugen sich schäumend, wachte ich nachts auf und fühlte mich wie betrunken, mir war dazu speiübel und schwindelig. Ich stürmte schwankend auf die Toilette und übergab mich, konnte mich kaum auf den Beinen halten. Nachdem diese Übelkeit, die ich mir nicht erklären konnte, nach einiger Zeit abgeklungen war, legte ich mich wieder ins Bett, um weiter zu schlafen. Kaum lag ich, begann diese Übelkeit von neuem. Wieder fuhr ich hoch, schwankte ins Bad und übergab mich wieder. Nach geraumer Zeit des aufrechten Sitzens schwand die Übelkeit und ich versuchte erneut, mich hinzulegen. Auch dieser Versuch zog sofortige Übelkeit nach sich. Jetzt blieb ich wach und saß bis zum frühen Morgen aufrecht im Bett.

Mit meiner Frau war ich übereingekommen, am folgenden Morgen unverzüglich abzureisen und mich ärztlich untersuchen zu lassen. Wir konnten uns beide nicht erklären, was die Ursache für diese Übelkeit und die damit einhergehende Beeinträchtigung des Gleichgewichtssinns war. Ich hatte zwar eine Vermutung, konnte es mir aber trotzdem nicht nachvollziehbar erklären, da ich mich an keine Fremdeinwirkung beim Surfen am Vortag erinnern konnte.

In Kinderjahren war mir beim Fangen spielen im Schwimmbad ein anderer Junge ins Wasser nachgesprungen und traf mich mit seiner Ferse am Ohr, worauf mein Trommelfell verletzt wurde und Wasser ins Mittelohr eindrang. Damals war die Übelkeit gerade so gewesen, wie ich sie jetzt am Gardasee erlebte. Ein weiteres Mal hatte ich ein ähnliches Erlebnis, als wir in Italien in Urlaub waren. Nachts hatte es ein heftiges Gewitter mit starkem Sturm gegeben und die Segeljolle eines Bekannten war, an der Boje hängend, gekentert. Sämtliche im Boot befindlichen Gegenstände lagen daher in etwa sechs Metern Tiefe am Meeresgrund im Sand verstreut. Wir tauchten danach und konnten fast alles wieder bergen.

Als ich noch mal den Grund von der Wasseroberfläche aus mit Blicken absuchte, sah ich noch eine Dolle im Sand liegen. Ohne den bisher praktizierten Druckausgleich durchzuführen, taucht ich die sechs Meter hinunter und gerade als ich die Dolle zu fassen bekam, brach mein Trommelfell erneut und wieder drang Wasser in mein Mittelohr. Ich verlor augenblicklich den Orientierungssinn. Ich wusste nicht mehr, was oben oder unten war, orientierte mich aber bald an dem Schatten, den das Schlauchboot, von dem aus wir die Suchaktion gestartet hatten, im Wasser warf. Ich kam nach oben, klammerte mich an den Bootswulst und versuchte, den wild schwankenden Horizont zu beruhigen. Meine Freunde bekamen mit, dass mit mir etwas nicht stimmte, ruderten mit mir sofort an Land und übergaben mich meiner Frau. Die führte mich zu dem im Hotel praktizierenden Arzt. Nachdem er sich angehört hatte, was mir zugestoßen war, zog er mir mit einer großen hölzernen Flittspritze das restliche Wasser schmerzhaft aus meinem Ohr und verordnete mir drei Tage Ruhe und stilles Liegen, anfangs auf dem betroffenen Ohr, damit Wasser, das sich noch im Mittelohr befinden sollte, herauslaufen könne. Das Loch im Trommelfell würde von alleine wieder zuwachsen. Auch von diesem Vorfall kannte ich die Übelkeit und die vorübergehende Einschränkung des Gleichgewichtssinns.

Nachdem ich vom Gardasee zuhause angekommen war, ging ich sofort in die Praxis von Freund Heinz. Nachdem ich ihm meine Symptome geschildert hatte, diagnostizierte er einen "malignen Lagerungsschwindel". So wie ich ihn bisher erlebt hatte, diesen Schwindel, war er nicht gutartig, hielt ich ihm entgegen, aber er lachte nur und erklärte, nicht die Wirkung sei gutartig, doch die Ursache nicht bösartig, und darüber könne ich froh sein. Da er aber Internist sei, solle ich zur endgültigen Klärung einen HNO-Arzt aufsuchen.

Das tat ich, sobald meine Zeit dies zuließ. Der Facharzt bestätigte die Diagnose, bemerkte noch anerkennend, dass es beachtlich sei, dass ein Internist dies festgestellt habe. Er schlug mir vor, bei einer ambulant durchführbaren Operation ein körpereigenes Gewebestück auf das durchlöcherte Trommelfell zu platzieren, damit würde das Loch geschlossen sein und ich könnte wieder ungehindert surfen, ohne dass kaltes Wasser in mein Mittelohr eindringen würde, was sicherlich das auslösende Element meines unangenehmen Erlebnisses gewesen sei. Mein

Hörvermögen würde sich zwar nicht verbessern aber auch nicht wesentlich verschlechtern.

Ich besprach mich noch mit meiner Frau und stimmte dann der Operation zu. Die verlief problemlos, bis ich nach zwei Wochen einen seltsamen Druck im Ohr, einhergehend mit Hörverlust, wahrnahm. Wieder ging ich zum HNO, der stellte fest, "da müssen wir noch mal drüber gehen" und wenig später lag ich wieder auf dem OP-Tisch. Örtliche Betäubung sollte genügen, meinte der HNO, aber als er mit einer Kreissäge einen Teil des Knochens neben dem Ohr ansägte, trat bei mir Panik auf und er sandte mich kurzerhand ins Traum(lose)-Land. Im Nachhinein informierte er mich, dass das körpereigene Implantat auf meinem Trommelfell zu wuchern angefangen und mein gesamtes Innenohr ausgefüllt hatte. Die Wucherung musste er entfernen, damit aber auch die kleinen Ohrknöchelchen wie Hammer, Amboss und Steigbügel, die er anschließend durch eine Plastik ersetzte, damit mir zumindest noch ein Hauch an Hörvermögen erhalten blieb. Anschließend verschrieb er mir noch ein Rezept für einen orthopädisch angefertigten Ohrenstöpsel, den ich künftig beim Surfen verwenden sollte.

Ich fragte mich, leider zu spät, ob sein Interesse an einer, mit diesem Risiko verbundenen Operation und der damit einhergehende finanzielle Vorteil mehr Anteil an diesem Desaster hatte oder meine unüberlegte Zustimmung zu dieser OP, da das Problem ja dann, nach entstandenem Schaden, ganz einfach mit einem Ohrenstöpsel zu lösen war. Aber: hinterher ist man immer klüger.

Das war das Ende meines Surfens am Gardasee, das Wasser war mir zu kalt geworden, ich bevorzugte von da an zum Surfen nur noch Gegenden mit warmem Wasser.

**Karibik,
Dominikanische Republik**

Aus diesem Grunde flogen wir anschließend in das Warmwasserparadies Karibik, in die Dominikanische Republik, umgangssprachlich kurz "DomRep" genannt. Es näherte sich meinen Vorstellungen vom Paradies stark an, die Tage warm, nicht heiß, die Nächte kühl, gut für erholsamen Schlaf, das Wasser knappe 30 Grad warm, täglich Wind ab Mittag, ein Riff in angenehm weitem Abstand vom Ufer, das die hohen Wellen abhielt, kaum Brandung, Schatten unter Palmen über grünen Wiesen nahe am Meer. Am Vormittag ausgedehnte Spaziergänge entlang des weiten weißen Strandes, am Nachmittag entspanntes Surfen innerhalb des Riffs und am Spätnachmittag einen Longdrink an der Bar je nach Gusto, da "*all inklusiv*". Am Mittag und abends dann Essen vom reichhaltigen Buffet, das mit Gemüse und Obst schier überladen schien. Einziger, aber kaum nennenswerter Wehrmutstropfen war, dass wir Bier oder Whiskey leider nur aus Plastikbechern trinken konnten. Da wir das stillos fanden, erstanden wir auf einer Rundreise mit anschließender Schnellbootsfahrt durch wunderschöne Lagunen, zwei Trinkgläser, in die wir unsere Drinks zukünftig umfüllten.

Vor einigen Jahren war eine neue Art des Surfens erfunden worden, das *Kitesurfen*. Findige Surfer hatten das Rigg durch einen Lenkdrachen (auf Englisch: *Kite*), das voluminöse Board durch ein leichtes und kleines Brett ersetzt, das einem *Snowboard* sehr ähnlich sah. Natürlich hatte ich mich sofort dafür interessiert, war jedoch davon abgekommen, da der Start des Lenkdrachens aus dem Wasser sehr schwierig war. Und dass er auch mal ins Wasser fiel, kam öfter vor als einem lieb sein konnte. Dann musste man dem auf dem Wasser liegenden, vor dem Wind hertreibenden Drachen, hinterher schwimmen, um ihn anschließend in die Position zu richten, von der aus er sich wieder aus dem Wasser lösen und aufsteigen konnte. Das war anstrengend. Es dauerte aber nicht lange, da erfand man neben den vier Leinen, mit denen man den Kite steuerte, eine fünfte Leine, die den Kite, durch Ziehen daran, selbsttätig wieder in Startposition brachte. Weitere Jahre vergingen, da war der Kite so gestaltet, dass dies zu einer leichten Übung wurde.

Da ich mir sagte, es sei leichter, einen Kite und ein kleines Brett zu befördern als ein Surfboard einschließlich dreier Segel mit Masten und Gabelbäumen, hatte ich wenige Jahre vorher in Ägypten einen Kurs zum Erlernen des Kitesurfens gebucht. Nach Aussage des Kitelehrers sollte es für mich als Surfer ein Leichtes sein, diese Sportart zu erlernen, da ich ja auch schon mit Lenkdrachen umzugehen verstand. Als ich am Tag darauf mit anderen Lernwilligen vor der Surfstation stand, teilt man uns

mit, dass der Kitelehrer über Nacht das Hotel gewechselt hatte, da er im neuen Hotel mehr verdienen konnte.
Was ich in der Dominikanischen Republik mit ansehen musste, hat mich in meiner Ansicht bestärkt, dass Kitesurfen doch nicht so harmlos ist, wie es sich für einen Zuschauer darbietet. Wer die mühelosen Halsen und die gewagt aussehenden Sprünge mit dem anschließenden schwerelosen Schweben der Kitesurfer sieht, ist erst mal begeistert. Ich war es auch. Obwohl, und ich muss das jetzt loswerden, auch zur Rettung des Ansehens der Windsurfer, ein Kitesurfer nie so schnell sein kann, wie ein normaler Windsurfer, vorausgesetzt der Wind reicht aus. Andererseits brauchen Kiter nicht so starken Wind wie Windsurfer. Dieser Punkt geht an das Kiten.

In der DomRep waren die Kiter schon in der Überzahl. Mir war dort, als gehörte ich zu einer aussterbenden Spezies. Aber unverdrossen zog ich mit wenigen anderen Surfern meine Kreise, halste und wendete, sprang mal über eine Welle, lächerlich niedrig im Gegensatz zu den freien Flügen der Kiter.

Mein Material hatte ich bereits aufgeräumt, der Surftag war für mich zu Ende gegangen, deshalb saß ich mit meiner Frau in der Strandbar, von wo wir den restlichen Surfern und Kitern zusahen. Dann geschah plötzlich Schlimmes. Unerwartet fielen starke Böen in die Bucht ein, die Surfer ließen ihre Segel fallen und sich selbst ins Wasser. Die Kiter hingegen wurden hoch gehoben, flogen über den Strand, einige konnten noch über Wasser die Reißleine ziehen, andere schafften das nicht mehr. Sie schwebten schon zu hoch und über Land, um gefahrlos diesen Notabwurf auszulösen. Einige fielen in die Büsche hinter den Stranddünen, zwei flogen weiter, einer davon an eine Palme, der Kite fiel in sich zusammen und er rutschte schreiend vor Schmerz am Stamm der Palme entlang auf den Boden. Später erfuhren wir, dass er sich beim Aufprall den Oberschenkel gebrochen hatte. Der zweite Surfer flog über das Dach des zweistöckigen Hotels und knallte, als er anschließend in den Windschatten des Hotelkomplexes kam, wie ein Stein auf die dahinter vorbeiführende Straße. Von ihm weiß ich nur, dass er mit einem Rettungswagen in eine Klinik gebracht wurde, ebenso wie der Kiter mit dem gebrochenen Bein.

Natürlich ist so ein Vorkommnis nicht alltäglich, das versicherten uns auch die Profis dort, in der Karibik seien solch plötzliche, starke Windböen die Ausnahme. Dessen ungeachtet versicherte ich mir, dass ich beim Windsurfen bleiben würde, auch wenn bei dieser Sportart ebenfalls Gefahren lauerten, aber einige davon hatte ich schon überlebt und hoffte, daraus gelernt zu haben.

Deutschland, Mecklenburg-Vorpommern

Monika war es, die uns auf den Gedanken brachte, eine Reise in den Norden unserer Republik anzutreten. Monika ist die Frau von Herbert, also auch dem Stammtisch zugehörig. Sie war eine engagierte und kluge Lehrerin, die ihren Beruf überaus ernst nahm. Vor kurzem ist sie mit einem lachenden und einem weinenden Auge in Pension gegangen.

Monika hat eine Schwester, die hatte ihr von ihrem wunderschönen Urlaub an der Müritz (auch Müritz See) in Mecklenburg-Vorpommern erzählt. Da wollte sie nicht hinten anstehen und überredete erst ihren Herbert, dann, mit vereinten Argumenten, auch uns, dort doch mal Urlaub zu machen. Herbert und Monika mieteten sich eigens dafür einen Wohnwagen und so buchten wir zwei Stellplätze auf einem Campingplatz am Woblitzsee, nicht weit von der Müritz entfernt. Die Müritz ist der größte Binnensee Deutschlands; der Bodensee ist zwar größer, er gehört aber nicht Deutschland alleine, da sowohl die Schweiz als auch Österreich Anteil an ihm haben.

Die Müritz liegt innerhalb der Mecklenburgischen Seenplatte, diese wiederum innerhalb des Bundeslandes Mecklenburg-Vorpommern. Die einfache Strecke dorthin betrug auf der Straße etwa 800 km, was wir der guten Verbindung wegen auf der Autobahn innerhalb zweier Tage locker schafften. Ungewöhnlich für uns war nur, dass wir den Campingplatz vorbuchen mussten, ebenso, dass dafür eine Anzahlung gefordert wurde. Aber wir zeigten Verständnis, da es während der Sommerferien war und ich mir vorstellte, dass die Müritz ein begehrtes Urlaubsparadies wäre.

Dort angekommen, meldete sich meine Frau an der Rezeption mit einem fröhlichen: "Grüß Gott, die Bayern sind angekommen". Die Antwort war weniger fröhlich und lautete: "Die haben uns gerade noch gefehlt!" Als meine Frau, noch immer nicht beeindruckt, meinte: "Warum mögen sie Bayern nicht, ist doch ein wunderschönes Land" kam prompt die Antwort: "Ich würde da nie hinfahren!". Jetzt war auch meine Frau eingebremst und bemerkte nur noch, das wäre ja ein wirklich herzlicher Empfang. Dessen ungerührt bekamen wir in kasernenmäßigem Ton die nötigsten Informationen zum Platz mitgeteilt. Dann wies man uns die beiden Stellplätze zu. Wir suchten sie uns, die lagen weit weg vom See, ein wenig abseits, wir konstatierten: für die Bayern reicht es schon.

Da wurde Surfen zum Materialtransport an den entfernt liegenden Einstieg zum See. Aber es stellte sich an den folgenden Tagen heraus, dass wir wegen Windmangels sowieso kaum zum Surfen kamen. Es war uns vorher klar gewesen, dass es sich bei der Müritz nicht explizit um ein Surfgebiet handelt, aber wir hatten unser Surfmaterial mal mitgenommen, immer in der Hoffnung, es könnte ja doch mal mehr Wind sein.

Da wir unsere Räder vorsorglich mitgenommen hatten, fuhren wir zumindest teilweise um den Müritz See. Das heißt, wir fuhren erst einmal mit der Bahn nach Waren, einem Ort im Norden des Sees, von da aus mussten wir nur noch etwa die Hälfte der Strecke mit dem Rad fahren, das waren immerhin noch gute 60 km. Obwohl die Radwege an der Müritz hoch gelobt werden, muss ich dieses Lob einschränken, fühle mich dazu auch berufen, da unser Stammtisch jährlich eine einwöchige Radtour durchführt. Wir können also beurteilen, wie ein guter Radweg beschaffen sein soll. Das Problem der Radwege an der Müritz und Umgebung besteht in den Sandlöchern, die man oft unverhofft antrifft, fieser Weise meist nach unübersichtlichen Kurven. Kann man rechtzeitig bremsen, hat man Glück, wenn nicht, bedarf es einiger Anstrengung, um im Sattel zu bleiben.

Auf dieser Radtour kehrten wir in einem Café ein, wollten Pause machen und einen Cappuccino trinken. Es war ursprünglich ein Einfamilienhaus, in dem ein Raum mit Terrasse für die Gäste reserviert war. Es waren keine anderen Gäste anwesend, deshalb begannen wir mit der Frau, die uns bediente, ein Gespräch. Nach einigen Fragen ihrerseits über Woher und Wohin antworteten wir, dass wir aus Bayern, also aus dem Westen kamen. Da schlug das bisher belanglose Gespräch bald um in eine Tirade darüber, dass in der ehemaligen DDR alles besser gewesen sei und überhaupt hätten sie viel von ihrer finanziellen Sicherheit verloren, heute müssten sie sich um alles selbst kümmern, früher hatte das der Staat erledigt und und und... Wir wurden immer stiller und hörten uns das verständnislos an. Später dann diskutierten wir darüber und versuchten zu verstehen.

Ich hoffte, dass solche Ansichten Ausnahmefälle darstellen und dass sich das zwischenzeitlich geändert hat.

Wir fuhren, nicht sehr überzeugt von Mecklenburg –Vorpommern, einige Tage später zurück in die Heimat, mit der Absicht, dass wir die 800 km Autofahrt, die wir bis an die Müritz gefahren waren, zukünftig wieder lieber in den sonnigen Süden fahren würden.

**Cabo Verde,
Insel Sal**

Die Insel Sal ist eine der kleineren innerhalb der Kapverdischen Inselgruppe, die circa 600 km westlich von Afrika im Atlantischen Ozean liegt. Ich wurde aufmerksam auf diese Insel, da sie in einem Reiseprospekt für Windsurfer als die Sonneninsel mit durchschnittlich 350 Sonnentagen bei beständig kräftigem Nordost Wind angeboten wurde. Als meine Frau und ich dort angekommen waren und vom Flughafen zu unserem Hotel gefahren wurden, sahen wir in der wüstenartigen Landschaft nur einige windzerzauste, schrägstehende Palmen und viel Sand. Das ließ mich hoffen!

Das Hotel bestand hauptsächlich aus Bungalows, die in lockerem Abstand um ein Hauptgebäude angeordnet waren. Die Einrichtung war ansprechend, der Komfort schien ausreichend, jeder der Bungalows hatte eine Terrasse. Nachdem wir alles ausgiebig inspiziert hatten, gingen wir ins Haupthaus zum Abendessen, anschließend bald ins Bett, um uns (mich) auf das Surfen am kommenden Tag vorzubereiten. Wir registrierten noch, dass auch nachts der Wind kräftig blies und dass es daher relativ kühl war.

Am Morgen darauf gingen wir zum Frühstück ins Haupthaus. Zu meiner Freude wehte der Wind weiterhin unvermindert stark. Gleich nach dem Frühstück ging ich zur Surfstation, meldete mich an und erhielt die Einweisungen zum Revier. Das was ich hörte, stimmte mich nicht gerade euphorisch.

Meine Befürchtungen sollten sich bewahrheiten. Es begann damit, dass man Board mit Segel nicht selbst ins Wasser tragen durfte, man musste sich von einem der Boys helfen lassen. Das fand ich erst mal nicht so gut, tröstete mich aber, dass die gewiss ihren Job dringend brauchten. Als ich, den Boy mit meinem Material im Schlepp, am Wasser war, konnte ich die Berechtigung dieser Anweisung noch aus einem anderen Grund nachvollziehen. Der Wind wehte auflandig und schob steile und kurze, aber hohe Wellen ans Ufer, die sich in einer starken Brandung austobten. Es war nicht einfach, mit dem Material in Händen den Brandungsgürtel zu durchbrechen. Die schwarzen Boys waren darin freilich sehr geübt. Sie warteten eine Serie weniger hoher Wellen ab, dann nahmen sie den Mast an der Spitze und das Segel so in die Hände, dass sie das Board, vor sich her schiebend, so steuern konnten, dass es mit der Spitze voran die Brandungswellen frei hinauf und wieder hinunter schwimmen konnten, ohne von der Welle irritiert zu werden. So schwammen sie durch den Brandungsgürtel und übergaben uns außerhalb das Brett mit Segel. Bei den hohen Wellen war nur ein Wasserstart möglich. Da aber der Wind auflandig anstand, war der Start auch da noch immer schwierig, da man sofort hart am Wind surfen musste, um vom Ufer frei zu kommen. Bei der steilen und kurzen Welle wahrlich kein Vergnügen. So mancher Surfer trieb wieder ans Ufer und die Prozedur begann von vorne.

Bei der Einführung hatte man mir gesagt, dass ein wenig seitab im Norden eine flache Halbinsel sei, in deren Abdeckung kaum Wellen sein würden. Da ich vom Ufer aus schon gesehen hatte, dass dort auch andere Surfer waren, versuchte ich auch, dort hin zu kommen. Das stellte sich als nicht so einfach heraus. Gegen den Wind ankreuzen, bei steiler und kurzer Welle, war eine echte Herausforderung. Als ich endlich dort ankam, war ich bereits ganz schön fertig. Aber ans Ufer fahren zum Ausruhen war nicht möglich, man hatte mir dringend davon abgeraten, da dort ein scharfes Riff sei, an dem man sich verletzen könnte. Also surfte ich einige Bahnen, dann machte ich mich wieder auf den Rückweg.

Auch das stellte sich als nicht leicht heraus. Nun musste ich vor dem Wind an den Startpunkt zurück surfen, raumschots wurde ich so schnell, dass ich bei diesen Wellen immer wieder abhob und zu tun hatte, auf dem Brett zu bleiben. Es machte eindeutig keinen Spaß.

Endlich wieder zurück, ging ich mit meiner Frau in die Strandbar um eine Kleinigkeit zu essen. Da warteten wir erst mal, bis jemand die Bestellung aufnahm. Dann warteten wir noch länger, bis das Essen kam. Bis wir bezahlen konnten, waren mehr als zwei Stunden vergangen. Das Personal war vollkommen uninteressiert an uns Gästen. Alles andere, vor allem ihr fortwährendes Palaver, schien ihnen wesentlich wichtiger.

Als ich wieder aufs Wasser wollte, war da plötzlich ein Gerenne und ein Rufen, unter den Gästen wurde ein Arzt gesucht. Als sich tatsächlich einer fand, wurde er in einen Jeep verfrachtet und ab ging die Fahrt, den Strand entlang Richtung flacher Halbinsel, vor der die Flachwasserpiste lag, bei der ich am Vormittag gewesen war. Wir erfuhren später, dass sich einer der Surfer ans Ufer gewagt hatte, sich aber am Riff schwer an den Beinen verletzte und daraufhin ärztlich versorgt werden musste. Noch am gleichen Tag wurde er ins Krankenhaus transportiert, das in der 17 km entfernt liegenden Hauptstadt *Espargos* gelegen war.

Am ersten Abend gingen wir in das Hauptgebäude des Hotels zum Essen. Es war nicht schlecht, wenn es auch lange dauerte, bis serviert wurde, aber wir hatten jetzt ja Zeit. Da wir auf Anraten des Reisebüros nur Übernachtung mit Frühstück gebucht hatten, mussten wir das Essen bezahlen. Da gingen uns die Augen über. Das war echt teuer. Also hielten wir uns am darauffolgenden Abend an den Vorschlag aus unserem Reiseprospekt für Sal. Wir gingen in die naheliegende Stadt *Santa Maria*. Das Angebot an Lokalen war groß; wir suchten uns eins, das uns vor dem ständigen Wind nahezu schützte. Das war auch notwendig, um uns wieder ein wenig aufzuwärmen, denn auf dem Weg in die Stadt hatte uns der starke Wind ausgekühlt. Wir hatten schon alle verfügbaren Kleidungsstücke angezogen, aber natürlich reichte das nicht aus, waren wir doch davon ausgegangen, dass wir so nahe am Äquator auch am Abend nicht frieren würden. Das Essen war gut und auch preiswert, jedoch nur, solange man sich mit Fisch oder Meeresfrüchten begnügte, was wir ausgiebig genossen, da wir diese Speisen zuhause nie so frisch auf den Tisch bekamen. Wollte man hingegen Fleisch, wurde es wieder teuer.

Neben dem, der geschilderten Umstände wegen, nicht gerade lockeren Surfen machten wir schon am zweiten Tag ein weiteres Problem aus. Als wir am Morgen nach dem Frühstück zurück in den Bungalow kamen und unsere Notdurft verrichtet hatten, bemerkten wir, dass kein Wasser lief. An der Rezeption sagten sie uns, dass es leider derzeit sehr trocken sei, deshalb müsse das Wasser zeitweise abgestellt werden. Eigentlich verständlich, auf einer der regenärmsten Inseln der Welt. Ich möchte nicht ausführlich beschreiben, welch ein Geruch in unserem Bungalow herrschte, als wir am Spätnachmittag vom Strand kamen. Denn dann endlich konnten wir unsere Hinterlassenschaft fortspülen, die in dem von der Sonne einen ganzen Tag beschienenen heißen Bad vor sich hin gärte. Ein Verschlossenhalten der Fenster tagsüber war uns dringend empfohlen worden, da auf dieser armen Insel hohe Diebstahlgefahr herrschte; Originalton bei der Einführung: "Die können alles gebrauchen und sie stehen dann mit Nichts da".

Nach all diesen Negativerlebnissen bemühten wir uns erfolgreich, eine Woche früher als geplant die Insel in Richtung Heimat zu verlassen.

Ägypten, Safaga

In den letzten Jahren wurden immer mehr Hotels mit Surfstationen in Ägypten am Roten Meer angeboten. Eines der Ziele für meine Frau und mich war Safaga, nahe Hurghada. Safaga ist zum Surfen ideal geeignet. Schon am Morgen weht in den späten Herbsttagen der Wind ausreichend stark schräg ablandig. Gegen Mittag flaut er ein wenig ab, dreht anschließend auf sideshore und bläst alsdann konstant bis zum Abend.

Ich war früh am Morgen schon auf dem Wasser und ließ mich von den anderen Surfern überreden, zu der ca. sieben Kilometer entfernten Insel *Tobia Island* zu surfen, jedoch nicht, bevor ich meiner Frau Bescheid gesagt hatte. Die Tour war nur am Vormittag relativ leicht zu schaffen, da wir mit Halbwind und maximaler Geschwindigkeit auf einem Bug surfen konnten. Tobia Island war unbewohnt, von türkisblauem Wasser umgeben. Viele Boote ankerten dort, ich weiß nicht, hatte es ihnen der feine weiße Sand angetan oder befand sich dort ein interessantes Tauchgebiet. Nach einer halben Stunde Ruhe surften wir wieder zurück, bevor der Wind abflauen würde.

Als ich ein wenig steif wegen des langen Stehens auf einem Bug bei meiner Frau ankam, berichtete sie mir ganz aufgeregt, dass in der Surfstation während der Nacht sechs Hundewelpen abgelegt worden seien, die so süß wären, dass ich sie unbedingt sofort ansehen sollte. Mir schwante Schlimmes und ich wappnete mich schon auf eine heftige Diskussion darüber, ob wir einen der Hundewelpen mit nach Hause nehmen könnten. Sie sahen wirklich putzig aus, aber ich hütete mich, das auch zuzugeben. Die befürchtete Diskussion blieb aus, meine Frau war einsichtig, wir hatten ja schon einen Hund zuhause. Zudem versicherte uns das Mädchen von der Surfstation, dass es den Hunden gut gehen werde.

Zwei Tage vor unserer Rückreise erwischte mich Montezumas Rache, die ging einher mit hohem Fieber. Obwohl es warm war, litt ich unter Schüttelfrost und fühlte mich schlapp und krank. Ich war oft in Ägypten und im Norden Afrikas in Urlaub, konnte mich aufgrund bestimmter Vorsichtsmaßnahmen immer frei halten von dieser gefürchteten Heimsuchung. Kein kaltes Bier! Keinen rohen Salat! Kein Speiseeis! Aber dieses Mal war ich umso heftiger ein Opfer dieser unangenehmen Durchfallerkrankung geworden. Meine Frau hatte - wie immer - einschlägige Medikamente in ihrer Reiseapotheke und vermochte mich zumindest dahingehend zuverarzten, dass ich den Rückflug ohne nennenswerte Befürchtungen vor einer unkontrollierten Inkontinenz antreten konnte.

Da das Surfen in Safaga ansonsten ersprießlich abgelaufen war, sagte ich guten Gewissens meinem Freund Herbert zu, als er mich fragte, ob wir mit ihm und seiner Frau Monika im folgenden Jahr noch einmal nach Safaga fliegen würden. Das taten wir dann auch und erlebten dabei einen unbeschwerten Urlaub mit viel Surfen, Sonnenbaden und ausgiebigen und unterhaltsamen Stunden beim Essen und an den Abenden. Das konnten uns auch die anwesenden Russen nicht vergällen, die wie üblich gewöhnungsbedürftige Tischmanieren an den Tag legten.

Da im Hotel ein Ausflug nach Luxor angeboten wurde, nahmen wir die Gelegenheit wahr, um diese wichtigste archäologische Stätte Ägyptens zu besichtigen. Wir fuhren mit dem Bus zusammen mit Reisenden anderer Hotels. Der Ausflug begann um 5 Uhr am Morgen, was in Anbetracht der einfachen Strecke von etwa 200 km verständlich war. Wer von Wüstenlandschaften begeistert ist wie meine Frau und ich, genoss die Fahrt vom ersten Augenblick an, andere Reisende verschliefen die ersten Stunden, bis wir den etwa fünf Kilometer breiten Grünlandstreifen am Nilufer erreichten. Wir waren von der Vielfalt der intensiven landwirtschaftlichen Nutzung dieses fruchtbaren Streifens überrascht.

In Luxor angekommen, wurden wir zu den altägyptischen Tempelruinen in Theben gefahren, bestaunten die riesigen Säulen, fuhren weiter zum Luxor- und Karnak-Tempel und anschließend ins Tal der Könige. Obwohl meine Frau zusammen mit unserer Tochter vor Jahren eine Reise durch Ägypten mit Nilkreuzfahrt gemacht hatte und daher Luxor schon kannte, war sie von diesen beeindruckenden Stätten einer alten Hochkultur nicht weniger begeistert als ich. Erst gegen Abend fuhren wir zurück nach Safaga und kamen dort um Mitternacht an. Erwähnen möchte ich noch, dass wir auf der Fahrt Militärschutz genossen, da vor einigen Wochen ein Überfall auf dieser Reiseroute stattgefunden hatte.

Diesmal nicht von Montezumas Rache geschwächt, verließen wir bald zufrieden mit der Windausbeute und dem Gewinn schöner Bilder von Luxor, unseren Urlaubsort Safaga am Roten Meer.

**Ägypten,
Somabay**

Da wir weitere Surfgebiete kennen lernen wollten, buchte ich zusammen mit meiner Frau im nächsten Jahr wieder einen Urlaub in Ägypten, dieses Mal in der *Soma Bay*, ebenfalls nahe Hurghada gelegen. Das Hotel hieß damals noch, angelehnt an den Namen der Bucht, "*Somabay*" und war noch nicht vollständig fertig gestellt, weswegen der Reisepreis reduziert war. Doch Hotelleitung und Personal strengten sich während unseres Aufenthalts mächtig an, um einen guten Eindruck zu hinterlassen, was ihnen auch gelang.

Wir erfuhren nebenbei, dass ein griechischer Unternehmer und Milliardär, der Aggregate für Kühl- und Gefrierschränke produzierte, sich hier aus Spaß an der Freude ein Hotel der Extraklasse errichtet hatte, dazu nebenan seine eigene Luxusvilla. So sah das alles in der Tat auch aus. Als wir ins Hotel kamen, empfing uns eine gewaltige Eingangshalle, reich verziert mit Wandgemälden und überlebensgroßen Figuren aus der griechischen Mythologie, dazu in der Mitte ein kleines Café und ringsum Rezeption, Wechselstube und Souvenirläden der verschiedensten Art. Wir waren beeindruckt.

Auch was das Surfen anbetrifft war ich sehr zufrieden. Das Surfrevier war ideal. Ich hatte immer Land oder begehbare Sandbänke im Blick, an ein Abtreiben oder an sonstige Gefahren brauchte ich nicht zu denken, der Wind blies gleichmäßig und das Wasser war warm und einladend türkisgrün. Das Material war neu und in ausreichender Menge vorhanden, der Service sehr zuvorkommend.

Mit meiner Frau war ich zweimal im Hotel Somabay. Einige Jahre später überredeten wir unsere Freunde Herbert sowie Hartmut mit Frau Ilse erfolgreich, mit uns dort hin zu fliegen. Doch zwischenzeitlich war der ehemalige Besitzer gestorben, das Hotel war verkauft worden und die Situation war eine andere geworden.

Es waren viele Russen im Hotel. Über deren Essgewohnheiten mussten wir staunen. Sie schaufelten ihre Teller am Buffet erst mal randvoll, schaufelten dann, über den Teller gebeugt, so viel in sich rein um den ersten Hunger zu stillen, um anschließend den Rest abtragen zu lassen. Beim nächsten Gang wiederholte sich das gleiche Spiel, nur erhöhte sich die Menge des zurückgehenden Essens mit jedem Mal Nachfassen. Gelinde gesagt, gewöhnungsbedürftig.

Unser Unmut über die Russen wurde weiterhin gespeist von deren Verhalten in der Surfstation. Schon am frühen Morgen wurden von ihnen die meisten Boards und Segel reserviert, die für die herrschende Windstärke angemessen waren. Wir, die erst nach dem Frühstück kamen, mussten mit größeren Brettern und unpassenden Segeln vorlieb nehmen. Dafür lagen dann deren Boards stundenlang in der Sonne am Strand, obwohl die Stationsregeln vorschrieben, dass bei längeren Pausen das Material zurückgegeben werden sollte. Das war aber noch nicht alles. Die Surfstation war verlegt worden, sie wurde unter anderer Leitung wie in den Vorjahren betrieben. Die Tische und Stühle waren vergammelt, die besten darunter von den Russen und deren Anhang besetzt. Die Nichtsurfer unter ihnen saßen schon am Vormittag teilweise betrunken mit hochroten Köpfen an den Tischen und unterhielten sich lautstark ohne Rücksicht auf die anderen Anwesenden.

Vollends bedient waren wir, als jedes Mal, wenn eine der russischen Gruppen abreiste, die Nacht zuvor durchgefeiert wurde. Unser Zimmer lag glücklicherweise nach außen hin, deshalb bekamen wir nicht so viel davon mit, das Zimmer von Hartmut und Ilse allerdings lag im Innenbereich des Hotels. Die machten in jenen Nächten kaum ein Auge zu. Es war sehr ärgerlich.

Bei Weitem nicht mehr so zufrieden wie bei den ersten beiden Aufenthalten, verließen wir nach einer Woche die ungastliche Stätte wieder, nicht ohne uns bei unseren Freunden wortreich zu entschuldigen, dass wir ihnen nicht das bieten hatten können, was wir hier in früheren Jahren genossen hatten.

**Ägypten,
Lahami Bay**

Von den unschönen Erlebnissen mit den neuerdings in unguter Anhäufung auftretenden Russen, suchten wir uns ein Reiseziel zum Surfen, an dem wir davon verschont bleiben würden. Da bot sich, nach Aussage eines Surffreundes, das Hotel *Lahami Bay* an, im Süden Ägyptens, am Roten Meer nahe der Grenze zum Sudan gelegen. Es sollte unter deutscher Führung gemanagt sowie eine gute Surfstation angeschlossen sein.

Als meine Frau und ich dort ankamen, wurden wir tatsächlich von der deutschen Hoteleigentümerin, einer Dame mittleren Alters mit tiefer, rauchiger Stimme sehr herzlich empfangen. Wir fühlten uns sofort wohl in diesem Hotel. Nachdem auch die Surfstation gut ausgestattete war und der Wind mit nahezu deutscher Pünktlichkeit jeden Morgen um die gleiche Zeit einsetzte, hatte auch ich keinerlei Beanstandungen vorzubringen. Und unsere Erwartung bezüglich der rüpelhaften Russen wurde erfüllt, sie glänzten durch Abwesenheit.

Eines Abends, nach einem ausgedehnten Surftag, als wir auf unserem Balkon mit Meerblick beim wohlverdienten Whiskey saßen, den wir günstig im Duty-free-Shop erstanden hatten, rissen uns laute erboste Schreie aus unserer heiteren Stimmung. Als wir hinunterblickten in den Palmengarten, der zum Hotel gehörte, sahen wir, dass Bedienstete des Hotels dabei waren, die halbwilden Kamele aus dem Garten zu vertreiben, die wir schon seit einigen Tagen vor dem Zaun gesehen hatten, der das Hotelareal umgab. Der Zaun war an breiter Front niedergetreten. Das täglich mit reichlich Wasser besprengte saftige Gras unter den Palmen hatte die Kamele wohl unwiderstehlich angezogen und sie dazu verleitet, den Einbruch mit anschließendem Mundraub zu begehen. Angesichts der wenigen dürren und stachligen Büsche in der Wüstenlandschaft außerhalb des Hotels verwunderte uns das nicht sonderlich. Wir betrachteten die umständlichen und lautstarken Versuche der Hotelangestellten, die Kamele wieder in die Wüste zu treiben, mit zwar heimlichem, aber nicht geringem Amüsement.

Nach dem Urlaub zurück in der Heimat, tauschten wir uns wieder mit unseren Freunden aus und konnten berichten, dass es rundum ein erquicklicher Urlaub war und wir vorhatten, im nächsten Jahr wieder dorthin zu fliegen.

Es hat dann freilich doch drei Jahre gedauert, bis wir, meine Frau und ich, wieder in diesem Hotel unseren Surfurlaub buchten. Mit von der Partie waren die Stammtischfreunde Herbert mit Frau Monika und Rudi, der ja schon bekannt ist von unserem Stammtischausflug an den Bolsenasee.

Das Hotel war weiterhin gut geführt, die Surfstation ebenso, nur war ein wenig entfernt ein neues Hotel hochgezogen worden. Leider direkt in der Windeinfallschneise, was dazu führte, dass der Wind in unserer Surfbucht stetig ein wenig sowohl die Stärke als auch die Richtung änderte. Der Surfgenuss von früher stelle sich nicht mehr ungetrübt ein. Wir litten alle drei, Rudi, Herbert und ich unter dieser Beeinträchtigung, versuchten aber das Beste daraus zu machen.

So gingen wir an einem der Tage einige hundert Meter weiter den Strand entlang zu der dort vorhandenen Tauchstation. Dabei waren auch Monika und meine Frau. Wir mieteten uns Flossen, Taucherbrille und

Schnorchel und schwammen hinaus zu dem Riff, das dem Ufer vorgelagert war. Rudi war ein erfahrener Taucher und führte unsere Gruppe an. Meine Frau hatte vor Jahren, es war damals in der Türkei, einen Tauchlehrgang mit Abschlussprüfung gemacht, hatte aber zwischenzeitlich diesen Sport nicht weiter ausgeübt. Deshalb war sie ein wenig verunsichert, Rudi aber führte sie souverän durch die wirklich wundervolle Unterwasserwelt dieses Riffs. Auch Monika, die früher nie getaucht war, gewöhnte sich allmählich an das Atmen durch den Schnorchel und vergaß alsbald ihre anfänglichen Bedenken angesichts der Vielfalt von Unterwasserfauna und -flora. Es war aber auch faszinierend, da viele bunte Fische verschiedener Größe, ohne ängstlich zu wirken, mit uns am Riff schwammen.

Wir hatten diese Tauchgänge anschließend noch einige Male durchgeführt und waren immer wieder begeistert davon. Als wir am Ende des Urlaubs wieder zurück flogen, waren wir ausnahmslos angetan von dem ereignisreichen und harmonischen Urlaub.

**Kroatien,
Peljesac**

Wegen der politischen Lage war es problematisch geworden, zum Surfen nach Ägypten zu fliegen. Seitdem wir einige Jahre immer wieder lange Flüge nach Australien zu unserer Tochter unternommen hatten, war unser Bedarf an Fernreisen gedeckt. Und allein zum Surfen Fernreisen zu unternehmen, wollten wir aus verschiedenen Gründen nicht. Deshalb mussten wir uns eine windsichere Surfgelegenheit in annehmbarer Entfernung suchen. Der Gardasee war mir zu kalt geworden, seit ich Probleme mit meinem Innenohr hatte. So suchte ich im Internet nach einer Surfmöglichkeit und wurde fündig in Kroatien. Wir waren vor Jahren einige Male auf der Insel Hvar zum Surfen gewesen, dort war aber der Einstieg mit Board und Segel beschwerlich und auch verletzungsgefährlich wegen der scharfkantigen Felsen am Ufer. Zudem musste man erst aus der Bucht und damit aus der Windabdeckung surfen, um zu starkem Wind zu kommen.

Doch einige Kilometer südlicher bot sich eine ähnliche geologische Konstellation an, wie sie zwischen den beiden Inseln Hvar und Brac bestand. Der im Internet gefundene und von vielen Surfern als sehr gut bewertete Spot liegt zwischen der Halbinsel *Peljesac* und der Insel *Korcula*. Die Meerenge zwischen Insel und Halbinsel bildet durch beidseits aufragende Bergrücken eine ideale Düse, in welcher der thermische Wind, der täglich beim Temperaturausgleich zwischen Meer und Landmasse entsteht, auf über vier Beaufort beschleunigt wird.

Nachdem wir nicht gerne in der Hauptreisezeit unterwegs sind, fuhren wir erst Mitte September, nach den Sommerferien in Bayern, mit unserem Wohnmobil los, rollten unter den Alpen im Tauerntunnel, im Katschbergtunnel und unter den Karawanken im gleichnamigen Tunnel durch, kamen in Slowenien heraus und befanden uns alsbald in Kroatien. Von da an ließen wir uns Zeit, machten Halt bei den *Plitvicer* Seen, fuhren auf die Halbinsel *Murter,* deren Schönheit uns noch vom leider viel zu früh verstorbenen Stammtischfreund Gerd in leuchtenden Farben empfohlen worden war, verweilten einige Tage an den *Krka* Wasserfällen, um uns anschließend in der Hafenstadt *Trogir* von deren Zauber beeindrucken zu lassen.

Auf der Weiterfahrt mussten wir, kurz bevor wir auf die Halbinsel Peljesac abbogen, über die Grenze nach Bosnien-Herzegowina fahren, allerdings verließen wir dieses Land schon nach sechs Kilometer und befanden uns wieder in Kroatien. Bei unseren späteren Fahrten nach Peljesac waren wir schlauer geworden, fuhren vor der Grenze in die Hafenstadt *Ploce* und von da aus per Autofähre nach *Trpani* auf der Halbinsel Peljesac. Dadurch konnten wir etwa 100 km Autofahrt einsparen und uns für eine halbe Stunde auf der Fähre bei einem Kaffee erholen.

Doch beim ersten Mal fuhren wir über die schmale Landverbindung bei *Mali Ston* und *Ston*, einem kleinen Ort mit einer imposanten Burg, vom Festland auf die Halbinsel Peljesac, auf dieser entlang bis zur Stadt *Orebic,* von der aus man mit der Autofähre auf die Insel *Korcula* fahren könnte. Wir ließen diese nette kleine Stadt hinter uns und fuhren weiter Richtung *Viganj*. Kurz vor Viganj fanden wir direkt an der Straße einen kleinen Campingplatz, der den Vorteil hatte, dass ein Restaurant in der Nähe war, eine Surfschule und eine Kiesbank, die einige Meter ins Meer ragte und von der aus man bequem mit dem Surfbrett starten konnte.

Unser Wohnmobil stand etwa 80 Meter vom Ufer entfernt, vom Wind geschützt durch die hohen Bäume ringsum. Ein idealer Standplatz, konnte ich doch an den Bäumen sehen, ob der Wind schon stark genug war, um sich aufs Wasser zu begeben. Die Meerenge zwischen unserer kleinen Kiesbank und dem gegenüberliegenden Ufer auf Korcula betrug etwa zwei Kilometer, der Wind blies sideshore, damit war der Start einfach und ich konnte mit halbem Wind starten. In der wellenabgewandten Bucht hinter der Kiesbank, die zirka dreißig Meter ins Meer ragte, ließen sich im Flachwasser herrliche Halsen zelebrieren. Die ebenfalls anwesenden Kitesurfer behinderten kaum, wir achteten beiderseits aufeinander. Die Sommerferien in Deutschland waren vorbei, die Anzahl der Surfer auf dem Wasser hielt sich daher in Grenzen.

Wie in der Beschreibung im Internet erwähnt, frischte der Wind in der Tat gegen Mittag bis auf über vier Beaufort auf und erreichte bis zum späten Nachmittag gut fünf Windstärken. Das Wasser war warm, die Wellen nicht höher als einen Meter, es war ein Traum, hier zu surfen. In den ersten Jahren hatten wir eine hohe Windausbeute, nahezu täglich konnten wir surfen.

Am Abend kochten wir selbst (respektive meine Frau), hie und da gingen wir auch zum Essen. An einem der Abende, wir wollten nicht immer in das nahegelegene Restaurant zum Essen gehen, wollten eine andere Küche kennen lernen, setzten wir uns auf unsere Räder und fuhren auf der kaum befahrenen Küstenstraße Richtung Viganj. Die Straße führt direkt am Ufer entlang, fiel man vom Rad, landete man im Meer; auf der rechten Seite der Straße reihen sich die Häuser der langgezogenen Ortschaft aneinander, so, als wollten alle den unverbauten Meerblick genießen. Knapp hinter diesen Häusern beginnt das Gelände meist anzusteigen, üppig bewachsen bis hinauf zu den felsigen Hängen der Berge.

Am Ende der Ortschaft Viganj, wir wollten schon umkehren, enttäuscht davon, kein nett gelegenes Lokal gefunden zu haben, bemerkten wir ein kleines Schild mit dem Hinweis auf ein Restaurant, welches ein wenig oberhalb der Straße an den Berghang gebaut war. Wir stellten die Räder ab und vergewisserten uns, dass es auch geöffnet hatte. Wir wurden herzlich eingeladen, doch Platz zu nehmen. Das taten wir, da wir, ein wenig erhöht über der Straße sitzend, einen weiten Blick auf das Meer und die gegenüberliegende Insel Korcula hatten. Um uns blühende Bougainville, über uns stattliche Palmen, es war ein lauschiges Plätzchen. Als wir dann bestellt hatten und das Essen kam, waren wir restlos begeistert. Die Bedienung war aufmerksam, auch weil wir anfangs die einzigen Gäste waren, und das Essen vorzüglich. Wir waren in diesem Urlaub noch einige Male dort zum Essen, es strahlte immer wieder den Zauber des ersten Besuches aus.

Nach zwei Wochen, es war Anfang Oktober geworden, fuhren wir zurück und erzählten zuhause unseren Freunden von dem neu entdeckten Urlaubsort mit herrlichem Surfspaß und dem beschaulichen Speiselokal.

Im darauffolgenden Jahr fuhren wir wieder dorthin, waren wieder sehr angetan von diesem Urlaub, zudem wir doch dieses Mal auch unseren Hund *Cicco* mit auf die Reise genommen hatten. Der fühlte sich schon am ersten Tag nach der Ankunft pudelwohl, denn er konnte, nachdem wir ihn bei unseren nächsten Nachbarn als ganz lieb vorgestellt hatten, ohne angeleint zu sein, auf dem Platz frei herum laufen.

Wieder ein Jahr später fuhren wir mit dem befreundeten Paar Monika und Herbert nach Peljesac, wir mit dem Wohnmobil, sie mit dem PKW. Dort angekommen suchten und fanden Marion und Monika eine schöne Ferienwohnung mit Pool, nicht weit weg von unserem Stellplatz, da das Surfmaterial von Herbert bei uns auf dem günstig gelegenen Campingplatz lagern sollte. Mit den Rädern war die Entfernung zwischen deren Ferienwohnung und unserem Campingplatz innerhalb weniger Minuten zurückzulegen.

Wir verbrachten einen harmonischen Urlaub zusammen, Herbert war begeistert von den Bedingungen, die für Surfer hier wirklich optimal sind.

An einem der Tage fuhren wir nach Orebic und mit der Fähre auf die Insel Korcula, um uns die gleichnamige Stadt anzusehen. Es wurde ein unterhaltsamer Tag in der wundervollen alten Stadt. Zurück auf unserem Campingplatz erholten wir uns von diesem Besuch in der heißen Stadt, lagen in der warmen Sonne mit einem interessanten Buch oder, wie wir Männer, bei einer letzten Runde Starkwindsurfen bis zum späten Abend.

Die Rückfahrt traten wir nach zwei Wochen an, da andere Verpflichtungen auf uns warteten.

Im Jahr darauf waren meine Frau und ich wieder einmal auf der Insel Hvar, wie immer waren wir von der Schönheit der grünen Gewürzinsel bezaubert. Was das Surfen anbetrifft, war ich allerdings enttäuscht, worauf wir beschlossen, im nächsten Jahr im September wieder auf die Halbinsel Peljesac zu fahren.

Wie geplant, so führten wir die Fahrt durch, dieses Mal aber über die Steiermark, da wir dort noch eine Bekannte besuchen wollten. Schon auf der Fahrt durch Österreich regnete es in Strömen, in der Steiermark selbst nicht minder heftig. Als wir nach zwei Tage von dort wieder Richtung Slowenien aufbrachen, hatte es zwar aufgehört zu regnen, doch die Hauptstraße war wegen Überflutung gesperrt. Wir wurden umgeleitet, fuhren eine abenteuerliche Strecke über die Berge, steil und eng, mit dem Wohnmobil eine wahre Herausforderung, aber landschaftlich sehr reizvoll, wie meine Frau beteuerte. Mir blieb für die Betrachtung der landschaftlichen Schönheit allerdings wenig Gelegenheit, die Sicherheit ging vor.

Nach einer weiteren Übernachtung bei den Krka Wasserfällen rollten wir gemütlich nach Ploce, setzten mit der Fähre über auf die Halbinsel Peljesac und kamen schließlich bei unserem Campingplatz an.

In diesem Jahr waren, entgegen unserer bisherigen Erfahrungen, noch einige weitere Wohnmobile auf dem Platz. Wir fanden aber wieder unseren angestammten Platz und richteten uns darauf wohnlich ein. Die beiden Surfbretter hob ich vom Dach, ebenso legte ich die Segel und Maste zurecht, um an kommenden Tag fürs Surfen vorbereitet zu sein.

Doch der Wind blieb aus, und das sollte auch die folgenden Tage so sein. Ich unterhielt mich mit dem dort anwesenden Surflehrer, den ich seit den Vorjahren kannte, fragte ihn, wie denn der Sommer bisher gelaufen sei. Er gestand ein, dass er noch nie ein so schlechtes Jahr erlebt hätte wie dieses, was die Windausbeute betreffen würde. Auch im Vorjahr sei der Wind schon nicht mehr so beständig gewesen wie in den vielen Jahren davor.

Nach etlichen Tagen ohne genügend Wind wurde das Wetter schlechter, dafür der Wind stärker. Natürlich ging ich mit dem Board zum Surfen aufs Wasser, musste aber bald einsehen, dass der Wind immer noch zu schwach war. Ich kam zwar durch heftiges Pumpen mit dem Segel kurz ins Gleiten, fiel aber alsbald wieder zurück in ein instabiles Dahinschleichen. Das hatte zur Folge, dass auch die Wenden meist misslangen, da zwar Welle war, aber zu wenig Wind um mit dem Druck im Segel das Gleichgewicht zu halten. So war auch der Wasserstart unmöglich, auch dazu reichte der Wind nicht aus. Also musste ich aufs Brett klettern und mit Hilfe der Startschot das Segel aufholen und versuchen, trotz der Wellen zu starten. Das misslang so manches Mal. Bald war ich diese Stürze und die anschließenden Zitterstarts leid und schipperte ans Ufer zurück.

Ich war frustriert und stellte mir, wie in letzter Zeit schon öfter, die Frage, was ich denn mit meinem Surfmaterial anfangen sollte, wenn ich das Surfen aufgeben würde. Jedes Stück einzeln über eBay verhökern? Das erschien mir zu aufwendig. Folglich überlegte ich nun, ob ich es dem Surflehrer anbieten sollte. Und da ich vor einigen Wochen mein 73. Lebensjahr vollendet hatte, erschien mir die Annahme berechtigt, dass der Tag nicht mehr fern sei, an dem ich das Surfen aus gesundheitlichen oder sonstigen Gründen aufhören würde.

Die Konsequenz dieser Überlegung war, dass ich am folgenden Tag dem Surflehrer mein gesamtes Material pauschal zum Kauf anbot. Nach der Besichtigung bat er sich Bedenkzeit bis zum folgenden Morgen aus, ich dagegen behielt mir den zwischenzeitlichen Verkauf vor. Nach einer Stunde stand er bereits wieder mit dem Geld vor unserem Wohnmobil, worauf wir die Eigentumsübergabe per Handschlag besiegelten.

Mein stiller Trost nach dem Verkauf meines Surfmaterials bestand darin, dass ich ja jederzeit noch zum Surfen fliegen konnte, mir das Material leihen könnte und diesen herrlichen Sport somit nicht endgültig aufgegeben hatte. Die Hoffnung stirbt bekanntlich zuletzt.

Diese neue Gelassenheit befähigte mich auch, meine Umgebung intensiver wahr zu nehmen. Neben uns stand ein schönes großes Wohnmobil, bei dessen Eigner wir uns am ersten Tag vorgestellt hatten. Auch diverse Unterhaltungen waren geführt worden, aber ich zog mich bald ein wenig zurück, weil er bei allen Gesprächen über das Surfen einen großen Sachverstand wie ein Fanal vor sich her trug. "Ein wahrer Profi", dachte ich mir. Zudem trug er jeden Tag sein Surfmaterial ans Ufer, legte es demonstrativ aus und schleppte es am Abend wieder zurück, um es im Wohnmobil so zu verstauen, als würde er anderntags den Platz verlassen wollen.

An jenem Tag, als ich aus Frust an Land ging, stand er im Neoprenanzug mit dem neuesten Trapez um die Hüften geschnallt am Ufer und begutachtete die Szene kritisch, trug sein Board mal dahin, mal hierhin, konnte sich offensichtlich nicht entschließen, aufs Wasser zu gehen. Da gestand ich ihm noch zu, dass er bei dem zum Gleiten zu schwachen Wind nicht surfen wollte, obwohl sein Brett voluminöser war als meines, wodurch er leichter ins Gleiten hätte kommen müssen.

Als am anderen Tag dann schon am Morgen der Wind stark genug war, um mit kleinem Brett und Segel aufs Wasser zu gehen, fuhr er mit dem Rad weg. Das würde ein vom Surfvirus Infizierter nie tun, dachte ich verwundert. Gegen Mittag war der Wind abgeflaut, die Surfer waren wieder vom Wasser verschwunden, nur noch Anfänger versuchten die gelernten Lektionen umzusetzen. Für die Kiter reichte der Wind noch aus, sie zogen ihre Bahnen, halsten je nach Können mit mehr oder weniger spektakulären Sprüngen und fuhren wieder hinaus, um das Spiel von vorne zu beginnen.

Die Kitelehrer nahmen ihre Schüler mit in ihr Motorboot, fuhren mit ihnen hoch hinauf gegen den Wind und ließen sie dann, immer betreut und korrigiert, mit dem Wind raumschots zurück kiten.

Während ich mir das eine Weile entspannt ansah, kam unser Nachbar und Profisurfer wieder zurück, hängte sein Rad an das Heck seines Wohnmobils, zog seinen Neoprenanzug an und ging an den Strand. Nachdem er gesehen hatte, dass andere Kiter auf dem Wasser waren, holte er aus den Tiefen seines Wohnmobils einen neuen Kite hervor, blies die Luftkammern auf und transportierte ihn vor zur Kiesbank. Als er wieder zurückkam, fragte ich ihn, ob er denn auch Kiter sei. Er antwortete, dass er es lernen wolle, der Kitelehrer aber erst in einer Stunde frei wäre; er werde aber das Steuern des Kites schon mal versuchen, weshalb er ihn schon an den Strand getragen hätte. Er schnallte sich noch ein Trapez um, nahm ein ebenfalls neues Kiteboard und ging wieder an den Strand.

Nun wurde ich neugierig, da ich bisher immer gesehen hatte, dass ein Kiteschüler beim Erlernen des Kitesurfens immer von einer zweiten Person an einem Griff, der an der Rückseite des Trapezes befestigt war, festgehalten wurde, damit der nicht ungewollt abheben konnte. Aber unser Profisurfer machte es anfangs richtig gut, er ging mit dem hoch über ihm schwebenden Kite sogleich ins brusttiefe Wasser um dort seine Lenkversuche zu starten. Da aber das Ufer steil in tiefes Wasser abfiel, war nur ein schmaler Streifen nahe am Ufer für ihn sinnvoll begehbar. Nun ließ er den Drachen von einer Seite zur andern treiben, sah dabei vorwiegend nach oben und wurde nach und nach weiter vorwärts gezogen, wobei er bald nur noch bis zu den Oberschenkeln im Wasser stand. Plötzlich hob ihn der Kite aus dem Wasser, so dass er einige Meter hoch flog. Er war so geistesgegenwärtig, die Reißleine zu ziehen, worauf der Kite in sich zusammen fiel. Da schwebte er bereits über einer, in Strandnähe wachsenden großen, stachligen Agave, in die er prompt fiel. Er befreite sich rollend aus der Agave, rappelte sich auf, holte seinen Kite ein und schlich vom Strand. Da er an einem Arm stark blutete, begleitete ich ihn zurück zu seinem Wohnmobil, übergab ihn seiner Frau, die ihn mit einem dicken Verband verarztete.

Während der Tage bis wir wieder nach Hause fuhren, ließ unser Profi Surfbrett, Kiteboard und alle Segel verstaut in seinem Wohnmobil und pflegte seine Verwundung. Ich erwähnte meiner Frau gegenüber, dass er seither irgendwie erleichtert wirkte, bei meinen Gesprächen mit ihm wurde Surfen nicht mehr erwähnt.

Abgesang

Meine Frau war von meinem Entschluss, das Surfen aufzugeben, so überrascht, dass sie mich fürsorglich fragte, ob ich körperliche oder psychische Probleme hätte. Ich würde doch sonst nicht so einfach meinen fast fanatisch ausgelebten Sport plötzlich an den Nagel hängen. Als ich ihr dann erklärte, dass ich eben erkennen würde, dass es sich, losgelöst von den Pflichten eines allzeit getriebenen Surfers, auch nicht schlecht leben ließe, bedauerte sie mich dennoch und wollte mich trösten ob der verlorenen Begeisterung. Als wir dann aber vor dem Wohnmobil saßen und zusammen den nächsten Urlaub planten, gestand sie, dass sie natürlich all die Fahrten nachholen wolle, die wir des Surfens wegen zurück gestellt hätten. Ich fand die Aussicht auf geruhsame Fahrten ohne festes Ziel, ohne den Wunsch, binnen kurzem am Strand zum Surfen zu sein, letzlich recht erquicklich.

Auf der Heimreise bewegte mich mein Abschied vom Surfen dann doch so stark, dass ich mich entschied, als tröstende Therapie die Erinnerungen an meine Surferlebnisse niederzuschreiben.